페미니즘 정전 읽기 I

페미니즘 총서 3

송명희·안숙원·이태숙 편저

페미니즘 正典 읽기 I
근대소설편

Reading for Feminism

푸른사상

영화 〈숙영낭자전〉에 출연했던
김명순(1928)

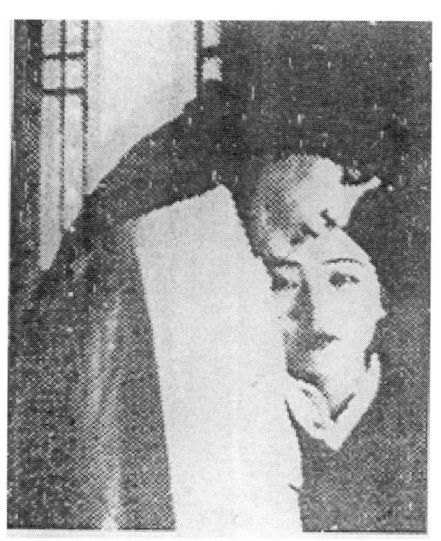

김명순의 「의심의 소녀」를 잡지 ≪청춘≫의 소설
현상공모 당선작으로 선정했던 이광수(좌) 최남선(우)

결혼무렵의 나혜석

부군과 세계일주를 떠나기 전의 나혜석
(1927)

견성암(見性菴) 앞에서 일엽(一葉)스님이 입산(入山)하여 약 30년간을 계시던 곳. 비구니(比丘尼) 총림원(叢林院) 건립 후 현재는 없어졌다.

夫君과 막내아들 승걸의 졸업기념으로 가족과 함께 한 박화성
(左로부터 承世, 承傑, 承俊)

서문

정전(正典) 해체의 시대, 정전 확정의 의미

　2000년 여름 페미니즘 문학연구자들인 송명희, 안숙원, 이태숙은 한국여성문학을 통시적으로 조감할 수 있도록 페미니즘 정전의 확정이 필요하다는 데 의견을 모았다. 또한 학생들과 일반대중에게 이를 폭넓게 읽히기 위해서는 선집 형태의 작품집이 발간되어야 한다는 데에도 의견의 일치를 보았다. 이미 근대와 현대에 걸쳐 작품집이 두어 차례 나온 적이 있었지만 절판된 지 오래여서 독자들이 서점을 통하여 쉽게 작품을 구할 수 없었기 때문이다.
　그 동안 여성 학자들이 수많은 논문을 통하여 여성작가들을 연구하고 이들의 문학적 가치를 밝혀왔지만 남성 학자들이 써온 문학사 목록에선 언제나 여성작가들이 제대로 평가받지 못해 왔다. 또한 교과서에서도 여성작가들은 배제되어 왔다는 것이 이번 작품집을 엮어내게 만든 주요한 동기로 작용했다. 포스트모더니즘은 정전의 해체를 부르짖지만 페미니즘 문학은 해체할 정전마저 부재하는 것이 우리의 현실인 것을 어쩌랴.

학생과 일반독자에게 '페미니즘 작품 읽히기'라는 소박한 동기로부터 '여성문학사를 조감할 수 있는 페미니즘 정전의 확정'이라는 연구자로서의 학문적 목적을 달성하기 위해 세 사람은 2000년 9월부터 11월에 걸쳐 매주 한 작가씩 선정하여 세밀하게 읽었고, 심도있는 토론의 결과로 근대의 여성작가 김명순, 나혜석, 김일엽, 박화성, 김말봉, 백신애, 강경애, 이선희, 최정희, 지하련, 임옥인 등 11명의 단편작품 22편을 페미니즘 정전(正典)으로 확정했다.

작가와 작품 선정의 기준은 작품성을 전제로, 여성의식의 치열성, 여성현실의 정확한 반영, 여성시학의 표출 등에 두었다. 작품의 수록은 작가의 등단 연도 순서로 했으며, 독자들이 읽기 편하도록 현대어 표기로 바꾸었고, 독자들의 이해를 돕기 위해 작가별로 해설을 덧붙였다.

이번에 '페미니즘 정전 읽기'의 첫 번째 작업으로, 근대 여성소설 두 권을 발간하지만 앞으로 근대뿐만 아니라 현대에 이르기까지, 장르상으로도 소설뿐만 아니라 시와 수필 등 다른 장르의 작품선집도 발간할 예정이다. 그리고 이것이 모여 '한국 페미니즘 문학전집'으로 집대성될 수 있기를 기대한다.

근대문학의 여명기에 영혼을 불살라 페미니즘 정전을 창작해준 선배작가들께 고개 숙여 감사를 드리며, 수록을 허락해 준 유가족들, 그리고 페미니즘 저서 출간에 특별한 열정을 갖고 있는 푸른사상의 한봉숙 사장님과 편집부의 여러분께도 감사를 드린다.

2001년   9월   15일

편저자 씀.

차 례

책머리에 • 7

김명순
칠면조(七面鳥) 12
돌아다 볼 때 38
● 근대소설의 여성고백체 양식 74

나혜석
경희 82
현숙(玄淑) 116
● 자유주의에서 급진주의 페미니즘으로 변모 134

김일엽
어느 소녀의 사(死) 142
자각(自覺) 156
● 여성해방론의 문학적 형상화 171

박화성
하수도공사(下水道工事) 178
호 박 221
● 여성문제의 사회주의적 모색 240

김말봉
망명녀(亡命女) 248
고행(苦行) 271
● 대중소설과 여성성의 새로운 제안 293

탄실 김명순은 한국 근대 여성문학의 첫머리에 놓이는 인물이다.
 초기 여성운동이 당면해야만 했던 혹독한 현실을 생을 통해 보여준 작가였다고 할 수 있다.

김명순

칠면조(七面鳥)

1

니나 슐츠 선생.

선생께서 지금 이때는 고국에 돌아가시느라고 대서양 가운데서 배멀미로 신음하실 터인데 저는 그동안에 벌써부터 고국에 돌아와서 제2의 고향인 경성의 어떤 여관 온돌 방 안에서 당신의 건강하심을 비나이다.

선생을 모시고 K부(府)에 있을 때는 그같이 일본 옷이 어울린다고 당신과 여러 교회 안 사람들이 일본 여자같다고 말씀을 하시더니 이곳에 와서 조선 옷을 입으매 또한 어울린다고 말합니다. 그러나 어서 속히 당신을 따라가서 독일의 옷을 입고 그 열열한 패자의 노력을 배우느라고 밤과 낮으로 급급하다가 어스름한 저녁 때가 되면 마치 K부에 있을 때와 같이 선생님을 모시고 라인 강변을 산보하면 얼마나 유쾌한 일이며 얼마나 행복된 일이리까. 저는 그런 때가 오면 낮잠을 자지 않아도 피로도 깨닫지 않을 것이요, 울지도 않을 것입니다.

선생이어,

경성에 돌아오매 옛적보다 지나가는 사람의 흰 옷에 때가 덜 묻었음을 보았나이다. 그리고 감미로운 푸른 옥의 정랑(淨朗)한 공중을 탐하듯이 쳐다보나이다. 그러는 동안에 천우신조하심인지 저는 저으기 온정(穩靜)한 기분을 찾았나이다. 그리고 동무들은 많이 찾아와서 저를 위로하여 주옵니다. 그러나 저는 미리 겁을 집어먹고 얼마 후에는 산산히 헤어질 것이 아닌가 하고 두려워 하나이다.

그 연고를 물으시면 다름이 아니오며 아직 조선 안에는 남녀교제가 드문 일 같으며 또 하더라도 분명히 외면에 나타내지 않는 경향이 있고 따라서 누구나 자못 자기의 행동을 맑게 비추어 볼 거울을 가슴에 품지 않았는가 함이 올시다.

선생이시어, 그런이들 가운데 싸인 저야말로 그중 세련되지 못한 표본이올시다. 그러나 저는 지금까지 사교술을 등한히 여긴 탓으로 얼마큼 실책은 하더라도 죄를 짓는 실패를 하지 않기 까지는 사교법을 배울 겸 저의 평화로운 주위를 지을겸 노력하려 하나이다.

선생이시어, 저는 참으로 요즈음 같이 힘이 부족한 것을 울어본 때는 없습니다. 당신의 말씀과 같이 제가 일본에서 배운 년수(年數)로 독일가서 배웠을진대 지금쯤은 전기(前記)한 번뇌를 말씀하올 필요는 없을 뿐만 아니라 저의 힘은 자기 자신을 지배하고도 넉넉히 남아질 것 같습니다.

선생이시어, 이것은 사교계에 나서려는 한 처녀가 실패한 그 경력을 말씀함이오니 얼마나 쓴 경험인가, 또 얼마나 큰 실책인가 비평하여 주시고 마땅하시면 채찍도 내려주소서.

금년 1월 7일 겨울 날 치고는 심히 누그러진 날이었습니다. 저는 표연히 N군(郡)에서 기차를 탔습니다. 그것이 최초에 K부를 향하고 출발함이었습니다. 호각소리가 날 때 작별나왔던 N군 의대(醫大)에서 공부하는 남동생이 제 왼손 가운데 손가락에 십자의 가락지를 끼어주고 서서히 가기 시작하는 기차에서 내려서 퇴색한 모자를 둘렀습니다.

K부를 향하고 기차를 타기는 탔으나 K부에 이르러서는 여관에 들려면 돈주머니가 가볍고 동무를 찾아가려면 어두운 밤일 것이라 길을 잘 모르겠는고로 근심이 작지 않은데 문득 생각난 것이 N부 백정촌(白井村)에 S기숙사에 유명한 기독교인 D씨가 계신다던 일이었습니다. 그때 저는 부득이 D씨를 찾아가서 당돌한 죄를 용서하라고 길을 좀 가리켜 달라리라고 결심하였습니다. 그리고 거리낌 없는 듯한 표정을 구태여 지으며 차창 밖에 지나치고 지나오는 풍경을 바라보았습니다.

눈 앞에 순간 순간에 새롭게 전개되는 모든 경치는 겨울철인 고로 산 봉오리와 산 골짜기에 눈이 녹지 않고 간혹 보이는 무청(蕪菁) 밭들도 추위에 시달려서 쓸쓸히 보였습니다. 그러나 조선의 겨울철을 생각하는 제눈에는 겨울에 청청한 푸른 나뭇잎들을 바라보는 유쾌한 심정을 어찌할 수 없었습니다. 나뭇잎의 색은 초라한 산기슭을 지나 냇물 위의 다리를 지나 절벽 앞을 지나서 밀감 밭이 보일 때 주황색의 무수한 열매들은 그리움과 반가움의 정희를 한량없이 흔들어서 저는 쉬지않고 기차의 노래를 불렀습니다.

간혹 눈이 피로하면 3등 차 안에 담배 피우는 승객의 밉쌀스런 모양과 몸을 의지할 데도 없는데서 괴롭게 조는 상태와 밀감 껍데기 벗기는 어린 아이들과 여인들과 노인들을 두루 살펴보다가 저편에서

30세 가까운 청년이 저를 사생(寫生)하는 듯 하던 고로 얼굴을 다시 돌리고는 창 밖을 보았습니다.

 선생이시어, N군에서 몇 정거장을 지나노라니까 한 정거장에서 60 가까운 촌 늙은이와 24,5세의 청년이 앞뒤로 차 안으로 들어오며 휘휘 눈을 굴려서 앉을 자리를 찾다가 노인은 제 앞에 와서 진을 치고 청년은 노인과 등을 지고 앉게 되었으나 두 사람은 고개를 마주 돌려서 의논하듯이 이야기를 합디다. 한참 있다가 노인이 고개를 돌리며 저에게

 "젊은이 어디까지 가십니까?"
하고 물었습니다. 보니, 노인은 상당한 재산을 가지고 또 인정을 아는 이 같습디다. 그때 저는 행여나 하는 생각으로

 "K부 백정촌까지 갑니다. 거기 S기숙사라고 있는지요?"
하였습니다. 노인이 머리를 기우려트렸는데,

 "저는 K부에 삽니다. S기숙사라니 기독교의 것입니까?"
하고 노인의 뒤너머에서 청년이 말하였습니다.

 "네"
하였더니 그 청년은 서슴치 않고 자기의 얼굴만 바라보고 나의 물음에 답하려는 늙은이에게

 "아저씨, 아저씨 댁 앞에 큰 양옥이 있지요?"
 노인은 서리맞은 머리를 끄덕끄덕하며

 "그 우리 집 앞에 그것일까?"
하고 불분명하게 대답하였습니다.

 청년은 어글어글한 눈에 웃음을 띠고

 "네, 그것이 저희가 찾으시는 S기숙사예요. 그렇지만 우리 일행은 K부까지 가지않고 이 다음 정거장에서 내릴 테니깐 길을 그려드릴

까요?"

하고 친절을 보였습니다. 저는 아주 기껍게

"그렇게 해주시면 고맙겠습니다."

하였더니 청년은 조그만 저의 수첩에 쑥쑥 그립디다. 웅야신사(熊野神社) 앞 정류장을 그리고 그 앞 골목을 그리고 그 길로 들어가서 사잇 골목을 그려 전주를 그려 상점을 그려 여러 가지로 목표를 그리더니 갈 길은 ㄱ자 반대로 한참동안 들어가야 한다고 그린대로 분명히 설명하여 줍디다. 저는 그 설명을 듣고 웅야신사 앞에 가면 능히 찾아갈 것 같기도 하며 흥미까지 깨달았습니다.

그들은 길을 가리켜주고 나서 차가 진행을 멈추었을 때 길을 그린 수첩의 종이를 찢어주고, 노인이

"젊은이, 보아하니 혼잣 길 같은데 정신차리시오. 어디 가든지 장난꾼들이 있을터이니까……"

하고 청년은

"그럼 정신차려서, 모르시면 파출소에서 물어가십쇼"

하고 "사요나라" "오다이지니" 하면서 젊고 늙은 알지도 못하는 벗들은 통성명도 하지 않고 그들이 내릴 정거장에서 총총히 내려갔습니다.

선생이시어, 제가 K부 역에 내렸을 때는 거의 다 어두운 밤이었습니다. 1월의 차가운 바람은 제 살을 그야말로 찌르는 것 같습니다. 저는 으슬으슬 떨리는 전신으로 인력거 탈 돈을 아끼노라고 전차 위에 올라앉으면서 차장에게

"수고롭겠지만 나를 웅야신사 앞 정류장에서 내리도록 가리켜 주오"

하고 부탁하였습니다.

차장이 가리키는대로 여기저기서 허둥지둥하며 전차를 바꾸어 타고는 급기야 웅야신사 앞에서 내려서 길을 그린 종이 조각을 손에 꺼내들기는 들었었으나 그래도 안심치 못하겠는고로 인력거 병문에 가서 물었습니다.
"아주 외딴 곳이니 타고 가셔야 합디다"
하고 불쾌한 눈치를 보였습니다. 그래도 저는 혼자 찾아가 보일 끈기를 잃지 않고 무작정 그 옆 골목으로 들어가면서 만나는 사람마다 보고 길을 물었습니다.
　이 골목 저 골목 사잇 골목을 뚫고 나가는데 사면에서 맑게 흐르는 물소리가 인적이 있으면 애달픔을 시켜주는 것 같기도 하고 인적이 끊어지면 무시무시하기도 합디다.
　간신히 S기숙사를 찾기는 찾았으나 D씨를 찾으니까 키가 훨씬 크고 얼굴이 잘 생긴 청년이 굵은 목소리로 D씨를 부르며 들어가더니 고깃덩어리가 흐늘흐늘하는 40된 여인이 나와서 이상하게 웃으며
"지금 막 외출하셨습니다. 어떻게 오셨는지 오신 사고를 말하시면 후에 들어오시면 말씀하지요" 합디다.
　저는 참 그때 가슴 속이 타는 듯한 생각이 이런 것인가 하였습니다.
"네, 저는 N군에서 왔는데 길을 모르고 집 번지도 자세치 않은 제 동무의 집을 찾아줍시사고 왔습니다."
　마침 안 계시다니 어쩔까하고 우두커니 섰었습니다.
"그럼, 안되었읍디다그려"
　하고 들어가더니 한참 있다가 키 작고 얼굴 희고 어딘지 따뜻하고 부드러워 보이는 같은 나라 사람같은 청년이 나오더니 조선 말로,
"어떻게 되셔서 D씨를 찾아오셨습니까?"
하고 물었습니다. 저는 그때 곧 활기를 내어

"저, 여기 X여학교에 다니는 M씨 댁이 어딥니까?"
하고 물었습니다. 따뜻하고 부드러워 보이는 청년은 여전히 따뜻하고 공손한 음성으로
"그럼 길을 물으려 오셨습니다그려"
하고
"저도 마침 D군을 보려 왔었는데 없습니다. 그러나 저도 M여사 계신 댁을 잘 아니 동행하여 드리지요"
하고 문을 나섰습니다. 저는 살 길을 찾은 듯이 뒤쫓아 나갔습니다.

2

길을 안내하는 청년의 집은 M여사의 앞이었고 그는 Y씨라고 합디다.

M여사 댁에 찾아가매 그 날은 M여사의 남편의 학교에서 야구가 승리를 하고 길목마다 돌아다니느라고 안 계시고 M여사와 Y여사만 저녁을 막 먹고 난 뒤 같습디다.

서로 반갑게 이야기를 하면서 앉았는데 M씨가 술이 취해서 정신을 차리지 못하시면서 들어오셔서 인사를 하십디다.

그날 밤에 저는 그 옆에 두어 집 걸러있는 Y여사 댁에 가서 자고 아침에 다시 M씨 계신 곳으로 와서 조반을 먹고 앉았는데 그 전날 밤에 찾아갔던 D씨가 일본 옷을 입고 동경에서 오신 H씨와 같이 오셨습니다.

선생이시여, 여기서부터 저의 실책은 시작하였나이다. 인사를 마치고 나서 이야기를 하다가 H선생이 (제가 그에게 선생이라 함은 한없이 그를 존경함에서 또 그가 멀지 않아서 반도 전체에서 선생이라

는 존칭을 받을터인고로 미리 존칭하여 둠이올시다)

"순일(順一)씨 아주 K부에 오셨습니까?"
하고 저에게 향하여 물어주셨습니다.

저는 그때 M여사와 소곤소곤하다가 웃으며 D씨의 '하오리'소매가 길다랗게 틈어져서 흰 솜이 삐죽이 보이는 것을 보고 꿰매어 드리거나 주의를 하여 드리거나 해야 하겠다고 이야기를 하던 까닭이라 싱글싱글 웃으며

"네, 이제 다시는 동경에 가지 않겠습니다"
고 대답하였습니다. D씨는 그 말 뒤를 이어

"3월에 오신다더니 지금 오셨습니까?"
하고 물으셨습니다. 그때도 역시 웃으며

"N군에 좀 오래 있으려고 하였더니 아무래도 남동생하고 같이 있으면 여자는 손(損)을 하겠는 고로 학교에 들어가려면 준비도 해야하겠고 해서 벌써 왔어요"
했습니다.

조금 있다가 H씨가 좀 동떨어진 말씀으로

"왜 피아노 안 치셨어요"
하셨습니다.

그때 저는 크리스마스에는 피아노를 치고 망년회에는 치라는 것을 안쳤지만 H씨는 그때 이미 동경에 안계실 때인고로 아실 일이 없을 터이라 생각하면서

"언제요?"
하고 좀 당돌한 음성으로 물었습니다.

H선생은 크리스마스에 분주하셔서 제 피아노 소리를 듣지 못하셨던지

"크리스마스에요. 편지까지 해드렸더니……"
하시는 것을 듣자마자 저는 고개를 숙였다가 어떤 연고인지 급작히 고개를 들고
"몇 번이나 쳐야 다 쳐요?"
하고 발사적(發射的) 날카로운 음성을 토했습니다. H선생은 그만 머리를 숙이고 낯을 붉히셨습니다. 한참이나 아무도 이야기하는 사람이 없었습니다. 그러나 H선생은 또 조금있다가
"어떤 학교에 드셔요?"
물으시는고로 저는
"TS교에요"
하고
"무슨 과에요?"
하시는 것을 우물쭈물해버리고 무료하게 앉았었더니 H선생은
"철학과에 드십니까?"
하고 재차 물으셨습니다. 그리고는 남학생 되시는 사람들은 따로 모여서 이야기를 하시다가 지난 밤에 길을 안내해 주신 Y씨와 M씨 두 분 사촌형제와 솔선하여 밖으로 나가시고 그 뒤로 D씨와 H선생이 나오시려 할 때 저는 또 발사적으로 툭 튀어나오며
"왜 가세요. 여자들만 있으니까 가세요?"
하고
"M씨 Y씨, 우리 여자들은 그만 우리 집으로 갑시다"
하고 그 사람들을 가로 막아서며 먼저 밖으로 나왔습니다. 그 뒤로 누구의 음성인지 방안으로 들어오라고 하였으나 저는 다시 들어가지 않고 뜰에 섰었습니다. 뒤로 천천히 D씨와 H선생이 나오시는데 저는 한 편 뜰 귀에 비실비실 피하여 섰었더니 D씨가

"Y씨 계신 댁에 그대로 계시렵니까?"
하고 물으셨습니다. 저는
"네, Y씨가 좀 있으면 기숙사로 들어 가신데요"
하고 염려없이 대답하였습니다. 그 다음에 H선생이
"그럼 안녕히 계시오"
하고 대문 밖으로 나가버리셨습니다. 들어보니 그날 저녁에 H선생은 동경으로 돌아가신다는 고로 저는 속으로
"아이고, 나같이 못난 것은 없다. 어찌하여 평시에 존경하는 선생에게 그와같이 실례의 언행을 하였을까. 내가 남자가 되었더라면 늘 H선생과 같이 분명해 보이고 학구적 태도를 잃지않는 선생을 놓지 않고 따라다닐텐데 불행히 여자가 되어서…… 그러나 나는 아까 H선생이 인사를 하실 때 인사도 여쭙지 못하지 않았는가, 어찌 그와같이 하였을까? 아아, 답답한 일이다. 또 마음에도 없는 실책을 하였구나. 남자였다면 정거장에 나가서 작별이라도 하여 드리겠지만…… 그러나 누가 나가지 않나…… 만일 누가 나간다면 따라 나가야지. 따라나간다 한들…… 내 꼴에 무슨 인사를 분명히 할꼬, 또 우물쭈물해버리겠지…… 그러나 누가 나갔으면 나도 곧 따라나가야지……"
하고 초조히 생각하다가 M여사와 Y여사와 같이 구경을 하려고 밖으로 나갔습니다. 그래서 동본원사(東本願寺) 구경을 하고 돌아오는 길에 Y여사가 본댁에 전보를 할텐데 잔 돈이 없다고 합니다. 그래서 저는 제 주머니를 열고 꺼내드렸더니 우체국에 들어갔다 나오셔서는 과자집으로 들어가더니 돈을 바꾸어 가지고 나오셨는지 급히 40전을 돌려보내기에
"집에 돌아가서 주시지요"
하였습니다. 그러나 Y여사는 무슨 안 빌려 썼을 돈을 빌려 썼던 듯

이

"어서 받아 두어요"

하며 좀 퉁명스럽게 재촉을 하십디다.

그길로 돌아와서 저는 M여사에게

"H선생 가시는데 정거장에 안가세요?"

하고 물었습니다. M여사는 좀 불쾌한 듯이

"무얼 놀러왔다 가는데 정거장에를 나가줄꼬"

하고 말해버립디다. 저는 그때 감상적 수치를 깨달았습니다. M여사와 Y여사는 온종일 두 분의 이야기도 하고 다시 외출도 하는 모양같았습니다. 저는 그날 적적하게 Y여사의 빈 방에도 경도(京都)에서 지낼 방침을 생각하다가 저녁 때 M여사가 계신 댁으로 가는 길에 어젯 저녁에 길을 안내한 Y청년을 만났습니다. 청년에게 저는 허리를 굽히고 그와 동행하시는 이를 "누구입니까?"하고 물었습니다. 저는,

"우리 형님이외다"

하였습니다. 저는 그때 좀 부끄러워지는 것을 참으며

"저는 H선생인줄 알았습니다. 어찌 그리 같으신지요. 그런데 H선생은 오늘 떠나신다지요?"

하였습니다.

"네, 조금 있다가 떠나셔요"

하시는 Y청년은 좀 주저하는 빛이 보였습니다. 그래도 저는 어름어름하며 어서 인사를 마치고 가시도록 해드릴려고 생각을 하지도 못하였습니다. Y청년은 참다 못해 한 발을 앞으로 내놓으시며 앞을 향하고 몸을 돌이키십디다. 저는 그때야

"실례했습니다"

하고

"아니요, 그럼 또 뵙겠습니다"
하시는 인사를 받으며 M여사댁 문으로 들어갔습니다.
  그날 저녁에 저는 잠들지 못하고 커다란 지렁이가 우물우물 기어 가다가 무엇의 발 끝에 밟혀서 꾸물꾸물 애쓰는 것을 자신의 위에 깨달으며 번민하였습니다.
  그 이튼 날 잠을 깨서 거울을 보매 티가 앉은 얼굴에 더군다나 어두운 그림자가 나타나 보입디다. 저는 그 아침에 양치질과 세수를 하며
  "내 자신아, 얼마나 울었느냐, 얼마나 앓았느냐, 또 얼마나 힘써 싸웠느냐, 얼마나 상처를 받았느냐, 네 몸이 훌훌 다 벗고 나서는 날 누가 너에게 더럽다는 말을 하랴?"
하고 스스로 사랑하는 마음을 일으키며 뜨거운 눈물을 섞어 낯을 씻고 방으로 들어와서 분을 발랐더니 옆에서 Y여사가 "분도 많이는 바른다"하면서 자기도 두 손 바닥에 분물을 따르더니 박박 길다란 얼굴에다 문지릅디다.
  저는 불쾌한 것을 억지로 참으며 무엇이라고 M여사와 Y여사에게 이야기를 하였더니 Y여사가 또
  "부끄러운 줄을 몰라"
하고 동떨어진 반말을 내놓았습니다. 저는 그때 Y여사를 한심하고 무지한 여자라고 생각은 하면서도 그 말을 탓하지 않을 수도 없는 고로 말은 하지 않으려고 입을 꼭 다물었으나 점점 더 불쾌하여지는 것을 깨달았습니다.
  불쾌하게 조반을 먹은 저는 홀로 T S학교를 찾아갔습니다. 금출천 (今出川) 정류장에서 어소(御所)에 충천할 형세인 늙은 나무들을 장하다고 쳐다보며 역시 장하여 보이는 T S교의 건축과 운동장을 바라보면

서도 지나가던 여학생에게 물어서야 찾아 들어갔습니다. 사무실에 들어가매 20살 넘은 얼굴이 희고 눈이 둥근 여사무원과 좀스러워 보이는 남자 사무원이 앉아서, 절을 하며 들어서는 저를 보고 여사무원이

"누구를 찾아 오셨습니까?"
하고 물었습니다. 거기서 저는
"규칙서를 얻으러 왔는데, 조선에서 왔는데 금년 3월에 이 학교 전문부 가정과에 입학할 터인데 어떤 정도의 입학시험을 봐야하는지 물으려 왔습니다"
하였더니 사무원들은
"조금 기다리십시오"
하고 자기들끼리 쳐다보며
"교장 선생님에게 묻지 않으면 알 수가 없지!"
"그렇지요. 새 규칙은 아직 발표가 되지 않았으니까"
하고 서로 이야기를 할 때 50세 가량 되어 보이고 어딘지 엄격스러워 보이는 부인이 사무실 안으로 들어왔습니다. 젊은 사무원들은 그에게
"산하(山下)씨, 이 사람이 조선에서 온 이라는데 우리 학교에 4월부터 드신다고 규칙을 물으러 오셨습니다. 교장 선생님께 물어야 하겠지요?"
하고 묻습니다.
그때 마침 종소리가 나자 키 작고 영리스러워 보이는 늙은 신사가 사무실 안으로 들어오매 산하(山下)씨는 곧
"교장 선생님, 저 이가 조선 여학생인데 학교 규칙을 물으러 왔는데 어떻게 가르쳐 줘야 할는지요"

합디다.

"하하, 그렇습니까? 조금도 조선 사람 같지가 않은데요. 내 앞으로 좀오라고 하여 주십시오"

이 말에 물끄러미 쳐다보던 사무원들은 저보고 조선 사람 같지 않다는 제목을 두고 의논이 분분합니다.

교장은 자상히 저하고 문답을 하였습니다.

"언제 K부에 오셨습니까?"

"그저께 왔습니다."

"조선서 여학교를 마치셨습니까?"

"동경서 마쳤습니다."

"그럼 입학시험을 안치르셔도 전문부에 드실 수 있습니다. 무엇하면 내일부터라도 입학수속을 하시고 우선 방청을 하시지요"

"네, 그랬으면 저도 공연히 3개월을 노는 것보다는 유익할 줄 믿습니다."

이때 교장은 무엇을 생각하다가

"학비는 누가 보내십니까?"

저는 좀 머뭇머뭇 하다가

"네"

하고 지금껏 고학한 사실을 말할 필요가 없다고 생각하면서 입을 감춰 물었습니다. 교장은 저의 표정에 유의하지 않았던지 문으로 들어오는 서양선생님들에게 소개하며 영어로 조선 여자같지 않다고 합디다. 서양 선생들도 제 등을 두르리며 입학수속도 아니한 저에게 그 학교 학생 대우를 하여줍디다.

저는 그 이튼 날 수속을 해 가지고 가서 그 후에 T S교 생도가 되어서 매일 통학을 하였습니다. 그러나 아직 정식 수속을 마친 것은 아니었습니다.

3

저는 가입학 수속일망정 해놓고 보증인도 세우지 않고 학교에 통학은 하지만 월사금을 못낸 것보다도 보증인을 세우지 못한 것보다도 본가에서 돈을 안 보내는 것보다도 번민된 것은 그때 H선생에게 실례의 언행을 함이었습니다. 저는 매우 고통이 심하므로 M여사에게

"형님, 나는 괴로워요. 어찌 할까요. 내, 그때 H선생에게 '몇 번이나 처야, 다쳐야' 하고 심술부린 것이 아무리 생각해도 실책이니 어찌 할까요. 사죄의 편지를 할까요?"
하였더니 M여사는 생글생글 웃으며

"아이고 별 근심을 다한다, 저러니까 신경쇠약이 어찌 나을꼬"
하였습니다.

"그래도 저는 평소에 H선생을 존경하니까 그렇지요. 이후로 사회에 나서 보려는 저에게야 큰 실책이 아닐까요. 저는 이렇게 번민을 하는 것보다도 차라리 얼른 사죄를 하여 버릴테에요. 그러면 답장은 안주시더래도 제가 할 일은 다 했으니까 속이 시원하지요"
하였습니다. 그리고

「H선생님

어제 오늘쯤은 동경에 돌아가셔서 매일 연구하시면서 계실줄 압니다. 선생님께서 동경에 가실 때 저는 인사도 여쭙지 못하고 또 선생님께서 제게 "왜 피아노 안치셨어요"하고 물으실 때 저는 무엇이라 실례의 말씀을 여쭈었겠습니까. 그야 제가 평시에 동경에 머무는

조선 유학생들에게 하고 싶은 말이었습니다. 동경에는 저보다 오래 피아노 공부를 하시고 또 자유로 학비를 얻어쓰면서 저를 보면 외면을 하는 이들이 많은데 왜 무슨 때가 오면 꼭 절더러 피아노를 치라는지 그것이 참으로 불쾌하고 앙앙(怏怏)하다가 선생님께 그런 실례를 함이올시다. 거듭거듭 용서하여주소서… 여불비례(餘不備禮). 1월 14일 H선생님 전에 올리나이다.」
하고 글을 드렸습니다. 그 후에 Y여사는 기숙사로 들어가고 M여사는 동경으로 갔는데 저는 차차로 학비 문제와 보증인을 누구를 세워야 할지 큰 근심이 되어 눈물을 흘리기 시작하였습니다.

4

선생이어, 저는 그때 임박한 큰 근심에 지쳐서 병을 이루게 되었습니다. 소위 성공을 속히 기약하려는 저는 "병을 앓지 않으리라" "어떠한 일이 있어도 하루도 결석은 하지 않으리라"고 다시 굳이 굳게 결심은 하여도 효험없이 안색은 푸르죽죽하여지고 하루하루 체온은 열도가 높아지더이다. 코로는 단김이 나오고 입은 꼭 감춰물어도 스스로 힘없이 열려지며 때때로 "아아 어찌할고……" 하는 근심스런 소리가 나옵디다. 자주 고향에 계신 부친에게 곤궁한 경우를 써보내고 답장오기를 기다려도 가망이 끊어졌습니다. 그래도 학교를 단념할 수는 없는 까닭에 매일 가입학한 학교에 통학은 하나 저는 참으로 학교에 대하여 염치없이 생각되었습니다. 그러할 때 하루는 학교 사무실에서 사환이 부르러 왔습니다. 그 뒤를 따라가면서 아직 보증인도 세우지 않고 1학기간 월사금도 준비하지도 못한 것이 염려스러

왔습니다.

　사무실에서는 과연 제가 염려하였던 조건을 재촉합디다. 저는 그날, 내일부터는 학교에 오기가 좀 염치없으리라고 생각하면서 제가 묵고 있는 집으로 돌아왔더니 책상 위에 얇은 편지 한 장이 놓여있습디다.

　아! 그 편지는! 그때 편지는 드렸으나 감히 답장받기를 뜻하지도 않았던 H선생의 답장이었습니다. 저는 급히 날뛰는 가슴을 누르며 봉투를 뜯었더니

「글 주셔서 감사합니다. 산자수명(山紫水明)한 K부는 숭고아담(崇高雅淡)한 취미를 양성하기에 적당할 줄 압니다」
라고 짧게 써 있었습니다.

　선생이어, 이 짧은 H선생의 편지가 얼마나 제게 느낌을 주었겠습니까. 저는 그때부터 숭고아담한 취미가운데 거기서 창조된 꿈나라에서 살아야할 제가 사교계에 나서려는 것은 과실이 아닐까하고 생각하였습니다. 그리고 현실의 사회는 너무도 잔혹하지 않을까 겁도 나기 시작하였습니다. 그러나 현실이란 악마는 이러한 생각도 시킬 겨를없이 제 손을 끌어서 고향에 계신 부친에게 원망의 편지를 쓰게 하고 학교에 보증인을 세우기 위하여 주선하여 달라고 친절치도 않은 Y여사를 심방(尋訪)치 않을 수 없게 하였습니다.

　그때 마침 Y여사는 신병으로 X여학교 기숙사에서 어떤 조선 사람의 집으로 이사하였다고 놀러오라고 엽서를 보낸 뒤였기 때문에 저는 저으기 불쾌한 감정을 억제하고 먼 길을 찾아갔더니 길 가운데서 싸래기 눈이 풀풀 내리기 시작하였습니다. 겨우 Y여사가 계시는 집을 찾았을 때는 집집마다 전등빛이 비추어 보일 때였습니다. Y여사는

"아이고 오래간만에 만나보겠군요"
하면서
"아프시다더니 좀 어떠세요"
하고 인사하는 나를 맞아서 자기 방으로 들어갔습니다. 방으로 들어가서 한참이나 별로 재미없는 이야기를 드문드문할 때 먼저 현관에서 Y여사를 찾을 때 친절히 그렇다고 가르쳐주던 30세가량된 안 주인이 따뜻하고 공손한 낯으로 미닫이를 열고 들어오며
"이렇게 추운데 먼 데서 어떻게 찾아오셨어요. 퍽 추우셨지요"
하고 제게 물으셨습니다.
"네, 이 K부는 동경보다도 더 추운 것 같습니다. 몹시 추웠습니다"
하고 미소하였습니다. 이때 Y여사는 머뭇머뭇하다가
"순일씨. 저 형님이 당신을 좀 만났으면 좋겠다고 늘 이야기하셨어요"
하고 소개하였습니다. 저는 그 말을 듣고는 머리를 숙여서 사례하고
"저는 댁에를 오니 퍽 유쾌하여집니다. 댁에는 조금도 일본에 와 사시는 기분이 보이지 않습니다.……"
"그러세요. 저는 Y여사에게 순일씨가 그렇게 고적하게 계시다는 말은 듣고 찾아가 뵈려고 하였으나 매일 분주해서 조금도 마음과 같이 못하였습니다."
하고 얌전히 반가운 인사를 하십디다. 저는 그의 부인다운 태도에 어느덧 인정을 끌리워서 처음 뵈옵는 박부인이 친척이나 되는 것같이 생각하였습니다. 그러자 박부인도 점점 친절함을 뵈였습니다. 차차로 Y여사는 저를 "천재이니" 무엇이니하고 박부인에게 칭찬같기도 하고 빈정거리는 것 같기도 하게 절반절반 감정을 혼합하면서 저의 이야기를 합디다. 그동안에 40 가까워 보이는 박부인의 남편인

박흥국(朴興國)이라는 이가 돌아앉아서 이야기하는 화로가에 참가하여 저에게 인사하였습니다.
"언제 동경에서 K부로 오셨습니까"
"지난 6일 저녁 때 이 정거장에 내렸습니다"
하였으나 참으로 말대답하기가 싫었습니다. 어쩐지 박흥국이라는 인물은 조금도 나의 흥미를 일으키지 않는 인물이엇습니다. 그리고 피하고 싶은 싫은 정을 일으키는 인물이었습니다. 그러나 심히 친절하였던고로 저는 저의 동족인인 그에게 보증인이 되어주기를 청하리라고 내심으로 은은히 혼자 의논하다가 주저치 않고 Y여사에게
"Y씨 나는 큰 일이 있어요…… 학교에 아직 보증인을 세우지 않았는데, 누구를 세워야 할지 한 사람이라도 아는 이가 있어야지요"
하였더니 Y씨는 서슴치 않고
"이 어른더러 해달라고 그러시지요"
하고 Y여사의 말이 끝나자마자 박흥국이라는 이가
"무엇이든지 어려운 일이 있으면 제게 말씀하시지요, 저는 노동이라는 공부를 합니다. 다른 사람들은 다 학교에 들어가서 공부하지요? 그러나 저는 사회에서 노동이라는 실제의 공부를 합니다. 그까짓 학교에서 배우는 공부는 다 쓸데없지요. 힘 자라는대로 도와드리지요. 우리는 순일씨 한 분에게만 친절히 하는 것이 아니라 누구던지 전 조선 사람에게는 다 친절히 합니다"
하고 짤막짤막하게 먼저 말한 다음 뒤를 더 누르다가 무슨 급한 일이 있다고 나가면서 저녁 진지는 집에서 잡수시고 가시라고 부탁하고 총총히 나갔습니다.
선생이어, 그날 저녁에 박씨 댁에서 의외에 큰 친절을 받고 집으로 돌아온 나는 자리에 누워서 여러 가지로 다시 생각하여 보았습니

다.

"박씨댁 주인은 내 보증인이 되고 학비도 부족되는 것을 담당할만큼 말하였다. 나는 사귄 첫 날에 그 사람에게 이와같은 흥허물 없는 친절을 받게 되도록 사람들과 친해 보기는 처음이다…… 그들은 정녕 내 보증인이 된다고 내게 안심을 시켰다…… 그러나? 그러나?"

찬 6조 2층 방 안에 10촉 전등 불빛은 홀로 늦도록 잠못들고 생각하는 내 정서인듯 은색 실을 가늘고 무수하게 내 눈에 놓았다 걷었다하며 어리어 뵈었습니다.

"박부인은 몸이 호리호리하고 어디로 보든지 얌전한 조선 부인의 전형을 벗지 않았더라. 그러나 조금도 야매(野昧)하거나 편협하여 보이지는 않았다. 그는 자기 남편이 나간 후에 "아무든지 우리는 한 번 세상 사람들을 위해 일해보려고 나섰어요"

"이 K부 안에 조선 직공들이 얼마나 많이 와있는지요. 그들도 다 우리 주인이 이 공장 저 공장에 넣어 주었어요. 그이들이 웬 일본 말이나 잘할줄 아나요……"

"우리는 순일씨의 일을 Y씨에게 듣고 퍽 근심하였어요. 그렇게 고생도 많이 하셨는데 지금도 넉넉치 않고 외롭게 지내신다는 말을 듣고 어서 찾아가 뵈려고 하였어요"
하고 말을 하였다.

수다스러운 부인은 아니고 눈치보아 가면서 도막도막 질서는 차리지 못하나 고요하게 사이사이 미소하면서 이야기하였다. 그러나 박홍국이라는 이는 얼굴이 거무테테하고 좀 얽은 구멍이 있는 것 같으며 말소리는 불쾌하도록 낮고 쉬인 목소리였다. 그는 그 목소리로

"아무쪼록 공부를 많이 하셔서 조선을 위하여 일하는 사람이 되세요. 그리고 한 편으로는 노동도 해보세요. 그래서 아무쪼록 훌륭한

사람이 되세요"
하고 식사 때에 말을 하였고 또 여러 번 많이 먹기를 권하기도 하였다. 식사를 마친 뒤에는 여러 가지로 이야기하였으나 저의 말은 자못 요령을 잡을 수 없는 말이었다. 무엇인지 저는 K부 안에 조선인 노동자를 위하여 회당을 짓고 만국노동회와 상통하는(각국 글자로) 큰 잡지에 쓰겠다고 힘써 말하면서 나더러도 일을 같이 하자고 하였다. 그러나 그들은 너무 빈약하고 때가 못벗어보였다. 저들에게 학비를 도와달라고 하면 안심할 수 없으니 내일은 학교를 쉬고서라도 하루 머리를 쉬며 잘 생각하여 부친에게 한 번 더 돈을 보내달라고 청하리라고 생각하여 놓고 닭우는 소리를 듣고야 눈을 붙였습니다.

5

학교에 보증인을 세워놓고 서복내천(西福乃川)에서 실정(室町)으로 이사가서 박씨의 호의로 자취를 하면서 통학한지가 한 달이 지난 때 일이었습니다. 각 방면으로 고통이 앓는 제 몸에 넘치는 설움을 주었습니다. 저는 그때 박씨의 호의를 입기는 입었으나 참을 수 없이 불쾌하였습니다. 박씨는 분주하다고 말은 하나 너무 잦게 저 있는 데 왔습니다. 그리고 무슨 계책이 아닐까하는 눈치를 채도록 이상히 뵈었습니다. 그러한 때 N군의 동생이 편지를 보내왔습니다. 조선 사람 치고 외국에 가서 노동하여 지내는 사람의 행동이 불미한 일 뿐이요 신용할 수 없다하니(더우기 여자에게 대한 행동이) 냉정히 생각하라며 등기우편을 보냈습니다. 그러나 저는 맹렬하게 다시 공부를 시작하였습니다. 집에 돌아와서는 밤 11시까지 모든 학과를 복습하고 새벽 다섯시에 일어나서는 그 전날 저녁에 지어두었던 밥을 물도 데우지 않고 먹고 책을 보다가 6시 40분쯤 되면 학교에 가서 아무도 오지 않은 때 피아노를 쳤습니다. 그래서 아침 저녁으로 정한 시간 이외에 2시간 30분 가량이나 피아노를 쳤습니다.

 그러나 이러한 복습은 허약한 제 몸을 한없이 약하게 하여 저는 참으로 불쌍한 경우에 이르렀습니다. 저는 드디어 우울증에 빠져 박씨들의 일언일구(一言一句)를 회의(懷疑)하게 되었습니다. 어떤 때 공원에 산보갔을 때 박부인은 저에게 가정이 재미없다고 하였습니다. 그 전에 한 번은 박홍국이라는 이가 자기는 장가를 들면 천한데서 나서 훌륭히 된 여자하고 결혼하겠다고 보기싫게 짧은 체통과 검은 얼굴로 부끄러워 하지도 않고 생각도 없이 말하였습니다. 또 어떤 때는 십분 활발한 저에게 아직도 여자답고 활발치 못한 데가 있다고 무엇을 풀어버리려는 듯이 말하였습니다. 이런 일들이 다 참을 수 없는 노염(怒炎)을 제 가슴속에 일으켜서 저의 병세는 날이 감에 따라 때를 정하지 않고 식었다 더웠다하는 체온 때문에 자주 병석에 눕게 되었습니다. 그러한 때 제 가슴은 무엇을 구하는 것 같으면서 지명키 어려웠습니다. 저는 제 가슴속에 무엇일까? 무엇일까? 묻기 시작하였습니다. 가슴은 지명치 않았습니다. 그러나 얼마 후에 저는 조선말로 이야기할 벗이 부러웠습니다. 물론 제게는 동성의 벗보다 성을 초월한다 하더라도 이성의 벗이 감흥을 일으키리라고 뜻하였습니다. 이런 일들을 생각할 때 하루는 비오는 날 저녁 때였습니다. 저는 학교에서 일찌기 돌아와서 책보도 풀어보지 않고 저녁도 먹지 않고 백정촌(白丁村) D씨 계신 데 가서 현관에 나온 D씨를 보고

 "피아노를 좀 얻어칠 수 있을까요. 그것을 물어 보려고 왔어요"
하고 어디까지든지 외양만은 귀족적인 D씨에게 물었습니다. D씨는

미소하며 제 말 대답을 하였습니다.
"네, 어서 치시지요"
하고
"들어와 치세요"
"저는 오늘은 치지 못하겠어요. 될 일인가 안 될 일인가를 물으러 왔지요. 책도 아무 것도 안가지고 왔어요. 이 다음 복습이 몰리면 오지요"
"왜? 들어와 놀다 가시지요?"
"아니요. 오늘은 그냥 가겠어요"
하고 그대로 들어와 놀다 가라고 하시는 D씨의 권고도 듣지않고 돌아올 때 D씨도 제가 발길을 돌리자마자 그 발길을 돌려 앞으로 들어갔습니다.
선생이어, 그날부터 저는 복습을 하지 않는 게으른 학생이 되었습니다.
선생이어, 정녕 그날 저녁부터……저는 게을러졌습니다. 그리고 홀로 눈을 막막히 뜨고 비오는 소리를 들으면서 멀리서 들리는 바이올린의 애끊는 소야곡을 들으면서 한없이 느끼었습니다.
한 올 두 올 내 애달픈 정서는 풀리어 어떤 얼굴을 수놓듯이 짰습니다. 처음에는 눈만 커졌다가 그 후에는 웃는 입만 보이다가 나중에는 D씨의 미소하던 흰 얼굴에 시원한 눈이 애교있는 입이 기꺼운 해조(諧調)를 외우려는 듯한…… 내 어린 시절에 이름도 잊어버렸던 벗의 얼굴같기도 하다고 환상이 일어납니다.
선생이어, 저는 이러한 환상을 밤새도록 그리고 나니 그 이튿 날은 참으로 피곤하여 자리에서 일어날 수가 없는데 비가 아직도 그치지 않고 부슬부슬 옵디다. 저는 할 일 없이 또 학교를 결석하고 누어서 책을 보았습니다. 그러나 전과 같이 학과를 익히지 않고 아름다운 인도의 전설을 탐독하고 앉았었는데 오후 두시를 치는 소리가 끝나자 죽죽 비오던 소리는 그치고 낙수물 떨어지는 소리만 똑똑 들립니다. 저는 다시 귀를 닫고 읽던 책을 다 보아 버리려고 열심히 보았습니다.

정녕 그날 오후 네시 가량이라고 생각합니다. 저는 아프다고 누웠다가 말고 일어나면서 방을 치우고 화로 위에 부글부글 끓던 흰 죽을 먹고는 부리나케 욕탕으로 가면서 아랫 주인에게

"혹 누가 오거든 목욕갔으니 제 방에서 기다리라고 그래주세요"
부탁하고 갔었습니다.

목욕탕에 간 저는 다른 날보다 정성을 다하여 화장을 하고 돌아왔습니다. 언제 봄은 왔던지 목욕하고 화장하고 돌아오는 길가 벗나무 가지에 꽃망울들이 볼록볼록하게 피우려는 화판(花瓣)을 보였습니다. 어떤 큰 집 담 옆에 심구어 나이먹은 밝은 동백꽃 나무에서는 비 맞은 꽃송이들이 그 담 밖 길가에 떨어졌습다.

여러 가지로 애닯고 딴 생각을 하며 집으로 돌아오매 현관에 낯익지 않은 오바수스가 놓였고 외투가 놓였습니다. 저는 그때 '주인집에 누가 온것이라'고 생각하면서 방으로 총총히 들어갔더니 의외에 D씨가 와 앉아 계십다. 저는 어찌 할 줄을 모르고 너무도 의외의 일인 고로

"앗흐……"

놀란 소리를 한 마디 내놓고 감히 인사도 하지 못하였습니다. 그때 D씨는 시원한 노래를 하는 듯한 음성으로

"순일씨, 용서하십시오. 이 근처에 왔다가 잠깐 들렸습니다. 놀다 가도 관계없습니까?"

하고 좀 대담스럽게 말씀하였습니다. 저도 그때는 용기를 내서
 "네, 그러시지요. 저도 퍽 적적하게 지내었습니다."
 "다른 일은 없는데 오늘은 순일씨께 부탁이 있어서 왔습니다. 이 근처에 조선 말 배우려는 일본 여자가 있는데 저는 아시는 바와 같이 분주하고 그래서 순일씨에게 부탁하려고 왔습니다. 순일씨도 분주하시겠지만 댁이 퍽 가까우니까 적적하시면 놀러가시는 셈치고 가 보시지요"
 저는 그때 너무도 뜻하지 않았던 일인 고로 역시 어떻게 말 대답을 할지 몰라서 머뭇머뭇 하였습니다. D씨는 제 얼굴에서 심히 주저하는 빛을 보셨는지 위로하는 듯이
 "귀찮거든 그만 두시지요. 제 말은 단지 순일씨가 너무 적막할 것 같아서 하는 말이에요"
하셨습니다.
 "그래도 매일 가기는 어려울 것 같아요. 매일 학교에 가면 5시에야 돌아올 때가 많아요. 그러니까……"
말을 채 마치지 않았을 때 D씨는
 "그럼 순일씨도 퍽 분주하세요?"
 "네, 학과만이라면 그렇지 않겠지만 악기 연습 때문에……그리고 또 일본 여자는 외국어를 배울 줄 몰라요. 그것들의 장기는 뼉다귀로 세 줄을 걸고 나뭇때기나 딱딱 두들길 줄 밖에 모르는 것 같아요……"
하고 마음없이 험담을 하였습니다. D씨는 그만
 "하하하"
하고 웃어버리시다가 제가
 "정말입니다"

하고 눈을 똑바로 떴더니 혼자 말 같이

"아이 아직도 어린애 같구먼"

하고 알아듣지 못할만치 말을 흘리셨습니다.

선생이어, 그날 D씨는 밤이 들도록 놀다가 책도 같이 읽고 비평도 같이 하고 하였으나 어떠한 일인지 제가 매일 저녁이면 듣는 바이올린의 소야곡 소리가 가장 아름답게 울릴 때 D씨는 귀를 꼭 막고 10분 가량이나 앉으셨다가 참을 수 없는 듯이 후닥닥 일어나서

"퍽 오래 놀다가 갑니다. 방해되셨지요"

하셨습니다.

"왜 벌써 가세요"

하고 머뭇머뭇 하였습니다.

"피아노치러 오세요"

하고 D씨는 점점 현관을 향해 가실 때 저는

"네, 이번 토요일에는……"

하고 말을 마치지 않고 D씨의 뒤를 따라 나와서 현관에서 전송하면서

"또 놀러오세요"

하고 두어번 당부하였습니다.

(≪개벽≫, 1921.12~1922.1)

김명순

돌아다 볼 때

1

여름 밤이다.

둥그러가는 열 이틀의 달빛이 이슬 내리는 대지 속에서 은실같이 서리어서 연못가를 거니는 설움 많은 가슴 속에 허득여 든다.

이슬을 머금은 풀 밭에서 반딧불이 드나들어 달빛을 받은 이슬 방울과 어리어서는 공중에 진주인지 풀밭에 불꽃인지 반짝반짝한다.

소연은 거닐던 발걸음을 멈추고 연못가에 조는 듯이 앉았다. 바람이 언덕으로부터 불어내려서 연잎들이 소연을 향하여 굽실굽실 절을 하듯이 흐느적거렸다. 무엇인지 듣지도 못하던 남방(南邦)의 창자를 끊는 듯한 설움이 눈 앞에 아련아련한다.

마치 그의 생각이 눈 앞에 이름지을 수 없는 일들을 과거인지 미래인지 분간치 못하게 함과 같다.

음침히 조용한 최병서 집 서편 울타리 밖에서는 아이들이 하늘을 쳐다 보면서

"별 하나, 나 하나, 별 둘, 나 둘, 별 셋, 나 셋, 별 백, 나 백, 별 천, 나 천"
하고 노란 소리들을 서로 불러 받고 주었다. 이 어린 소리들이 그의 가슴속 맨 밑까지 들어서
"왜, 결합된 한 생명같이 한 법칙 아래 한 믿음으로 이 세상을 지나면서 하필 남북에 흩어져 있다가 우연히 또 한 성에 모이게 되어서도 만나지도 못하고 울지 않으면 안 되었느냐"
하고 애달픈 은방울을 흔들었다.
"그러나 아무도 우리를 못 만나게 할 사람은 없는 것이 아니냐, 같은 회당에 모일 몸이"
하고 또 다시 만날까 말까 오뇌할 때 이 생각의 아득함을 꿰뚫는 듯이 귀뚜라미들이 그들의 코러쓰를 간단히 업기어 울렸다.

여름 밤 하늘의 맑음이 하늘 가운데로 은하를 건느고 그 가운데 던져버렸다는 "얼·포이쓰"의 슬픈 거문고를 지금 이 밤에 그윽히 들려주는 듯 하다.

구원(久遠)한 하늘을 우러러 옛 사람들이 지은 옛이야기가 또 다시 그 머리 위에 포개어져서 설움을 북돋운다.

소연은 이슬에 젖어서 역시 이날도 뒷 방 삼칸 속으로 들어갔다. 그는 문을 잠그려다가 방문을 열어놓은 채 발을 늘이다 말고 우둑허니 섰었다.

이때 마침 창전리 언덕 길 아래로 지나는 사람들의 음성이
"이집이지?"
"응"
"송군, 자 언덕 위로라도 올라가서 잠깐이라도 보게그려, 그렇게 맑은 교제 사이였는데 못 만날 벌을 받은 죄가 왜 있단 말인가"

"원! 그렇지 않더라도 생각해보게, 남의 잠잠한 행복을 깨트릴 의리가 어디 있겠나"
"그럴 것이면 그 연연한 생각조차 씻은 듯이 없이 하던지……"
하면서 이야기하는 말 소리들은 소연이 향해 선 벽돌담 밑까지 가까히 오면서
"이군, 이것이 유령도 아니고 동물도 아닌 사람의 우수(憂愁)일 것일세. 자, 부질없으니 내려가세, 겹겹히 벽돌로 쌓아 놓은 담 밖에 와서 본 다기로 무슨 위로가 있겠나"
하고 한 발소리가 급급히 내려가면서
"이군, 어서 가서 Y양의 반주할 것을 좀더 분명히 익혀주게"
하매 그 뒤로 다른 발소리들도 따라 내려가는 듯 하다.
　소연은 또 다시 소금 기둥이 된 듯이 그 자리에 섰었다. 이 순간이 지나자 그의 마음 속은 급히 부르짖는다.
"오, 송씨의 음성이다, 그이가 아니면 어디서 그런 음성을 가진 사람이 있으랴, 그렇다, 그렇다"
　하고 그는 버선발로 벽돌담 밑까지 뛰어내려가서 뒷 문을 열려고 하나, 빗장을 튼튼히 지르고 자물쇠를 건 문이 열쇠 없이는 열려질 리가 없었다. 그는 허둥허둥 연못 앞으로 가서 석등농(石燈籠) 주춧돌 위에 발돋음을 하고 서서 담밖을 내다 보나 달밤에 넓은 신작로가 비인 듯이 환히 보일 뿐 저편 길 끝에 사람의 그림자 같은 것이 가물가물할지라도 긴가 민가하다. 소연은 실심한 듯이 방마루로 올라오면서 버선을 벗고 방으로 들어갔다.
　소연은 생각만이라도 되돌려 보겠다는 듯이 여름 문을 꼭꼭 잠그고 지나온 생각에 잠겼다.
　그 1년 전 봄에 ××학교 영문과를 좋은 성적으로 졸업한 소연은

그 봄부터 역시 경성에서 ××학교 영어 교원이 되어서 그 아름다운 발음으로 생도들을 가르쳤다. 그와 생도들 사이도 지극히 원만하였고 또 선생들 틈에서는 좀 어린이 취급을 받았을지라도 근심꺼리가 없었다. 하나 소연은 그 봄부터 나날이 수척해갔다.

혹은 그의 수척해감을, 그가 어릴 때부터 엄한 그 고모의 감독 아래서만 자라나서 그렇다기도 하고, 어떤 귀족과 혼담이 있던 것을 영리한 체하고 신분이 다르니까 할 수가 없습니다 하고 거절은 하였지만 미련이 남아서 번민한다고 하기도 하였다.

그러나 그의 사실은 이런 구역이 날 헷소리들을 뒤집어 엎고 버리지 못할 이야기를 짓는다.

2

소연은 ××여학교 영어 교사가 된 그 이듬해 4월 하순에 학교 전체로 수학여행을 하게 되었을 때 고등과 3년생들을 이끌고 다른 일본 선생들 틈에 섞여서 인천 측후소로 가게 되었었다.

그때 일기는 매일같이 꾸물꾸물하고 그러면서도 빗방울을 잠깐잠깐 뿌려보기도 해서 응당 그렇게 뼛속까지 사무치는 봄 추위가 얇은 솜저고리 입은 어깨를 빗은 듯이 으스러뜨렸었는데 소연이가 인천 측후소를 찾은 것도 이러한 날들의 하루였다.

선생들과 생도들은 얼버무려서 모든 기계실에 인도되어 자못 천국에서 내려온 듯이 고상한 풍채를 가지고 또 그 음성이란 한 번 들으면 영원히 잊혀지지 않을 젊은 이학자의 설명을 들었다.

젊은 이학자를 앞에 두고 40여명의 선생과 생도들은 지하실에서

지하실로 층층대에서 층층대로 올라갔다 내려갔다 하였다.
　젊은 이학자는 가장 열심히 그 희던 뺨에 붉으레한 핏빛을 올리면서 생도들이란 것보다 특별히 소연에게 향해서
　"아시겠습니까, 아시겠습니까"
하고 설명했다. 소연도 열심히 들으면서 가끔 알아듣는 듯이 고개를 끄덕여 보였다. 모든 기계실의 설비를 구경시키고 나서 젊은 이학자는 ××명학교 선생들에게 차를 대접하려고 응접실로 인도하였다. 거기서 그들은 명함을 바꾸었는데 소연은 그가 조선 청년인 것을 알고 귀 밑이 달아오는 것을 간신히 참고 있었다. 그러나 송효순은 뺨이 빨개진 소연에게 조선말로 그 부드러움을 전부 표면에 나타내서
　"나는 당신이 생도인줄 알았어요. 아주 어려 보이니까요"
하고 그의 귀밑에 속삭였다. 이때에 소연은 처음으로 이성에 대해서 그 향기로움을 알았다. 지금까지 사내 냄새는 그리 정하지 않았던 것으로만 알았던 것이 그 예상을 흐리고 이상한 그 몸 가까이만 기다려지는 무엇을 깨닫게 되었을 때 또 다시
　"언제부터 그 학교에 계셨습니까. 영어만 가르치세요, 과학에 대해서는 아무 취미도 안가지셨어요"
하고 그 달아오는 귀 밑에 송씨의 조용한 말을 들었다.
　그는 온 몸이 무슨 벽의 튼튼함을 의지하고 싶기도 하고 자기 홀로인 고요하고 정결한 방 속에 숨고 싶기도 한 힘 없음과 비밀스러운 기분에 취했었다.
　그는 그러면서 송효순이가 그 몸 가까이 오지 않기를 바랐다. 그럴 때 효순도 같은 기분에 눌리우는 듯이 점점 말을 없이하고 그 옆에서 다른 일본 선생들과 어음(語音) 분명한 동경 말로 이야기를 했

다.
 선생들은 송효순에게 대단한 호의를 보이는 듯한 시선을 보내면서 소연을 유심히 바라보았다. 그리고 그 눈들이 모두 소연을 부러워해서 그 이학자의 몸 가까이 앉은 것을 우러러 보는 듯 하였다.
 측후소로 떠나올 때 효순과 소연은 특별히 조용하게
 "서울 어디 계세요"
 "저 숭이동……이예요"
 "거기가 본댁이십니까"
 "아니 그렇지 않아요"
 "그럼 여관입니까"
 "아니요, 제가 자라난 고모의 집이예요"
 "그럼 양친이 안 계십니까?"
 "네……"
하고 그는 발 뒷꿈치를 돌리려다가 또 한참만에
 "그럼 안녕히 계십시오"
했다. 이때 효순은 무엇을 생각하는지 멍히 섰다가
 "고모되시는 어른은 누구세요"
 "저 ××학당의 류애덕이예요"
 "그러면 훌륭하신 어른을 친척으로 모시는구먼, 혹시 찾아가 뵈면 모르는 체나 안하시겠습니까?"
하고 이야기를 했었다.
 소연은 이처럼 효순과 이야기를 바꾸고 생도들 틈에 섞여서 산등성을 내려왔었다.
 그 후로 그는, 도저히 잊지못할 번민을 가지게 되었다. 그는 길거리에서라도(그이가 자기를 찾아와 본다고 하였으므로) 혹이 넓은 가숨을 가진 준수한 남자의 쾌활한 걸음걸이를 볼 것 같으면 그이나 아닌가 하게 되었었다. 그럴 동안에 그는 점점 수척해가고 모든 일에 고달픔을 깨닫게 되었었다. 그는 단 한 번이라도 다시 효순을 만나고 싶었다. 그의 그리워하는 효순에게 대한 동경은 드디어 감성으로부터 영성에 까지 믿게 되어 그는 새로이 과학에 대해서도 취미를 가지게 되었었고……영원한 길 나들이에서라도 만나지라는 소원까지 품게 되었다. 그는 밤과 낮으로 그이를 다시 만나지라고 기도했다. 잠깐동안이었을지라도 그 아름다운 순결을 표시한 듯한 감성이 정결한 마음 속에 잊지 못할 추억의 보금자리를 치게 하였던 것이다 하나 그의 마음은 망설이지 않을 수 없었다. 아무리 굳센 의지가 있다 할지라도 단 한 번의 만남으로 얻은 감명이 걸핏하면 새로이 연구하려던 과학같은 것을 잊어버리고는 다만 자기의 눈으로 만나고만 싶었다.

그는 드디어 밤과 낮으로 기도하는 보람도 없이 만나지지 못하므로, 시름시름 병을 이르게까지 되었다. 그 처녀의 마음에서는 송효순 이외에 모든 남자들이 초개같이 보였다. 그러나 그러함을 돌아보지 않고 류애덕을 향해서 소연에게 청혼을 하는 사람들은 결코 헤아릴 만큼 드물지 않았다.

류애덕은 부모없는 조카를 남부럽지 않게 10여년 기를 피로로 인함인지 또는 그의 장래를 위함인지 분명히 말을 하지 않으나 다만 하루바삐 그를 결혼시키고 싶어했다. 어떤 때는 소연의 30원 받는 시간 교사의 월급이 너무 적어서 수치라기도 했다.

소연은 이때를 당해서 그 마음을 더욱 안정할 수가 없었다. 그는 얼마나 삶에 대해서 맹랑한 쓸쓸스런 일인 것을 깨달으셨는지 또 그 고모의 교훈이 얼마나 간직하고 있었든지 헤아려 보려면 헤아려 볼

수록 분명히 그릇됨을 찾아낼 수도 없건마는 뜨거운 뜨거운 눈물이 저절로 그 핼쑥한 뺨을 굴렸다. 다만 그는 밤과 낮으로 그렇지 않아도 처녀 때에 더더군다나 외로운 처지의 근심스러움과 쓸쓸함을 지독하게 맛보았다. 그는 어느날은 침식을 잊고 이 분명히 이름도 지을 수 없는 아픔을 열병 앓듯 앓았다. 그는 흡사히 병인같이 되어서 ×명학교에 가기를 꺼렸다. 하나 그는 하는 수 없이 거기 가지 않으면 고모의 생계를 도울 수 없었다.

그는 매일같이 사람 그리운 불타는 듯한 두 눈을 넓은 길거리에 사라져 보면서 ×명학교에를 왕래하였었으나 나중에는 아주 근력을 잃어서 눈을 땅위에 떨어뜨리고 길지나는 사람들을 쳐다보지도 않았다. 이런 때 처녀의 처음으로 사람 그리는 마음이 그대로 들떠지기도 쉬웠지마는 소연은 힘써서 자기의 마음을 누르고 무엇을 그리는 그 비밀을 속으로 속으로 감추어서 드디어 모든 삶에 대해서 생각하게 되고 또 여자의 살림살이들 중에도 조선 여자의 살아온 일과 살아갈 일에 대해서 생각하게 되었었다. 또 모든 사람의 살림살이도 비교도 해 보면서 과학에 대하여 알고 싶어지는 마음은 마치 고향을 떠난 어린이의 그것과 같이 이름만 들어도 가슴이 두근거렸다.

어떤 때는 물리학이라든지 또는 천문학이라든지 하는 학문의 이름이 송효순의 대명사나 되는 듯 했다. 하지만 소연은 스스로 그 동무들 간에는 그런 마음을 찾아볼 수 없는 것을 볼 때 얼마나 섭섭함과 외로움을 알았으랴. 그는 벌써 20은 넘은 처녀인데 이 처음으로 남 유달리 하는 근심은 그에게 부끄러운 듯한 행동거지를 하도록 시켰다.

그는 어떤 때는 ×명학교 이과 선생에게 열심히 물어도 보고, 어떤때는 여인들의 지나온 이야기에도 귀를 기울여 보고 그들이 얼마나 그릇된 살림살이를 하여왔는지도 정신차리게 되었다. 하나 소연의 건강은 나날이 글러갈 뿐이어서 그 쓸쓸한 류애덕여사도 놀라지 않을 수 없게 되었었다. 이러할 때 소연은 그 향할 곳 없는 마음에 병까지 들게 되었으므로 이학과 여인들과 모임에도 힘쓰지 못하고, ×명학교에서 영어를 가르치고 집으로 돌아오면 문학서류를 손에 들게 되었었다. 거기에는 모든 세상이 힘들지 않게 보여있는 탓이었다. 전일에는 피아노도 열심히 복습했지만 깊은 비밀을 가진 마음은 자연히 어스름 저녁 때와 같이 붉으레한 저녁 날 빛같이 희망조차 잃어버리기 쉬워서 캄캄한 명상에 빠져 마음의 소리를 내기도 꺼려졌다. 그는 얼마나 뒷동산 언덕 위에 서서 저녁 하늘을 바라보고 처참함을 느끼었을까. 만일 누구든지 그이의 마음을 알면 비록 그 연애란 것이 아닐지라도 사람들의 일반으로 가지는 번민을 그렇게도 깊이도 삼가롭게 함을 얼싸안고 불쌍히 여겨주었을 것이다. 하나 그에게는 아무의 동정도 향해지지 않았다. 그는 문학서류를 들고 고모의 눈치를 받게도 되고(류애덕의 교육은 생계를 얻기 위하여 학교 졸업을 받는 것이 주장이었으니까) 어두운 마음의 비밀을 품고는 학교에서 같은 선생들의 의심스러운 눈치를 받고 생도들의 속살거림을 받았다. 그는 그 눈들에 대해서 은근히 검은 눈을 둥그렇게 뜨면서,

"아니오, 그렇진 않아요, 하지만 당신들이 모르는 내 마음에 힘있게 받은 기억이 나를 이같이 괴롭게 해요"
하고 눈으로 변명했다. 하나 그 마음이 아무에게나 통치는 못하고 같은 선생들은 단순히

"처녀의 번민, 상당히 허영심도 있을 것이지"
"글쎄 답답해, 류애덕씨가 완고스러우니까, 그때 왜 기회를 놓쳤던

고, 벌써 그 귀족은 혼인 예식을 지났다지……"
하고 자기네들끼리 중얼거리도 하고,
 "왜 그렇게 수척해가시오, 류소연씨 그런 귀여운 자태를 가지고 번민같은 것을 가질 필요가 있습니까, 아무런 행복이라도 손쉽게 끌어올 것을"
 "몸 조심을 잘하세요. 이왕 지난 일이야 쓸데 있습니까, 또 다음 기회나 보시지요"
하고 직접 아무 관계없는 기막힌 동정을 해주었다. 소연은 이런 때마다 수치와 모욕을 한없이 깨닫고 자기가 마치 이 세상에 쓸데없는 사람인 것 같기도 하고 또 송효순에게 대한 비밀을 영영히 숨겨 버려야만 옳을 듯 미신이 생겨지기도 했다.
 모든 것이 다 어둡게 그의 마음을 어두운 곳에만 떨어뜨리려고 했다.
 하나 그는 역시 송효순이가 그리웠다. 잊혀지지 않았다. 그래서 그는 혼인 말이 있을 때마다 거절했다. 그 고모 류애덕여사는 그 연고를 묻지만 저편에 학식이 없다는 불만족들 보담 자기가 신분이 낮다는 겸손보담 또 재산이 없노라는 감당 못할 정경에 있다는 것보담
 "찾아가도 모르는 체 안하시겠습니까?"
 하던 믿음성과 겸손과 활발함을 갖추어 뵈이고 또 고상한 음성으로 모든 대담스러움을 감추어 버리던 그 인천 측후소의 송효순이가 그리웠다. 그는 그 참을성과 진정한 그리움에서 나온 부끄러움이 아니면 인천 측후소를 찾아갔을지도 모르겠지만, 다만 재치있는 손끝을 기다리는 듯한 덮어놓은 피아노의 하얀 키가 아무 소리도 못내고 잠잠할 뿐이었다.

3

류애덕은 소연의 아버지보담 다섯 해 아래 되는 동생이었으며 그의 고향은 반도 북편에 있는 박천고을이었다. 류애덕의 부친은 한국 시대의 유자(儒者)로 류진사란 이름을 얻은 엄한 노인이었으나 불행히 늦게 본 아들 때문에 속을 몹시 태우다가 그 아들이 20도 되기 전에 그만 이 세상을 떠나버렸다. 이보다 전에 류애덕은 15살이 되자 그 이웃 이주사 집으로 출가를 했으나, 유자(儒者)와 관리 편 사이에는 일상 설왕설래(說往說來)가 곱지 못했을 뿐 아니라, 류애덕의 남편은 불량성(不良性)을 가진 병신이었으므로 가진 못된 행위를 하다가 집과 처를 버리고 영 나가버렸다. 그러므로 아직 어리어서 생과부가 된 류애덕은 흔히 친정살이를 했으나 그도 소연의 적모와 사이가 불합해서 가장 고울 을녀(乙女)의 때를 눈물과 한숨으로 보내다가 조선 안을 처음으로 비치는 문명의 새벽 빛을 먼저 받게 되어서 훗 세상을 바라려고 교회당에도 다니게 되고 또 공부까지 하게 할 마음을 영구히 잃어버린 그는 다시 출가할 마음을 내지 않고 교육에 뜻을 두게 되었다. 그는 운명이 그러한 탓인지 여기에 이르도록 비교적 순한 경로를 밟아오게 되었었다. 과부가 되자 그 모친의 보호 아래 학비얻어 공부하게 되고 또 밖으로 들어오는 유혹은 아주 없었으므로 그는 해변가에 물결을 희롱하고 든든히 움직이지 않는 바윗돌은 아니었다. 그러므로 그는 편백했으며 자기만 결백한 체 하는 폐단을 버리지 못했다. 그러나 교회 안에서 그 엄하고 단출한 행동은 모든 교인과 젊은 학생들의 존경을 받게 되었다. 그래서 그는 그 안에서 공부하고 또 직업을 잃지 않게 되어, 가장 안전한 지위에서 생활하게 되었었다. 그후에 늘 그에게 근심을 끼치든 그의 양친은 한 달 전후하여 이 세상을 하직하고 소연의 부친 류경환은 본처를 버리고 몇 달에 한 번씩 계집을 바꾸다가 소연의 어머니에게 붙들리어 거기서 귀여운 딸을 보고 재미를 붙이게 되었으나 어떠한 저주를 받음인지 소연의 모친은 평생 한숨으로 웃음을 짓는 일이 드물고 걸핏하면 치맛자락으로 거푸 나오는 눈물을 씻다가 그도 한이 뭉켜 더 참을 수가 없든지 소연이가 열 한 살 되던 해에 이 세상을 하직해 버렸다. 이때에 이르러 거의 거의 가산을 탕진한 류경환은 소연을 그 누이에게 맡겨버리고 다시 옛날 부인을 찾아갔으나 거기서 1년이 못된 가을에 체증으로 세상을 떠났다.

그때부터 소연은 그 고모의 보호아래 잔 뼈가 굵어진 듯이 몸과 마음이 나날이 자라는 갔으나 그의 마음 속 맨 밑에 빗백인 얼음장을 녹여버릴 기회는 쉽게 다시 오지 않았다. 류애덕이 소연을 기름은 소연의 얼굴에 쓸쓸한 그림자를 남기도록 흠점이 있었다. 비록 의복과 학비를 군색하게 하지 않을지라도 병났을 때 약을 늦추어 써줌이 아닐지라도 어딘지 모르게 데면데면하고 쓸쓸스러웠다. 그 데면데면하는 쓸쓸스러움은 소연이가 공부를 마치게 되었을 때 좀 감해가는 듯 했으나 어떠한 노여운 말 끝에 든지 혹은 혼인 말 끝에든지 반드시

"너의 어머니를 닮아서 그렇지, 그러기에 혈통이 있다는 것이야" 하고 불쾌한 말을 들리었다.

이러한 말을 듣고도 소연은 그 고모의 역설인 줄만 믿고 자기의 혈통을 생각지 않았으나 온정을 못받은 그는 반드시 쾌활한 인물이 되지 못하고 그 성격에 어두운 그늘을 많이 백히게 되어서 공연한 눈물까지 흔하였다. 고되고 쓸쓸한 삶에 향할 곳 없는 마음을 배움

으로 재미붙여 나날이 그 학식을 늘리였으나 그 역시 반도 부인 태반이 그리하도록 미신적 믿음외에는 달리 광명을 못받은 이였다. 그러나 그 환경에서 남성에 대한 사모…

그러한 소연이가 인천서 송효순을 만났을 땐 무엇인지 온 몸이 녹을 듯 한 따뜻함을 알았다. 하지만 그것은 꿈에 다시 꿈을 본 것같이 언젠가는 힘을 다해서 잊어버리지 않으면 안될 환영(幻影)일 것 같았다.

소연은 송효순을 몹시 생각한 어느 날 밤에 이상한 꿈을 보았다.

조선 안에서는 흔히 보지 못하던 경도 하압천 신사(下鴨川神社) 안 같은 곳이었다. 넓은 나무 숲속을 이룬 신사 뜰을 에둘러 물살 빠른 내가 흐르고 신사 밖으로 나가는 다리 옆에는 큰 느티나무가 서 있어서 그 가무렇게 보이는 제일 높은 가지 위에는 여섯 잎으로 황금 테두리를 한 남빛 꽃이 달처럼 공중에 떠있었다. 그 아래는 여전히 냇물이 빠르게 좔좔소리를 내면서 흘러내려갔다. 자세히 본즉 그 냇물에는 지금까지 보이지 않던 뗏목이 떠나려 가는데 그 위에 젊은 여자가 빗누운 채 흘러내려 가면서 남쪽만 바라본다. 온 몸이 웃쓱해서 정신을 차리려 하여도 무엇이 귀에 빽빽 소리를 치며 저기 떠내려 가는 것이 너이다. 너이다! 하고 그 귀를 가를 듯이 온 몸이 짜릿짜릿하도록 소리를 지른다.

소연은 눈을 뜨려고 몸을 흔들어 보고 소리를 내어보려 하여도 내가 깨었거니 깨었거니 하면서도 눈이 떠지지 않고 무서운 뗏목이 빠른 물을 따라 흘러가는 것이 눈에 선했다.

그럴 동안에 그는 잠이 깨어서 가슴 위에 손을 넣어 놓고 등걸잠을 자던 그 몸을 수습했다.

그는 눈이 깨어서 한 번 여행갔던 경도를 꿈꾸었다고 생각했으나 그 꿈이 무엇인지 효순을 생각할 때마다 무슨 흉한 징조같이 생각되었다.

4

그러나
「때가 이르면 굳은 바위도 가슴을 열어, 깊은 속 밑에서 솟아오르는 샘물은 땅에 뿜는다」
는 듯이 낮에는 만나지라고 기도하고 밤에는 못 만나서 가위 눌리던 소연은 드디어 효순을 만나게 되었었다.
　바로 지금부터 2년 전 여름이었다.
　하루는 애덕여사가 소연의 건강을 염려하여 그더러 ×명학교는 퇴직하라고 권고할 때 가벼운 노동시간과 공부시간을 써 놓고 곰곰히 타이르면서 몸조심해야 한다고 하던 애덕여사는 급히 무엇을 잊었다 생각난 듯이 종이 조각을 소연에게 던져주며 손님이 올 터이라고 아이스크림 만들 복숭아를 사오라고 일렀다.
　소연은 매일같이 손님이 올 때마다 혹시 효순씨가 오지 않나하고 기다렸으나 매일 같이 오지 않았으므로 오늘은 또 어떤 손님이 오시려노하고 풀기 없이 일어나서 창경원 앞까지 걸어나와 전차 위에 올랐다. 그 찌는 듯한 여름 날 오후에 소연은 고모의 명령이라 어기지도 못하고 진고개까지 가서 향그러운 물복숭아를 사왔었다. 그때도 애덕여사는 말하기를
　"우리 여자 청년회를 많이 도와주시는 송달성씨가 오실 터인데 새 옷을 갈아입고 민첩히 접대해라"

하고 일렀다. 이말을 들을 때 소연은 송이라는데, 깜짝 놀랐으나 이름이 다르고 또 그이를 아는 터이었으므로 얼마쯤 안심하였었다.

그날 저녁에 40이 넘은 신사와 25·6세의 젊은 신사는 게으르지 않고 급하지 않은 흥크러운 걸음걸이로 공업전문학교 근처의 사지(死地)를 걸어서 숭이동을 향하여 갔다.

하늘은 처녀의 마음을 펼쳐서 비단 보자기에 흰 솜덩이를 싸듯이 포도빛도는 연분홍을 다시 열게 풀어서 여름 구름을 휘몰아 싼 듯 하고 뽀얀 지평선 한 끝에서는 여인들이 우물 물을 길어오고 길어갔다. 마치 하늘과 땅이 더운 때 하루의 피로를 잊으려고 저녁 바람을 식혀서 졸리운 곡조를 주고 받는 듯 하였다.

소연은 요새 보기 시작했던 어느 각본 책에서 본대로 파란 포도넝쿨로 식탁을 장식해 놓고 부엌으로 가서 그 고모에게

"아주머니, 식탁 차려놓은 것 보세요"
했었다.

일상 희노애수(喜怒哀愁)의 표정이 분명치 않은 애덕여사도 소연의 재치있음을 보면 회색이 만면해서

"그런 장난이야 네 장기지"
하였다. 소연은 그 고모의 습관을 잘 알므로 이 암만해도 경사나 당한 듯 해서 연해 그 고모에게 말을 걸어본다.

"어떤 손님이 이렇게 우리의 공대를 받으십니까?"
하기도 하고

"왜 하필 저녁 때 청하셨어요?"
하기도 하고

"꼭 한 분만 오실까요?"
하기도 했었다.

숙질은 이 저녁 때 두던 버릇으로 재미스럽게 이야기하면서 아이스크림을 들을 때 뜰에서 낯서투른 발 소리가 들리자
"이리 오너라"
하고 불렀다. 이 소리를 듣고 소연의 숙질은 하던 이야기를 그칠 때 그들의 옆에서 그릇을 닦던 영복이란 여인이 냉큼 일어서며
"에이구, 벌써 손님이 오신 게로군"
하고 뜰 앞으로 내려갔다. 애덕여사도 허둥지둥 손을 씻으며 일어나서 방안으로 들어가려다가 뜰로 마주 나가서, 사교에 익은 음성으로 인사를 마치고 또 다른 처음 보는 사람에게 인사를 하는 듯 하였다.
 이때 소연은 무엇인지 가슴이 두근거려서 일어서서 내다보지 않고는 더 참을 수 없었다. 그는 사시나무같이 떨리는 몸을 일으켜서 부엌문 밖을 내다보았다. 그때야말로 소연의 눈에 무엇이 보였을까, 그는 온 몸이 곧아지는 듯이 자유로 움직일 수 없어서 그 머리를 돌리려다가 그러지도 못하고 우두커니 서서 내다 보았다.
 그러나 조금 후에 손님을 좌정하고 부엌으로 돌아온 류애덕은 예사롭게 앉아서 아이스크림을 돌리는 소연을 보고
"손님이 세 분이다"
하고 일렀다.
 소연은 한참 말 없다가 떨리는 음성으로
"그이들이 누구입니까"
하고 물었다. 총총히 그릇에 음식을 담던 애덕여사는 그 손 끝을 잠깐 멈추고 예사롭게
"참, 그 이야기를 네게는 아니 했구나. 저 이제부터, 우리 집에 학생이 한 분 온단다. 윤은순이라 하고 스물 댓살 된 부인인데 그 남편은 송달성씨의 생질되는 송효순씨라고 하고 동경서 대학을 마치고

돌아와서 인천 계시다고 하시더라"
했다.
　소연은 은연중에
　"그럼 인천 측후소에 계신 송효순씨인게지요"
하고 부르짖었다. 이때 그 고모는 좀 놀라운 듯이
　"그이가 인천 측후소에 있는 것을 네가 어떻게 알았니. 나는 지금 막 인사를 한 터이다"
하고 물었다. 이때 소연은 잠깐 실수했다고 생각했으나
　"저, 인천 측후소에 여행갔을 때요"
하고 스스럽지 않게 말하고, 그 낯빛을 감추기 위해서 저편으로 돌아서서 단 향내를 올리고 끓어나는 차관 뚜껑을 열어 보았다.
　이같이 되어서 음식 준비가 다 되고 식탁을 채려놓았을 때 소연과 효순은 삼촌과 삼촌 사이에 또 절벽같은 감시자 앞에서 외나무 다리를 마주 건느려는 듯이 만났으니까 많은 이야기를 서로서로 바꾸지는 못하였으나 12촉 전등불 빛 아래 그들의 붉은 얼굴에 남빛이 돌도록 반가와하는 모양은 그 주위에 시선을 돋우웠었다.
　하나, 그들은 만나는 처음부터 두 사람은 다만 아는 사람으로 밖에 더 친할 수도 없고 다시 그 가운데 사랑이라거나 연애라거나 한 것을 일으켜서는 옳지 않은 것으로 그들의 운명인 사회제도에 자유를 무시한 조건에 도장을 찍었다.
　하나 소연은 그들의 그토록 반가운 만남을 만났으니 조용한 곳에 단 둘이 만나서 한 기꺼움을 웃고 한 설움을 느껴보고 싶지 않았을까. 아무리 구 도덕의 치맛자락에 쌓여 자라서 굳은 형식을 못 벗어나야만 한다는 소연의 이성일지라도 이 당연한 자연의 요구를 어찌 금하고만 싶었으랴.

그러나 그들의 경우는 그들의 그러한 감정을 감추고 효순은 그 부인을 류애덕여사의 보호 아래 수양시키려고 찾아오고 소연은 그 조수가 될 신세이니 전일의 생각이 확실히 금단의 과실을 집으려던 듯하여서 그 등뒤에서 얼음 물과 끓는 물을 뒤섞어 끼얹는 듯이 불쾌했다.

5

  그 이튿 날부터 송효순의 아내인 윤은순은 류애덕의 집에 와서 있게 되었다.
  그는 본래부터 구 가정에 자라난 구식 여자로 어렸을 때 그 이른바 귀 밑 머리를 맞푼 송효순의 처이다. 하나 지금에 이르러 그들은 각각 딴 경우에서 다른 것을 숭상하며 자랐으니 그들 사이에는 같은 아무런 자식도 없고 똑 같을 아무런 생각과 감정의 동화도 없으므로 서로 도와서 영원히 같은 거리를 밟아 똑 같이 나아갈 동무는 못 될 것이다. 사회의 조직이 아직도 자유를 요구하는 사람은 넘어뜨려버리게만 되어있는고로 그의 발걸음을 이상의 목표인 자유의 길 위로만 향하지 못하고 그 마음의 반분은 땅위에서 위로 훨씬 높이고 또 반분으로는 다만 한 가련한 여자를 동정하는 셈으로 이상에 불타오르는 감정을 누르는 듯이 은순을 여자 청년회가 경영하는 이문안 부인학교에 넣었다.
  저는 은순을 학교에 넣고 늦게 뿌린 씨가 먼저 뿌린 건땅 위에 나무보다 속히 자라라는 기도로 복습할 것까지 염려해서(자기도 모르게 소연을 만나보고 싶은 마음을 스스로 분간치 못하고) 류애덕여사의 문을 두드리게 되었다.

  그러나 언문밖에 모르는 윤은순은 소연이가 가르치기에도 너무 힘이 없었으므로 어찌하면 그의 복습같은 것은 등한히 여겨지게 되고 의식주에만 상담하는 일이 많았었다.

  그동안에 효순은 한 달에 한 번 두 주일에 한 번 찾아와서 애덕여사에게 치하를 하고 갔다. 그럴때마다 효순과 소연 사이는 점점 더 멀어져가고 효순과 애덕여사 사이에 친해지며 은순과 소연 사이는 가까워졌다.

  소연과 효순은 마침내 아는 사람으로의 친함조차 없어져서 사람 보이지 않는 곳에서 만나면 머뭇거리다가 인사를 하지 못하도록 서로 몰라보는 듯 하였다. 이같이 되어서 은순과 소연 사이가 한 감독 아래 공부하고 살림할 동안에 서늘한 가을 날 들이 황금같은 은행나무 숲에 잎 떨어져 가고 긴 겨울이 와서 사람들은 방안에서 귤 껍데기를 벗겨 쌓일 동안에 늙은이가 무거운 짐을 지고 긴 고개를 넘듯이 간신히 눈이 녹았다.

  그 동안에 그들은 많은 마음 속에 이야기를 서로 바꾸었다. 사람들이 얼른 그들의 친함을 보고 형제들 사이같다고 칭찬했다. 그러나 은순을 친형같이 대접하는 소연의 낯빛에는 무엇을 참는 듯한 고난의 빛을 감출 수 없었다. 소연의 이야기는 흔히 자기가 몸이 약해서 그 고모의 노력을 돕지 못하고 또 장차는 영원히 그 고모의 집을 아주 떠나야 할 이야기를 하고 은순은 자기의 사촌이 자기와 한 집에서 자라나면서 그 부모와 삼촌들의 말리는 것도 듣지 않고 학대를 받아가면서 공부를 해서 지금은 재미나게 돈 모으고 산다는 부러운 이야기를 했다. 하나, 그들의 친함은 오래가지 못하고 날씨가 따뜻함을 따라 틈이 생기게 되었다.

봄날에 아지랑이가 평평한 들의 먼 곳과 가까운 곳에 싹도 내지 않은 지평선 위에 아롱지게 할 때 마침 소연은 그 남편과 약혼하게 되었다.

이런 때를 당하여 소연은 얼마나 난처하였으랴, 그 마음 속에는 아직 송효순의 인상이 나날이 깊어가면 깊어갔지 조금도 달라지지 않는데 다른 사람과 결혼하지 않으면 안될 경우! 그것을 누구에게 호소해야 할지? 그는 심한 우울증에 걸렸다.

그는 다시 그 고모에게 직업을 얻어서 독립 생활을 하면서 그 고모의 폐를 끼치지 않겠노라고까지 애원하여 보았으나 그 고모는 어디서 얻은 지식인지 제 일에도

"핏줄이 있어서 안되여"

하고 제 이에도.

"아무나 다 마음먹은 대로 되는 것은 아니야"

하고 을렀다.

소연은 또 다시 그 몸이 쇠침하여져 갔다.

지루한 겨울의 추위가 풀려 사람들의 마음 속에는 놀고 싶은 마음이 모록모록 자라건만 소연의 마음 속에는 나날이 불어가느니 그 가슴 속에 빗백인 얼음장이었다.

그는 이 쓸쓸한 심정풀이를 향할 곳이 없어서 눈쌀을 찌푸리고 장래 의복 준비를 마지 못해서 해보기는 하나 딴 원인을 알지 못할 그 설움이 서 책을 들고 그는 한없이 눈물을 지으며 아래와 같은 문구를 읊었다.

누구 나 부르지 안나

밤 가운데 밤 가운데
등불을 못 단 적은 배는
노를 잃음도 아니련만
저어나갈 마음을 못 얻어
누구 나 부르지 안나
누구 나 부르지 안나

어름 밑에 어름 밑에
빛을 못받는 목숨에는
흐를 줄을 잃음도 아니련만
녹여낼 열도를 못얻어
누구 나 부르지 않나
누구 나 부르지 않나

오오 오오
빛(光)과 열도(熱度) 더위와 빛
한곳으로 나오련만
옳은 때를 못얻어
누구 나 부르지 않나
누구 나 부르지 않나

만일에

만일에 봄이 나를 녹이면
돌 틈에서 파초 여름을 맺지요 맺지요
만일에 만일에

만일에 좋은 때를 얻으면
바위를 열어 내 마음을 쏟지요 쏟지요

만일에 만일에

6

   그 해 봄이 저으기 무르녹아서 소연의 파리하던 봄은 보는 사람들의 마음을 놀라게 할만치 꽃송이처럼 피어올랐다.
   송효순은 류애덕씨 집에 자주 그 아내를 찾으러 오게 되었었다. 그리고 저는 소연을 평양 최병서에게로 결혼시켜 보내겠다는 류애덕 여사의 말을 듣고는 반대하는 듯이
   "그런 인물들을 가정 안에 벌써부터 넣어버리면 이 사회운동은 누가 해놓을는지요. 조선의 가족제도가 좀 웬만할 것 같으면 결혼은 하고도 일을 못할 바 아니지만……아마 우물에 빠져서는 우물 물을 치지도 못하고 제방(堤防)을 다시 쌓지도 못할걸요. 좀더 사회에 내놓아 보시지요"
하고 입을 다물었다 한다. 소연은 이런 말을 듣고 참으로 감사하였다. 그래서 그는 마음 속으로
   "그러면 효순씨는 내가 이사회에서 의의있게 생활해 나가기를 바라시는구나"
하고 생각해 보았다. 또 그 뜻을 저버리지도 못할 듯이 그의 마음이
   "가정 밖으로 나가자"
하고 부르짖기도 했다.
   그 후에 몇 일이 지나서 송효순은 박사될 논문을 쓰러 일본으로 가겠다고 하면서 류애덕씨 집에 머무르게 되어서 소연과 말해볼 기회를 얻게 되었다.
   어느 공일 날 아침에 류애덕여사와 효순은 일찍이 외출하였었는

데 효순이가 먼저 돌아와서
 "아주 봄이 완연히 왔습니다. 그 보시는 책이 무엇입니까"
 하고 마루 끝에서 책을 보던 소연에게 인사했다. 소연은 지금까지 효순의 아는 체 마는 체하는 냉정함에 못새여 다만
 "그 따라다니면서 핥듯하던 친절을 왜 끝쳤누, 그이가 내게 좀더 친절이라도 하셨으면 이 마음이 풀리련만"
했었다.
 허나 이날따라 효순은 급히 그에게 친절해졌으므로 막상 닥쳐놓으면 그렇지도 못하다는 심리로 기쁜 듯 하기는 하면서도
 "이 마음에 잠긴 문이 열려지면 어찌하누, 그때야말로 무서운 악을 지을테지"
하고 어름어름
 "네, 아주 꼭 봄이 되었어요."
 하고 자기 방을 치우느라고 그 남편이 온 줄도 모르는 은순이를 부르고 나서 소연은 급히 더 한층 얼굴을 붉히면서 효순을 향해서 얼른
 "하웁트 만의 외로운 사람들"
하고 말을 마치지 못하고 은순이가 마루로 나오는 것을 보고는 구원을 받은 듯이
 "은순씨 벌써 오셨는데요"
하고 일렀다.
 은순은 소연의 얼굴과 효순의 얼굴을 번갈아 보아가면서 그 남편의
 "무얼했소"
하는 물음에

"방 치우느라고"
하고 입을 오무렸다.
　이튿에 소연은 얼른 일어서서 저편 마루구석에 놓인 찬장 앞으로 가면서 찻잔을 꺼냈다.
　효순은 소연의 낭패한 듯이 어름어름하는 태도를 민망히 눈여겨 보면서
"애덕 선생님은 아직 안돌아 오셨습니까?"
하고 웃었다. 소연은 찻잔을 꺼내들고
"네, 아직 안오셨어요. 선생님과 같이 나가셨는데"
하고 부엌을 향해가며 주인된 직분을 지키려는 듯 하다.
　한참만에 소연은 차를 영복이라는 밥짓는 이에게 들려가지고 나왔다. 그동안에 효순은 소연이가 보다 놓은 책을 열심히 보고 있었다. 그러다가 소연이가 그 앞에 차를 가져다 놓을 때는.
"이 책 어디까지 읽으셨지요. 처음으로 읽으세요. 우리도 이 책을 퍽 읽었지요"
하고 말을 걸었다. 소연은 효순의 앞에 마주 앉은 은순에게도 차를 권하면서 다만 놀라운 듯이 "네, 네"할 뿐이었다.
　효순은 소연의 태도를 눈여겨 보기는 하나 그리 생소치는 않은 듯이
"이 하웁트 만의 《외로운 사람들》 가운데는 우리같은 사람이 있지요, 아직 맨 끝까지 안 보셨을지 모르지만 이와같이 외국의 유명한 작품이 조선 청년의 가슴을 속 쓰라리게 하는 것은 드뭅디다."
하고 말하면서 그 윤택한 눈을 멀리 떴다.
　소연은 은순의 편으로 가까이 앉으며 또다시
"지금 겨우 다 보았습니다"

하고 간단히 대답했다. 효순은 하늘을 쳐다 보던 눈을 아래로 내려서 소연을 이윽히 바라보며 그 부드러운 음성으로

"아직 생각까지 해 보셨는지 모르지만 책 속에는 저와 같이 부모가 계시고 처자까지 있어도 세상에서 제일 외로운 사람이 있습니다. 저는 외국에서 공부할 때는 그렇게까지는 그 책을 느낌 많게 보지 못했지만 이 땅 안에 돌아와서는 그렇게 우리의 흉금을 곱게 쓰다듬어 주는 것은 없다고 생각합니다"

소연은 이때 비로소 이야기를 좋아하던 그의 본능의 충동에 이끌려 정신없이

"그럼 그 요한네쓰와 마알은 서로 참사랑을 합니다그려 네?"
하고 영채있는 눈을 방울같이 떴다. 효순은 이때 미미히 웃으며

"소연씨, 사랑하게 되는 것이 아닙니다. 우리는 과거와 미래를 통해서 한 이상을 세우고 거기 합당한 것을 사랑하는 것이고 하던 것입니다. 그러나 그러한 이상적 사랑은 사람들에게는 흔하지 않을 뿐 아니라 그렇게 사상의 공명이 있고 정신상 위안이 있으면 용해서는 헤어지지 못할 인정이 생길 것입니다. 그 각본 속에 인정 교환을 조선의 상태에 비하면 훨씬 화려하지만 무엇인지 그 요한네쓰가 구 도덕의 지배아래 그 몸을 굴리게 되는 사정은 조선에 흔히 있는 사실입니다. 말하자면 우리는 이제 움돋는 싹이고 그들은 자라나는 나무라고 하겠지요"

소연은 한참 머리를 숙이고 생각하다가

"그럼 사람은 애써서 사랑을 구하거나 잃어버린다고 말할 수 없지 않습니까? 또 우리가 더 자라나서 꽃필 때까지 기다리더라도 결국 요한네쓰와 마알의 사이같은 슬픔도 그쳐지지 못합니까. 그때에는 또 새로운 비극이 생길터인데요"

"네, 소연씨, 사람이 사랑을 구한다거나 잃는다는 것은 거짓말입니다. 사람은 자기 자신 속에 사랑을 가지고 어떤 대상으로 하여금 그 것을 눈깨우게 되어서 결국 분명한 생활 의식을 가지는데 불과한 일 이니까요. 또 말씀하신 《외로운 사람들》 속의 비극같은 것은 물론 어느 곳에든지 사람 자신이 그 운명을 먼저 짓고 이 세상을 지배해 나가게 될 때까지 또, 세상에 모든 사람들과 결탁해서 사는 것을 폐 지하기까지는 면치 못할 일입니다"

"그래서 그 요한네쓰"

하고 소연은 무엇을 머뭇거리다가

"그 요한네쓰도 구 도덕의 함정에 빠져 멸망합니까, 저는 철학을 모르니까 그이가 아는 따윈이라든지 헤겔의 학설은 분명히는 모릅니 다만은 그 마알이라는 여학생은 아주 그이의 학설에 모든 것을 다 아는 인정에 절대로 공명이 됩니다그려. 아주 헤어지기는 어려운 사 이가 되는 거지요"

"네"

하고 효순은 좀 이상한 듯이 머리를 돌리다가 대답한다.

"그……요한네쓰는 이상적 동무를 만났습니다. 그러나 반드시 같 이 살수도 없고 그것은 고사하고 그 동무를 하루 이틀 더 위로할 수 도 없지요, 그래서 그 동무는 가는 곳도 아니 가리키고 가버리지만 한 가지 이상한 말을 남기고 갑니다. 즉 두 사람이 헤어져 있지만 한 법칙 아래서 한 뜻으로 살아나가자는 것이지요. 그들은 같은 학설을 믿으니까 그 학설에 적합한 행동을 해서 여러 가지 똑같은 사실을 행해나가면서 살자는 것이지요. 그렇지만 그 요한네쓰는 그 극렬한 육신의 감정을 오히려 장래 오랜 믿음을 믿겠다고는 생각지 않고 호 수에 빠져죽지요, 참 외로운 사람입니다"

하고 효순은 또 다시 하늘을 쳐다보았다. 은순도 덩달아 쳐다보았다. 그러나 소연은 무릎 위에 손을 내려다 보다가

"그럼"

하고 "럼"이란 자에 힘을 넣으며

"그……요한네쓰는 믿음을 가지지 못할 사람입니까"

"아니"

하고 효순은 소연을 향하여 다시 힘있는 시선을 던지며

"그렇지도 않을 테지만 사정이 마알보다 더 난처하였습니다. 누구든지 괴테가 아니라도 회색같은 이론을 믿지는 못하고 생기있는 생활을 요구하겠지요"

하였다.

이때 소연은 대리석 상에서 생명을 불러내오듯이 자기도 무의식하게

"그럼 그 요한네쓰는 그 목숨으로 어려운 문제를 해결해버렸습니다그려. 그러나 마알은?"

했다. 효순은 이 말을 가장 흥미있게 대답하려는 듯이

"오"

하고 입을 열다가

"이 차 다 식습니다."

하는 은순의 말 소리에 그 아내의 존재를 아주 잊었다가 비로소 정신차려서 그를 얼핏 쳐다보고

"참!"

하며 이야기하느라고 말랐던 목을 축였다.

"그 마알은 새 생활을 얻지못할 경우를 당해서"

하고 책장을 넘기다가 한 곳을 찾아놓고

"아닙니까. 공부해서 공부해서 그야말로 옆 눈도 뜨지 않겠다고 했구먼요, 그러니까 종래 학리를 구하러 길 떠나는지도 괴로움을 잊으려고 책으로 얼굴을 가리려는지 작자의 본 뜻은 분명히 모를 일이지만 종래 길 떠나지요"
하고 말끝을 이었다.
 이때 소연은 난처한 듯이
 "그럼 그이들은 서로 다른 것 같지 않습니까? 요한네쓰는 더 앞서지 않았습니까? 또 마알은 요한네쓰를 절대로 믿지는 못하는 것 아닙니까? 그렇지 않으면 마알이 더 많이 요한네쓰보다 발전성을 가졌던지요?"
하고 어린 학생이 선생에게 묻듯이 물었다.
 "아니요, 그들의 환경이 달랐습니다. 그 두 사람은 누구나 똑같이 같이 생활해 나가기를 바랄 것이지만 마알은 아마 심령의 세계를 완전히 믿을 뿐 아니라 또 요한네쓰에게는 구 도덕이 지은 대상이 달리 있었으니까 마알은 자기가 아니라도 요한네쓰는 그 옛날에 돌아가 생활할줄 믿었겠지요. 그러나 그 고향의 따뜻함을 안 이상에야 어는 목숨이 또 다시 무미한 쓸쓸한 생활을 계속하려고 하겠습니까. 작자는 거기까지 쓰고는 막음을 했지만……"
하고 말 끝을 끝치고 그 앞에 놓인 과자를 집었다. 그리고 나서
 "소연씨, 사람은 절대로 누구와든지 꼭 육신으로 결합해야만 살겠다고는 말 못할 것입니다. 그것은 정을 유통시켜보지 못하고 이 세상을 대항하여 발전이라는 것을 모르는 사람에게는 능할 것이지만 우리는 한 대상을 앞으로 그 주위에 모든 것까지 곱게 보지 않습니까, 단지 그 대상으로 인해 생활 의식이 분명한 것만 다행하지요, 하지만 여자의 경우는 오히려 요한네쓰에 가까우리라고 해요, 더군다

나 조선 여자는 그렇지만 그것이 옳은 것은 못됩니다."
하고 생각 깊은 듯이 소연을 바라보았다.

7

  소연의 그 얼굴은 해쓱하게 변했다. 그는 입술까지 남빛으로 변했다.
  은순은 가만히 앉았다가, 차를 따르려 탁자 앞으로 가서 그 앞에 걸린 거울 속을 들여다 보다가, 자기 눈에 독기가 띄운 것을 못 보고, 효순이가 소연이와 숨결을 어울르듯이 하던 이야기를 끝치고 모든 것이 괴로운 듯이 뜰 앞을 내려다보는 것을 보았다.
  이때 두 사람은 뒤에서 반사되어 비치는 시선을 깨달으면서 똑같이 뒤를 돌아다 보았다. 이때다, 두 지식미를 가진 얼굴과 다만 무엇을 의심하고 투기하는 듯한 얼굴이 뾰죽하게 삼각을 지을 듯이 거울 속에 보였다.
  이 한 순간 후에 검은 보석을 단 듯이 햇쓱해진 소연의 얼굴이 머리를 돌리며,
  "형님 그 찬장 안에 고구마 군 것이 있으니 내놓아 보세요. 내 손으로 아무렇게 해서 맛이 없지만……"
했다.
  은순은 그 말에는 대답없이 찻잔을 소연과 효순 사이에 놓고 자기 방으로 들어가서 드롭프스 봉지와 쬬코레트 봉지를 들고 나와서 목판에 담고 또 꺼리운 듯이 주춤주춤하다가 찬장에서 고구마 군 것을 꺼냈다.

이 찰라에 계란 탄 냄새와 버터와 젖냄새가 단 향기를 지어서 봄빛이 쪼인 고요한 마루 위에 진동하였다.

은순은 그 맛있어 보이는 것을 도루 밀어버리려는 듯한 솜씨로

"이것 잡수세요?"

하고 목이 매어서 물었다. 효순은 말없이 미소 지으며 은순을 바라보고 소연을 바라보고 고래를 돌려 하늘을 쳐다보았다.

소연은 은순의 불쾌한 얼굴을 미안히 바라보고 숨결을 고르지 못하게

"그까지 것 그만 넣어 버리세요"

하고 말해 버렸다.

은순은 소연의 말대로 내놓던 것을 들어 밀어버리고 다시 앉았던 자리로 와 있었다.

하늘은 맑은 웃음을 띠우고 나즈레하게 사람들의 생각을 돌보는 듯이 개어있었다. 화단에는 한 뼘이나 자란 목단과 또 두어 자나 자란 파초가 무엇인지 채 알지도 못할 꽃잎파리들 가운데서 고요한 봄바람에 한들거리고 있었다.

차와 과자는 봄 날 대낮에 남향한 마루로 들여 쪼이는 빛에 엷은 김을 올리면서 이 세사람의 기억에서 떠나있는 모양이었다.

그러나 한참만에 은순은 이 고요함을 깨뜨리고 그 목메인 소리로

"차를 잡수세요"

하고 권했다.

하늘을 바라 보고 땅을 굽어보던 두 사람은 듣는지 마는지 무슨 똑같은 생각을 같이 하는 듯이 정밀한 그들의 얼굴에는 조그만 잡미(雜味)도 섞여보이지 않았다.

이때였다. 무엇인지 효순과 소연 사이가 가까워지고 은순과 소연

사이가 동떨어져 나간 듯이 생각든지가…….

우리는 지금까지 이 세상에서 모든 붙었던 것들이 떨어지는 것을 보고 모든 떨어졌던 것들이 붙는 것을 본다. 우리들이 먹는 떡과 김치와, 과실과 고기를 생각할 때에도……. 오 그렇다! 우리는 매일같이 그런 것을 안 볼 때가 없다. 그러나 우리는 거기서 서로 헤어짐이 없는 나라를 짓고 나라를 깨뜨리지 않을 경우를 지으려 한다.

하나 우리는 매일같이 헤어지며 만나는 동안에 매일같이 변함을 본다.

필경 육신과 영혼을 양 편으로 가진 사람들은 약함을 끝끝내 이기진 못하고 운명에게 틈을 엿보여서 나라를 깨뜨리기도 하고 경우를 잃기도 해서 동시에 울고 웃게 되며 남북에 헤메이게 되는 것이다.

여기 이르러 소연의 운명은 그 갈 곳을 확실히 작정했다.

효순이가 와있는 몇일 동안을 은순은 투기와 의심으로 날을 보내고 애덕여사는 혹독한 감시를 게을리 않았으며 그 중에 소연의 적모는 서울 구경을 핑계하고 올라와서 이 여러 사람들에 눈치에 덩달아,

"제 어멈을 닮아서 행실이 어떠할지 모르리라"
고 말을 전주하였다.

효순은 난처한 듯이 동정 깊은 눈치를 소연에게 향할 뿐이요 침묵을 지키게 되었다. 이보다 전에 소연과 효순은 모든 행동을 서로 비추워 하게되고, 모든 의심을 서로 물으며, 모든 것을 또 명령적으로 대답하며 모든 행동을 서로 복종하였다.

이러한 몇 일 동안을 은순은 눈물을 말리지 못하고 애덕여사에게 자주 무엇을 속삭였다.

이에 애덕여사는 효순에게 정중한 행동을 취하며 속히 소연의 혼

인을 작정하려고 급한 행동을 했다. 이 틈에 효순은 소연에게 또 다시 안체 만체한 행동을 했다. 그리고 속히 동경갈 준비를 하였다.

그런 중에 또 송도성이란 그의 부친은 시골서 올라와서 효순을 그 여관으로 데려가버렸다. 소연은 꿈과 같이 그리운 사람과 몇일 동안을 깃껍게 생활했다. 하나 모든 것은 꿈 같이 지나가 버렸다.

8

소연은 그 고모와 적모의 위협에 급히도 최병서와의 혼례를 허락하였다. 애덕여사는 다시 효순에게 상냥한 태도를 보였다.

소연은 다시 나날이 수척하여졌다. 은순의 낯빛은 편안해졌다. 그러나, 효순의 낯빛은 거스름과 비웃음과 날카로움으로 충만되어 있으면서도 제일 온화한 행동을 낙종하는 듯 했다.

애덕여사는 힘써서, 최병서를 그 집으로 이끌어들였다. 병서는 혼한 금전으로 나이 먹은 여인들의 환심을 사버렸다. 병서는 문안에 이를 때마다 영복이란 여인까지 그를 대환영하였다.

병서는 효순과 가깝게 사귀려고 하며

"학사! 이학사!"

하고 빈정거렸다.

최씨는 그 검은 얼굴에 크림을 칠하게 되고, 그 거세인 머리에 기름을 바르게 되어서 효순의 모양을 본떴다. 효순의 창백한 고상한 얼굴과, 병서의 구리빛같은 심술궂은 얼굴은 서로 맞지 않은 뜻을 말해보려 하였으나 순하고 게다가 아무런 구속도 받기 싫어하는 효순은 아무 편으로던지 건드려지지 않고 애써 타협하려 하였다.

그러면서 동경서 명치대학 법과를 졸업한 병서의 학식을, 더 위없이 높이 알아 주는 듯 하였다. 그리고 그의 버릇인 하늘을 쳐다보는 표정은 고치지 않았다. 그러나 저는 이따금씩

"사람이 그 주위에서 조화를 깨뜨리지 않는 사람만 가장 행복될 것이고 또 훨씬 넘어서서 모든 것을 깨뜨리고도 능히 세울 수 있는 사람만 위대하다"

고 설명했다.

"또 사람이 어울리지 않는 대상을 요구하는 것은 도적과 같지만 사람은 사람 자체의 생활의 시초를 모르는 이만치 그 생활을 스스로 시작하지 못했을 터이니까 전부 책임질 수가 없어서 노력만이 필요하다"

고 이야기 했다.

병서는 효순의 말을 이학자의 말같지 않다고 비웃었다. 그래도 효순은 아무 말 없이 하늘을 쳐다보고 말았다.

소연은, 차라리 이 괴로운 날들을 어서 줄여서 속히 병서의 집으로 가기를 원했다. 그러나 그 역 그 뜻대로 되지 않아서 그는 아무의 눈에든지 보이도록 번민했다.

그 다음에 효순은 일본으로 떠나면서 섭섭해 하면서도 말을 못하고 소연을 뒷 뜰로 끌고 가서 이같은 말을 남겼다.

"소연씨, 우리들이 한 때에 이 지구 위에 살게 된 것과 또 이렇게 사귀게 된 것만 행복됩니다. 이제 우리는 서로 알았으니까 서로 의식하며 힘써서 같은 귀일점에서 만나도록 생활해 나가는 것만 필요합니다. 이후에 소연씨는 최병서씨와 단란한 가정을 지으시겠지요. 또 우연치 않은 기회로 영영 잊혀지지 못하도록 마음이 맞던 한 동무가, 어디서 당신과 똑 같이 고생하며 힘쓸 것을 잊지 않으시겠지

요, 자 유쾌하지 않습니까, 우리에게는 요한네쓰와 마알에게 오는 파멸은 없습니다. 자 우리는 우리가 연구하는 화성이 우리의 지구와 같다고 생각하면 얼마나 반갑습니까. 또 통행할 수 있다고 생각하면 얼마나 놀랍습니까, 하나 시간이 홀로 해결할 권리를 아끼지 않습니까, 다만 사랑은 그동안에 힘쓰는 것만 허락되었습니다."
하였다.

소연은 이때 그 가슴속으로 넘쳐 흐르는 친함을 억제하지 못하고 그 앞으로 가까이 서며
"오, 오라버니"
하고 부르짖었다.

효순은 얼굴을 돌리고 "누님"하고 먼저 돌아서서 앞 뜰로 왔었다.

이때는 마침 봄 날 오후이다. 하늘 위에서는 종달이가 한 있는대로, 감정을 높여 먼 곳으로부터 울어댔다.

그 뒤에 소연은 모든 일이 맨 처음부터 있었던 듯이 또 모든 것이 없었던 듯이 최씨댁으로 와서 살게 되었다. 그러나 믿음을 가지지 못한 병서는 소연을 공경할 수 있지만 사랑은 할 수 없노라고 하면서 마음내키는대로 계집을 상관하고 집을 비웠다. 그러고도 부족한 것이 많은 사람처럼 애써서 가정 일을 힘쓰는 소연을 학대하기도 부끄러워 하지 않았다.

그런 중에 또 병서의 모친은 이따금씩 와서 그 아들의 애정을 소연 때문에 아까운 듯이 소연을 들볶았다. 그러나 소연은 참고 일하고 공부하고 모든 것을 사랑하고 사람들의 성격을 부드럽게 하며 살아왔다.

그러나 그 후에는 은순이와 애덕여사에게 우연히 의심을 받게 된

소연은 서울 가더라도 효순을 만날 수 없었다.

그 후 효순은 박사가 되었다. 또 인천 측후소에 숨어서 연구를 쌓았다. 그러나 들리는 말이 그 부인과 불화해서 독신을 지키며 여자들을 피한다고 했다.

그 소리를 들으면서 소연은 더욱 자기의 노동과 수학과 사랑[博愛]을 게을리 하지 않았다.

그러든 것을 그는 이 밤에 이런 생각에 붙들리고 또 강연하러 온 효순의 음성을 그 담밖에서 애달프게 들었다. 그는 여름 밤이 깊어 갈수록 온몸을 떨고 있었다.

그러나 지루한 뒷 생각이 그를 잠들게 해서 몇 시간이 지난 뒤에 그는 잠자던 숨결을 멈추고, 눈을 번쩍 떴다, 여전히 병서는 들어오지 않은 모양이었다. 이때에 모든 없던 듯 하던 것이 있었다.

넓은 삼 칸 방 속에, 그의 취미는 얼마나 부자유한 몸이면서 자유를 바랐든고? 아랫목 벽에 걸린 로댕의 다나이드를 사진찍은 그림이며 머리 맡에 롱펠로우의 <살과 노래>란 영시를 흰 비단에 옥색으로 수 놓은 죽자며 또 이름 모를 물새가 방망이에 붙들려 매여서 그 자유인 5촌(五寸) 가량의 범위를 못 벗어나고 애쓰는 그림이 어느 것이나 자유를 안타깝게 바라는 소연의 취미가 아니랴, 이런 것들을 뒤돌아 보는 소연의 마음이 어찌 대동강의 능나도를 에워싼 이류(二流)가 합쳐지지 않기를 바라랴, 흐름은 제방을 깨트린다!

그러나 그런 때에 그 뒤로서는 유전(遺傳)이다 간음이다 할 것이다.

이때에 자유를 얻은 사람의 쾌활한 용감함이 무엇이라 대답할까?

"너희는 무엇을 이름짓고 어느 이름을 꺼리며 싫어하느냐, 그중 아름다운 것을 욕하진 않느냐"

하지는 않을지?

누가 보증하랴. 누가 그 부르짖음을 막을만치 깨끗하냐. 어떤 성인이 그것을 재판하였드냐.

소연은 머리를 끄덕이며 보이지 않는 신 앞에 허락했다. 컴컴하든 하늘은 대동강 위에 동텄다.

소연이 이 밤이 샌 이날에 그 회당까지 가서 효순의 강연을 들은 것과 감동할 것은 당연한 일이고 또 그렇던지 말던지 영원한 생명에 어울려 생물이 흐르듯이 신선하게 살아나갈 것은 떳떳하겠다 보증된다.

그는 이날이 새어서도 최병서의 집인 그의 집에서 모든 생명을 걸우고 내놓을 것이다. 누가 그 집에 참 주인인지 누가 모르랴.

집 주인은 건실하고 온화하고 공경될 것이다. 그리고 힘써서 '때'를 기다리는 것은 생활해 나가는 사람의 본능이라 하겠다. 그들의 세상에는 은순이가 없고 병서가 없고 애덕여사도 없을 것이 당연할 일이다.

(1924년 11월 29일 改稿, 고통 중에 간신히 脫稿)
『生命의 果實』에서 轉載(1925. 4)

해설 김명순 ● 칠면조 / 돌아다 볼 때

근대소설의 여성고백체 양식

이태숙

김명순 (金明淳 : 1896~ ?)

　탄실 김명순은 한국 근대 여성문학의 첫머리에 놓이는 인물이다. 일찌기 이광수와 최남선이 공모한 잡지 <청춘>의 현상모집에 <의심의 소녀>로 당선되어 근대 여성작가로 첫 이름을 선보이게 된 것이 그의 나이 18세 때였다. 이 작품은 이광수가 요한과의 요담록에서 일본작품의 표절이라 하여 그 오명을 남기게 되었으나, 이광수는 이 작품이 누구의 표절인지 분명하게 밝히지 못하였고, 훗날 자신의 이 발언에 대해서 스스로 무마하려는 언행을 보여, 진위여부를 가리는 것이 사실상 불가능하였다. 하지만 이후 이러한 견해는 확인 없이 반복 전재되면서 김명순은 최초의 여성문학인이라는 이름보다는 표절작가라는 오명을 벗어나지 못하였으니, 그의 이름 앞에 덧붙여진 오명과 비난의 운명은 아마 예견되었던 것이었는지도 모르겠다.

　김명순은 1896년 1월 20일 평양갑부 김희경(金羲庚)의 서녀로 태어났으나 7세 되던 해에 어머니가 사망하여 서울 본댁으로 옮겨오게 되었다. 이후 그 재능에도 불구하고 출생의 비천함으로 인해 많은 어려움을 겪으며 성장한 것으로 보인다. 서울 진명고녀에 입학하였고, 1910년에는 아버지가 사망하여 고아가 된다. 1913년 일본 시부야 국정 여학교에 입학하여 넉넉하지 않은 형편에도 홀로 신학문을 접하고, 신문학에 자신의 일생을 걸었다. 1925년에는 여성으로는 드물게 매일신보 기자를 역임하였으며, 이때 비교적 경제적, 심리적으로 안정된 상황에서 많은 작품을 집중적으로 선보이고, 작품집도 출간한다. 김명순은 1927년 그의 나이 32세 때에 조선 키네마에 입사한 이경손(李慶孫) 감독의 권유로 <광랑(狂浪)>이란 영화에 출연하기로 한다. 그러나 이 영화는 제작이 중단되었고, 그가 본격적으로 출연한 영화는 1928년 2월에 완성된 <나의 친구여>였다. 이후 몇 편의 영화에 더 출연하기도 하였지만, 그가 영화배우로서의 재능을 보여서인지는 확인할 수 없다. 단지 이 시기의 여배우가 가지는 특별한 의미, 즉 만인의 선망의 대상이면서, 동시에 여성으로서 가지는 부정적 섹슈얼리티의 의미가 김명순의 문학에 덧붙여짐을 확인할 수 있을 뿐이다. 이후 극도의 정신이상증세를 보이던 김명순은 동경으로 건너간 것으로 알려져 있고, 그가 다시 세간의 이목을 끌게 된 것은 전영택에 의해서였다. 전영택이 50년대에 동경에 갔을 때에는 명순은 이미 폐인이 되어, 예전의 미모를 잃고 몰라보게 나이가 들어 보였다고 한다. 동경 YMCA회관의 뒷마당에 돼지우리와 같은 판잣집에서 수양아들로 기르던 젊은이와 함께 살다가 쓸쓸히 생을 마감한 것으로 확인된다.

   동시기에 활동한 나혜석이나 김일엽에 비해 김명순은 비교적 학문적 연구의 대상에서 제외되어왔다. 그것은 나혜석이나 김일엽이 사회와 제도적 모순을 자각하고 여성운동의 방향을 사회적 측면에서 찾으려했던 운동가였음에 반해 김명순은 비교적 개인적인 측면에 한정된 활동을 했던 것도 이유일 것이다. 그러나 그러한 정황은 역설적으로 김명순 문학의 독특한 색깔을 만들어 내고 있다. 한국 근대문학의 형성기에서 근대문학의 질적 의미항은 다양한 측면에서 논의된다. 그 중에서도 개체성이 중심이 되는 측면에서 근대성을 논의하는 입장에서 본다면 김명순의 문학은 많은 문제점을 제시한다. 그의 문학이 고백체 문학이라는 점, 그리고 섹슈얼리티의 문제를 정면에서 다루고 있다는 점등이 그것이다. 이제까지 한국 근대문학에 대한 논의들은 서구적 근대성의 타자로서 동양의 의미를 논의해오는 시점에 있었다. 그러나 동양이라는 개념 자체가 특정한 지역에 한정되지 않는 다양한 성격을 가진다는 점을 상기한다면, 한국 근대문학의 근대성 담론 자체도 새로운 측면에서 논의되어야 할 것이다. 김명순의 문학은 근대성의 중심항이 되는 개체성과 섹슈얼리티의 문제가 혼재 되어 나타난다는 점에서 의미 있는 작가이다.

그 중에서도 「칠면조」(《개벽》, 1921.12~1922.1)와 「도라다볼 때」(《조선일보》, 1924.3.31~4.19)는 각각 성격이 다른 작품으로 김명순 문학에 내재한 섹슈얼리티의 문제를 드러낸다. 「칠면조」는 1921년에서 1922년 사이에 《개벽》에 연재한 작품으로 순일이라는 조선인 여학생이 일본 K부의 여학교에 입학하러 오면서 일어나는 사람들과의 관계에 대한 심리묘사이다. 결말이 없는 미완의 작품이지만, 서사중심보다는 심리묘사에 탁월한 재능을 보이는 김명순 문학의 특징이 두드러지는 작품이다. K부의 한 학교에 입학하러온 순일은 가난한 조선인 여학생인데, 같은 조선인 사이에서도 그가 가까이 할 수 없는 주류사회의 벽을 느끼며, 그들과의 관계에서 드러나는 간극을 대화 하나하나, 표정 하나하나를 통해 묘사하고 있다. 이 작품은 실제로 김명순이 일본 파푸데스트 교회 여자학교에 입학하는 과정에서 겪은 일을 작품화한 것이라는 평론가 최혜실의 증거가 있지만, 첩의 소생으로 부정한 여성의 섹슈얼리티를 온몸으로 감수해야했던 김명순의 자전적 갈등이 녹아있는 작품이다.

「돌아다 볼 때」는 조선일보에 1924년에 연재되었다가 이듬해 『생명의 과실』(한성도서주식회사. 1925)에 개작되어 실린 작품으로 여기서는 개작본을 수록했다. 「칠면조」가 개인의 심리묘사를 중심으로 전개되었다면, 「돌아다 볼 때」는 그가 자신에게 덧씌워진 부정적 섹슈얼리티를 극복하기 위해 매달리는 '낭만적 사랑'의 이상을 형상화한 작품이다. 첩의 소생인 류소연은 젊은 이학사인 송효순을 연모하지만, 송효순은 이미 윤은순과 혼인한 사이이다. 김명순의 대부분의 작품이 그러하듯이 이 작품 역시 결혼한 모든 남녀관계는 서로를 이해하지 못하는 형식적인 관계에 불과한 것으로 진정한 삶의 본질은 그러한 형식성을 넘어서는 서로에 대한

동아일보 1928년 1월 20일자에 실렸던 김명순의 사진과 글

깊은 이해에 바탕 하는 것이라는 김명순의 소신이 녹아있다. 이 작품에서 김명순은 독일의 극작가 하우프트 만의 「외로운 사람들」을 인용하면서 소연과 효순의 토론을 통해 진정한 사랑이란 서로의 이상이 합치하는 데에서만 나올 수 있다고 주장한다. 이러한 이상의 합치는 하나의 '학설'이란 표현으로 나타나는데, 삶 자체가 근대성에 대한 열망으로 대치되는 근대문학의 전형적 모습이 여기에서 드러난다. 물론 두 사람의 이상적 사랑은 이루어질 수 없는 것인데, 그것은 현실을 극복하려는 강한 의지보다는 그러한 현실의 억압 때문에 더욱 찬란히 빛나는 숭고함으로 묘사되는 김명순 문학의 전형적 방법을 택하기 때문이다. 두 작품 사이에는 2년여의 간격이 있지만, 그의 문학의 자전적 성격에 비추어 볼 때, 김명순이 자신의 삶의 질곡을 해결하려는 해답을 어디에서 찾으려 했는지가 드러나는 작품들이다. 첩실 소생이라는 태생적 한계 때문에 대인관계에서 보이지 않는 간극을 경험해야 했던 그가 이상적 사랑의 실천을 통해 훼손된 자아정체성을 회복하려는 노력이 작품을 통해 드러나는 것이다. 그의 작품에서 제시되는 남성형은 두 가지 부류인데 하나는 봉건유습의 신봉자들인 부정적 인물형들 이고 다른 하나는 신문명의 수용자로서 여주인공의 사랑의 대상인 지식인 남성들이다. 효순은 두 번째 부류에 속하는 남성이다. 하지만 소연과 효순의 사랑이 관념적·이상적 사랑일 수밖에 없는 것은 결국 김명순이 작품을 통해 회복하고자 하는 자아정체성이 현실적 구체성을 얻을 수 없었음을 의미하는 것이다.

여성작가 최초로 개인작품집 『생명의 과실』을 1925년에 출간하기도 하였고, 시와 소설을 아우르며 독특한 개성을 가진 작품들을 창작한 재능 있는 작가였으며, 영화배우의 이력과 신문기자로서 활동하기도 했던 다재다능한 인물이었다. 그럼에도 불구하고 시대적 상황과 자신의 태생적 한계를 극복하지 못하고, 비극적인 생을 마감해야 했다는 점에서 김명순은 초기 여성운동이 당면해야만 했던 혹독한 현실을 생을 통해 보여준 작가였다고 할 수 있다.

정월 나혜석은 근대 초기에 동경유학을 경험한 대표적 신여성이요, 페미니즘 이론가이자 문학가이며 화가였다. 그는 2000년 2월의 문화인물로 선정됨으로써 새 천년의 이상적 여성모델로 재평가를 받게 되었다.

나혜석

경 희

1

　"아이구 무슨 장마가 그렇게 심해요"
하며 담배를 붙이는 뚱뚱한 마님은 오래간만에 오신 사돈마님이다.
　"그러게 말이지요. 심한 장마에 아이들이 병이나 아니 났습니까. 그 동안 하인도 한번도 못 보냈어요"
하며 마주앉아 담배를 붙이는 머리가 희끗희끗 하고 이마에 주름살이 두어 줄 보이는 마님은 이 이철원 댁 주인마님이다.
　"아이구 별말씀을 다하십니다. 나 역시 그랬어요. 아이들은 충실하나 어멈이 어째 수일 전부터 배가 아프다고 하더니 오늘은 일어나 다니는 것을 보고 왔어요"
　"어지간이 날이 더워야지요. 조금 잘못 하면 병 나기가 쉬워요 그래서 좀 걱정이 되셨겠습니까?"
　"인제 나았으니까요 마음이 놓여요. 그런데 애기가 일본서 와서 얼마나 반가우셔요."
하며 사돈마님은 잊었던 일을 깜짝 놀라 생각하는 듯이 말을 한다.
"먼 데다가 보내고 늘 마음이 놓이지 않다가 그래도 일년에 한 번씩이라도 오니까 집안이 든든해요"
주인마님 김 부인은 담뱃대를 재떨이에 탁탁 친다.
"그렇다마다요. 아들이라도 마음이 아니 놓일 텐데 처녀를 그러한 먼 데다 보내시고 그렇지 않겠습니까. 그런데 몸이나 충실했었는지요."
"네, 별 병은 아니났나 보아요. 제 말은 아무 고생도 아니된다 하나 어미 걱정시킬까 보아 하는 말이지 그 좀 주리고 고생이 되었겠어요. 그래서 얼굴이 꺼칠해요."
하며 뒤꼍을 향하여
"아가 아가 서문안 사돈마님이 너 보러 오셨다."
한다
"네."
하고 대답하는 경희는 지금 시원한 뒷마루에서 오래간만에 만난 오라버니댁과 앉아서 오라버니댁은 버선을 깁고 경희는 앉은재봉틀에 자기 오라버니 양복 속적삼을 하며 일본서 지낼 때에 어느날 어디를 가다가 하마터라면 전차에 치일 뻔하였더란 말, 그래서 지금이라도 생각만 하면 몸이 아슬아슬하다는 말이며, 겨울이 오면 도무지 다리를 펴고 자본 적이 없고 그래서 아침에 일어나면 다리가 꼿꼿했다는 말, 일본에는 하루 건너 비가 오는데 한 번은 비가 심하게 퍼붓고 학교 상학시간은 늦어서 그 굽 높은 나막신을 신고 부지런히 가다가 넘어져서 다리에 가죽이 벗겨지고 우산이 모두 찢어지고 옷에 흙이 묻어 어찌 부끄러웠었는지 몰랐었더란 말, 학교에서 공부하던 이야기, 길에 다니며 보던 이야기 끝에 마침 어느 때 활동사진에서 보았던 어느 아이가 아버지가 장난을 못하게 하니까 아버지를 팔아 버리려고 광고를 써서 제 집 문밖 큰 나무에다가 붙였더니 그 때 마침 그 아이만한 6, 7세 된 남매가 부모를 잊어버리고 방황하다가 꼭 두 푼 남은 돈을 꺼내들고 이 광고대로 아버지를 사려고 문을 두드리던 양을 반쯤 이야기하는 중이었다. 오라버니댁은 어느덧 바느질을 무릎 위에다가 놓고 "하하 허허" 하며 재미스럽게 듣고 앉았던 때라. "그래서 어떻게 되었소" 묻다가 눈쌀을 찌푸리며

"얼른 다녀 오" 간절히 청을 한다.

옆에 앉아서 빨래에 풀을 먹이며 열심으로 듣고 앉았던 시월이도 혀를 툭툭 찬다.

"아무렴 내 얼른 다녀 오리다"

경희는 이렇게 대답을 하고 제 이야기에 재미있어 하는 것이 기뻐서 웃으며 앞마루로 간다.

경희는 사돈마님 앞에 절을 겸손히 하며 인사를 여쭈었다. 일년 동안이나 잊어버렸던 절을 일전에 집에 도착할 때에 아버지 어머니에게 하였다. 하므로 이번에 한 절은 익숙하였다. 경희는 속으로 일본서 날마다 세로가로 뛰며 장난하던 생각을 하고 지금은 이렇게 얌전하다 하며 웃었다.

"아이고 그 좋던 얼굴이 어쩌면 저렇게 못 되었니, 오죽 고생이 되었을라고."

사돈마님은 자비스러운 음성으로 말을 하다 일부러 경희의 손목을 잡아 만졌다.

"똑 심한 시집살이 한 손 같구나. 여학생들 손은 비단결 같다는데 네 손은 왜 이러냐."

"살성이 곱지 못해서 그래요."

경희는 고개를 칙으린다.

"제 손으로 빨리 해 입고 밥까지 해 먹었다니까 그렇지요."

경희의 어머니는 담배를 다시 붙이며 말을 한다.

"저런 그러면 집에서도 아니 하던 것을 객지에 가서 하는구나. 네 일본학교 규칙은 그러냐?"

사돈마님은 깜짝 놀랐다. 경희는 아무 말 아니한다.

"무얼요. 제가 제 고생을 사느라고 그러지요. 그것 누가 시키면 하겠습니까. 학비도 넉넉히 보내 주지마는 그 애는 별나게 바쁜 것이 재미라고 한답니다."

김부인은 아무 뜻없이 어제 저녁에 자리 속에서 딸에게 들은 이야기를 한다.

"그건 왜 그리 고생을 하니."

사돈마님은 경희의 이마 위에 너펄너펄 내려온 머리카락을 두 귀 밑에다 끼워주며 적삼 위로 등의 살도 만져보고 얼굴도 쓰다듬어 준다.

"일본에는 겨울에도 불도 아니 땐대지 그리고 반찬은 감질이 나도록 조금 준다지 그것 어찌 사니?"

"네, 불은 아니 때나 견디어나면 관계치 않아요. 반찬도 꼭 먹을 만치 주지 모자라거나 그렇지는 아니해요."

"그러자니 모두가 고생이지 그런데 네 형은 그 동안 병이 나서 너를 못 보러왔다. 아마 오늘 저녁 꼭 올 터이지."

"네 좀 보내주셔요. 벌써부터 어찌 보고 싶었는지 몰라요."

"암 그렇지 너 왔다는 말을 듣고 나도 보고 싶어 하였는데 형제끼리 그렇지 않으랴."

이 마님은 원래 시집을 멀리 와서 부모 형제를 몹시 그리워 해 본 경험이 있는 터라, 이 말에는 깊은 동정이 나타난다.
"거기를 또 가니? 인제 그만 곱게 입고 앉았다가 부잣집으로 시집가서 아들 딸 낳고 재미있게 살지 그렇게 고생할 것 무엇 있니?"
아직 알지 못하여 그렇게 하지 못하는 것을 일러주는 것같이 경희에게 대하여 말을 하다가 마주 앉은 경희 어머니에게 눈을 향하여 "그렇지 않소. 내 말이 옳지요." 하는 것 같았다.
"네, 하던 공부 마칠 때까지 가야지요."
"그것은 그리 많이 해 무엇하니. 사내니 고을을 간단 말이냐? 군주사(郡主事)라도 한단 말이냐. 지금 세상에 사내도 배워가지고 쓸데가 없어서 쩔쩔 매는데……."
이 마님은 여간 걱정스러워 아니한다. 그러고 대관절 계집애를 일본까지 보내어 공부를 시키는 사돈영감과 마님이며 또 그렇게 배우면 대체 무엇하자는 것인지를 몰라 답답해 한 적은 오래 전부터 있으나 다른 집과 달라 사돈집 일이라 속으로는 늘 '저 계집애를 누가 데려가나' 욕을 하면서도 할 수 있는 대로는 모른 체하여 왔다가 오늘 우연한 좋은 기회에 걱정해 오던 것을 말한 것이다.
경희는 이 마님 입에서 "어서 시집을 가거라. 공부는 해서 무엇 하니." 꼭 이 말이 나올 줄 알았다. 속으로 '옳지 그럴 줄 알았지' 하였다. 그러고 어제 오셨던 이모님 입에서 나오던 말이며 경희를 보실 때마다 걱정하시던 큰어머니 말씀과 모두 일치되는 것을 알았다. 또 작년 여름에 듣던 말을 금년 여름에도 듣게 되었다. 경희의 입살은 간질간질 하였다.
'먹고 입고만 하는 것이 사람이 아니라 배우고 알아야 사람이야요. 당신댁처럼 영감 아들간에 첩이 넷이나 있는 것도 배우지 못한 까닭이고 그것으로 속을 썩이던 당신도 알지 못한 죄이에요. 그러니까 여편네가 시집가서 시앗을 보지 않도록 하는 것도 가르쳐야 하고 여편네 두고 첩을 얻지 못하게 하는 것도 가르쳐야만 합니다.' 하고 싶었다. 이외에 여러 가지 예를 들어 설명도 하고 싶었었다. 그러나 이 마님 입에서는 반드시 오늘 아침에 다녀가신 할머니의 말씀과 같은 "얘, 옛날에는 여편네가 배우지 않아도 수부다남(壽富多男)하고 잘만 살아왔다. 여편네는 동서남북도 몰라야 복이 많단다. 얘, 공부한 여학생들도 보리방아만 찧게 되더라. 사내가 첩 하나도 둘 줄 모르면 그것이 사내냐?" 하던 말씀과 같이 꼭 이 마님도 할 줄 알았다. 경희는 쇠귀에 경을 읽지 하고 제 입만 아프고 저만 오늘 저녁에 또 이 생각으로 잠을 못 자게 될 것을 생각하였다. 또 말만 시작하게 되면 답답하여서 속이 불과 같이 탈 것 자연 오랫동안 되면 뒷마루에서는 기다릴 것을 생각하여 차라리 일절 입을 다물었다. 더구나 이 마님은 입이 걸어서 한 말을 들으면 열 말쯤 거짓말을 보태여 여학생의 말이라면 어떻든지 흉만 보고 욕만 하기로는 수단이 용한 줄을 알았다. 그래서 이 마님 귀에는 좀처럼 한 변명이라든지 설명도 조금도 곧이가 들리지 않을 줄도 짐작하였다. 그리고 어느 때 경희의 형님이 경희더러 "얘, 우리 시어머니 앞에서는 아무 말도 하지마라. 더구나 시집이야기는 일절 말아라. 여학생들은 예사로 시집 말들을 하더라. 아이구 망칙한 세상도 많아라. 우리 자라날 때는 어디서 처녀가 시집 말을 해보아" 하신다. 그뿐 아니라 여러 여학생 험담을 어디 가서 그렇게 듣고 오시는지 듣고만 오시면 똑 나 들으라고 빗대 놓고 하시는 말씀이 정말 내 동생이 학생이어서 그런지 도무지 듣기 싫더라. 일본 가면 계집애 버리느니 별별 못 들을 말씀을 다 하신단다. 그러니 아모쪼록 말을 조심하라" 한 부탁을 받은 것도 있다. 경희는 또 이 마님 입에서 무슨 말이 나올까 보아 마음이 조릿조릿 하였다. 그래서 다른 말 시작되기 전에 뒷마루로 달아나려고 궁둥이가 들썩들썩 하였다.

"이따가 급히 입을 오라범 속적삼을 하던 것이 있어서 가보아야겠습니다."
고 경희는 앓던 이가 빠진 만큼 시원하게 그 앞을 면하고 뒷마루로 나서며 큰 숨을 한 번 쉬었다.

"왜 그리 늦었소? 그래서 그 아버지를 어떻게 했소."
오라버니댁은 그 동안 버선 한 짝을 다 기워놓고 또 한 짝에 앞볼을 대이다가 경희를 보자 무릎 위에다가 놓고 바싹 가까이 앉으며 궁금하던 이야기 끝을 재우쳐 묻는다. 경희의 눈쌀은 찌푸려졌다. 두 뺨이 실쭉해졌다. 시월이는 빨래를 개키다가 경희의 얼굴을 눈결에 슬쩍 보고 눈치를 채었다.

"작은 아씨 서문안댁 마님이 또 시집 말씀을 하시지요?" 아침에 경희가 할머니 다녀가신 뒤에 마루에서 혼잣말로 "시집을 갈 때 가더라도 하도 여러 번 들으니까 인제 도무지 싫어 죽겠다."하던 말을 시월이가 부엌에서 들었다. 지금도 자세히는 들리지 않으나 그런 말을 하는 것 같았다. 그래서 작은 아씨의 얼굴이 저렇게 불냥하거니 하였다. 경희는 웃었다. 그러고 바느질을 붙들며 이야기 끝을 연속한다.

안마루에서는 여전히 두 마님은 서로 술을 전하며 담배도 잡수면서 경희의 말을 한다.

"애기가 바느질을 다 해요?"
"네, 바느질도 곧잘 해요. 남정의 웃옷은 못하지요마는 제 옷은 꿰매어 입지요."

"아이구 저런 어느 틈에 바느질을 다 배웠어요. 양복 속적삼을 다 해요. 학생도 바느질을 다 하나요."

이 마님은 과연 여학생은 바늘을 쥘 줄도 모르는 줄 알았다. 더구나 경희와 같이 서울로 일본으로 쏘다니며 공부한다 하고 덜렁이고 똑 사내 같은 학생이 제 옷을 꿰매어 입는다. 하는 말에 놀랐다. 그러나 역시 속으로는 그 바느질 꼴이 오죽할까 하였다. 김부인은 딸의 칭찬 같으나 묻는 말에 마지 못하야 대답한다.

"어디 바느질이나 제법 앉아서 배울 새나 있나요. 그래도 차차 철이 나면 자연히 의사가 나 보아요. 가르치지 아니해도 저절로 꿰매게 되던구먼요. 어려운 공부를 하면 의사가 트이나 보아요."

김부인은 말끝을 끊었다가 다시 말을 한다. 이 마님 귀에는 똑 거짓말 같다.

"양복 속적삼은 작년 여름에 남대문 밖에서 일녀가 와서 가르치던 재봉틀 바느질 강습소에를 날마다 다니며 배웠지요. 제 조카들의 양복도 해서 입히고 모자도 해서 씌우고 또 제 오라비 여름 양복까지 했어요. 일어를 아니까 선생하고 친하게 되어서 다른 사람에게는 가르쳐 주지 않는 것까지 다 가르쳐 주더래요. 낮에는 배워 가지고 와서는 밤이면 똑 열두시 새로 한 시까지 앉아서 배운 것을 보고 그대로 그리고 모두 치수를 적고 했어요. 나는 그게 무엇인가 하였더니 나중에 재봉틀 회사 감독이 와서 그러는데 "이제까지 일어로만 한 것이어서 부인네들 가르치기에 불편하더니 따님의 만든 책으로 퍽 유익하게 쓰겠습니다."하는 말에 그런 것인 줄 알았어요. 좀 가르치면 어디든지 그렇게 쓸데가 있던구먼요. 그뿐 아니라 그 점잖은 일본 사람들에게도 어찌 존대를 받는지 몰라요. 그 애가 왔단 말을 어디서 들었는지 감독이 일부러 일전에 또 찾아왔어요. 일본서 졸업하고는 기어이 자기 회사의 일을 보아 달라고 하더래요. 처음에는 월급 일천 오백냥은 쉽대요. 차차 오르면 3년 안에 이천 오백냥은 받는다는데요. 다른 여자는 제일 많은 것이 칠백쉰 냥이라는데 아마 얘는 일본까지 가서 공부한 까닭인가 보아요. 저것도 그 애가 재봉틀에 한 것입니다."

하며 맞은편 벽에 유리에 늘어 걸어놓은, 앞에 물이 흐르고 뒤에 나무가 총총한 촌(村) 경치를 턱으로 가리킨다. 경희의 어머니는 결코 여기까지 딸의 말을 하려고 한 것이 아니었다. 한 것이 자연 월급 말까지 하게 된 것은 부지중에 여기까지 말하였다. 김 부인은 다른 부인네들보다 더구나 이 사돈마님보다는 훨씬 개명(開明)을 한 부인이다. 근본 성품도 결코 남의 흉을 보는 부인은 아니었고 혹 부인네들이 모여 여학생들의 못된 점을 꺼내어 흉을 보든지 하면 그렇지 않다고까지 반대를 한 적도 많으니 이것은 대개 자기 딸 경희를 몹시 기특히 아는 까닭으로 여학생은 바느질을 못 한다든가, 빨래를 아니 한다든가, 살림살이를 할 줄 모른다든가 하는 말이 모두 일부러 흉을 만들어 말하거니 했다. 그러나 공부해서 무엇하는지 왜 경희가 일본까지 가서 공부를 하는지 졸업을 하면 무엇에 쓰는지는 역시 김 부인도 다른 부인과 같이 몰랐다. 혹 여러 부인이 모여서 따님은 그렇게 공부를 시켜서 무엇하나요? 질문을 하면 "누가 아니요, 이 세상에는 계집애라도 배워야 한다니까요." 이렇게 자기 아들에게 늘 들어오던 말로 어물어물 대답을 할 뿐이었다. 김 부인은 과연 알았다. 공부를 많이 할수록 존대를 받고 월급도 많이 받는 것을 알았다. 그렇게 번질한 양복을 입고 금시곗줄을 늘인 점잖은 감독이 조그마한 여자를 일부러 찾아와서 절을 수없이 하는 것이라든지, 종일 한 달 30일을 악을 쓰고 속을 태우는 보통학교 교사는 많아야 육백스무 냥이고 보통 오백 냥인데 "천천히 놀면서 일 년에 병풍 두 짝 만이라도 잘만 놓아주시면 월급을 꼭 사십 원씩은 드리지요" 하는 말에 김 부인은 과연 공부라는 것은 꼭 해야 할 것이고, 하면 조금 하는 것보다 일본까지 보내서 시켜야만 할 것을 알았다. 그리고 어느 날 저녁에 경희가 "공부를 하면 많이 해야겠어요. 그래야 남에게 존대를 받을 뿐 아니라 저도 사람 노릇을 할 것 같애요" 하던 말이 아마 이래서 그랬던가보다 하였다. 김 부인은 인제부터는 의심없이 확실히 자기 아들이 경희를 왜 일본까지 보내라고 애를 쓰던 것, 지금 세상에는 여자도 남자와 같이 많이 가르쳐야 할 것을 알았다. 그래서 김 부인은 이제까지 누가 "따님은 공부를 그렇게 시켜 무엇합니까? 물으면 등에서 땀이 흐르고 얼굴이 벌겋게 취해지며 이럴 때마다 아들만 없으면 곧이라도 데려다가 시집을 보내고 싶은 생각도 많았으나 지금 생각하니 아들이 뒤에 있어서 자기 부부가 경희를 데려다 시집을 보내지 못하게 한 것이 다행하게 생각된다. 그리고 지금부터는 누가 묻든지 간에 여자도 공부를 시켜야 의사가 나서 가르치지 아니한 바느질도 할 줄 알고 일본까지 보내어 공부를 많이 시켜야 존대를 받을 것을 분명히 설명까지라도 할 것 같다. 그래서 오늘도 사돈마님 앞에서 부지중 여기까지 말을 하는 김 부인의 태도는 조금도 주저하는 빛도 없고 그 얼굴에는 기쁨이 가득하고 그 눈에는 '나는 이러한 영광을 누리고 이러한 재미를 본다' 하는 표정이 가득하다.

 사돈마님은 반신반의로 어떻든 끝까지 들었다. 처음에는 물론 거짓말로 들을 뿐만 아니라, 속으로 '너는 아마 큰 계집애를 버려놓고 인제 시집 보낼 것이 걱정이니까 저렇게 없는 칭찬을 하나보구나' 하며 이야기하는 김 부인의 눈이며 입을 노려보고 앉았다. 그러나 이야기가 점점 길어질수록 그럴 듯하다. 더구나 감독이 왔더란 말이며, 존대를 하더란 것이며, 사내도 여간한 군주사(君主事)쯤은 바랄 수도 없는 월급을 이천 냥까지 주겠더란 말을 들을 때는 설마 저렇게까지 거짓말을 할까 하는 생각이 난다. 사돈마님은 아직도 참말로는 알고 싶지 않으나 어쩐지 김 부인의 말이 거짓말 같지는 아니하다. 또 벽에 걸린 수(繡)도 확실히 자기 눈으로 볼 뿐 아니라 쉴새없이 바퀴 구르는 재봉틀소리가 당장 자기 귀에 들린다. 마님 마음은 도무지 이상하다. 무슨 큰 실패나 한 것도 같다. 양심은 스스로 자복(自服)하였다. '내가 여학생을 잘못 알아 왔다. 정말 이 집 딸과 같이 계집애도 공부를 시켜야겠다. 어서 우리집에 가서 내외시키던 손녀딸들을 내일부터 학교에 보내야겠다'고 꼭 결심을 했다. 눈 앞이 아물아물해 오고 귀가 찡한다. 아무 말 없이 눈만 껌뻑껌뻑 하고 앉았다. 뒤꼍으로 불어 들어오는 시원한 바람 중에는 젊은 웃음소리가 사(沙)접시를 깨뜨릴 만치 재미스럽게 싸여 들어온다.

2

"이 더운데 작은 아씨, 무얼 그렇게 하십니까?"
마루 끝에 떡 함지를 힘없이 놓으며 땀을 씻는다. 얼굴은 억죽억죽 얽고 머리는 평양머리를 해서 얹고 알록달록한 면주수건을 아무렇게나 쓴 나이가 한 사십 가량 된 떡장사는 으레 하루에 한 번씩 이 집을 들른다.
"심심하니까 장난 좀 하오."
경희는 앞치마를 치고 마루 끝에 서서 서투른 칼질로 파를 썬다.
"어느 틈에 김치 담그는 것을 다 배우셨어요. 날마다 다니며 보아야 작은 아씨는 도무지 노시는 것을 못 보았습니다. 책을 보시지 않으면 글씨를 쓰시고 바느질을 아니 하시면 저렇게 김치를 담그시고…….”

"여편네가 여편네 할 일을 하는 것이 무엇이 그리 신통할 것 있소."

"작은 아씨 같은 이나 그렇지 어느 여학생이 그렇게 마음을 먹는 이가 있나요."

떡장사는 무릎을 치며 경희의 앞으로 바싹 앉는다. 경희는 빙긋이 웃는다.

"그건 떡장사가 잘못 안 것이지. 여학생은 사람 아니오? 여학생도 옷을 입어야 살고 음식을 먹어야 살 것 아니오?"

"아이구, 그러게 말이지요, 누가 아니래요. 그러나 작은 아씨같이 그렇게 아는 여학생이 어디 있어요?"

"자 칭찬 많이 받았으니 떡이나 한 스무 냥어치 살까!"

"아이구 어멈을 저렇게 아시네, 떡 팔아먹으려고 그런 것은 아니에요."

변덕이 뒤룩뒤룩한 두 뺨의 살이 축 처진다. 그리고 너는 나를 잘못 아는구나 하는 원망으로 두둑한 입술이 삐죽한다. 경희는 곁눈으로 보았다. 그 마음을 짐작하였다.

"아니요, 부러 그랬지. 칭찬을 받으니까 좋아서……."

"아니에요. 칭찬이 아니라 정말이에요."

다시 정다이 바싹 앉으며 허허…… 너털웃음을 한판 내쉰다.

"정말 몇 해를 두고 날마다 다니며 보아야 작은 아씨처럼 낮잠 한 번도 주무시지 않고 꼭 무엇을 하시는 아씨는 처음 보았어요."

"떡장사 오기 전에 자고 떡장사 가면 또 자는 걸 보지를 못하였지."

"또 저렇게 우스운 말씀을 하시네. 떡장사가 아무 때나 아침에도 다녀가고 낮에도 다녀가고 저녁 때도 다녀가지 학교에 다니는 학생같이 시간을 맞춰서 다니나요! 응? 그렇지 않소."
하며 툇마루에서 맷돌에 풀 갈고 있는 시월이를 본다. 시월이는,

"그래요. 어디가 아프시기 전에는 한번도 낮잠 주무시는 일 없어요."

"여보, 떡장사 떡이 다 쉬면 어찌 하려고 이렇게 한가히 앉아서 이야기를 하오."

"아니 관계치 않아요."

떡장사의 말소리는 아무 힘이 없다. 떡장사는 이 작은 아씨가 "그래서 어쨌소." 하며 받아만 주면 이야기할 것이 많았다. 저의 집 떡방아 찧던 일꾼에게서 들은, 요새 신문에 어느 여학생이 학교 간다고 나가서는 며칠 아니 들어오는 고로 수색을 해보니까 어느 사내에게 꾀임을 받아서 첩이 되었더란 말이며, 어느 집에는 며느리로 여학생을 얻어왔더니 버선 깁는 데 올도 찾을 줄 몰라 삐뚜로 대었더란 말, 밥을 하였는데 반은 태웠더란 말, 날마다 사방으로 쏘다니며 평균 한 마디씩 들어온 여학생의 험담을 하려면 부지기수이었다. 그래서 이렇게 신이 나서 무릎을 치고 바싹 들어 앉았으나, 경희의 말대답이 너무 냉정하고 점잖으므로 떡장사의 속에서 뻗쳐오르던 것이 어느덧 거품 꺼지듯 꺼졌다. 떡장사의 마음은 무엇을 잃은 것같이 공연히 서운하다. 떡바구미를 들고 일어설까말까 하나 어쩐지 딱 일어설 수도 없다. 그래서 떡바구미를 두 손으로 누른 채로 앉아서 모른 체하고 칼질하는 경희의 모양을 아래 위로 훑어도 보고 마루를 보며 선반 위에 얹은 소반의 수효도 세어보고 정신없이 얼빠진 것같이 앉았다.

"흰떡 댓 냥어치하고 개피떡 두 냥 반어치만 내놓게."

김 부인은 고운 돗자리 위에서 부채질을 하면서 드러누웠다가 딸 경희의 좋아하는 개피떡하고 아들이 잘 먹는 흰떡을 내놓으라 하고 주머니에서 돈을 꺼낸다. 떡장사는 멀거니 앉았다가 깜짝 놀라 내놓으라는 떡 수효를 몇 번씩 되풀이해 세어서 내놓고는 뒤도 돌아보지를 않고 떡바구니를 이고 나가다가 다시 이 댁을 오지 못하면 떡을 못 팔게 될 생각을 하고 "작은 아씨, 내일 또 와요. 허허허" 하며 대문을 나서서는 큰 숨을 쉬었다. 생삼팔(生三八) 두루마기 고름을 달고 앉았던 경희의 오라버니댁이며 경희며 시월이며 서로 얼굴들을 치어다보며 말없이 씽긋씽긋 웃는다. 경희는 속으로 기뻐한다. 무엇을 얻은 것 같다. 떡장사가 다시는 남의 흥을 보지 아니하리라 생각할 때에 큰 교육을 한 것도 같다. 경희는 칼자루를 들고 앉아서 무슨 생각을 곰곰이 한다.

"참 애기는 못할 것이 없다."

얼굴에 수색(愁色)이 가득하여 시름없이 두 손을 마주잡고 앉았다가 간단히 이 말을 하고는 다시 입을 꾹 다물며 한숨을 산이 꺼지도록 쉬는 한 여인에게는 아무도 모르는 큰 걱정과 설움이 있는 것 같다. 이 여인은 근 이십 년 동안이나 이 집과 친하게 다니는 여인이라, 경희의 형제들은 아주머니라 하고 이 여인은 경희의 형제를 자기의 친 조카들같이 귀애(貴愛)한다. 그래서 심심하여도 이 집으로 오고 속이 상할 때에도 이 집으로 와서 웃고 간다. 그런데 이 여인의 얼굴은 항상 검은 구름이 끼이고 좋은 일을 보든지 즐거운 일을 당하든지 끝에는 반드시 휘 한숨을 쉬는 쌓이고 쌓인 설움의 원인을 알고 보면 누구라도 동정을 아니할 수 없다.

이 여인은 소년 과부라. 남편을 잃은 후로 애절복통을 하다가 다만 재미를 붙이고 낙(樂)을 삼는 것은 천행만행(天幸萬幸)으로 얻은 유복자 수남(壽男)이 있음이라. 하루 지나면 수남이도 조금 크고 한 해 지나면 수남이가 한 살이 는다. 겨울이면 추울까, 여름이면 더울까, 밤에 자다가도 곤히 자는 수남의 투덕투덕한 볼기짝을 몇 번씩 뚜덕뚜덕 하던 세상에 둘도 없는 귀한 아들은 어느덧 나이 십육 세에 이르러 사방에서 혼인하자는 말이 끊일 새 없었다. 수남의 어머니는 새로이 며느리를 얻어 혼자 재미를 볼 것이며 남편도 없이 혼자 폐백 받을 생각을 하다가 자리 속에서 눈물도 많이 흘렸다. 그러나 행여 이렇게 눈물을 흘려 귀중한 아들에게 사위스러울까 보아 할 수 있는 대로는 슬픔을 기쁨으로 돌려 생각하고 눈물을 웃음으로 이루려 하였다. 그래서 알뜰살뜰히 돈이며 패물 등속을 며느리 얻으면 주려고 모았다. 유일무이(唯一無二)의 아들을 장가들이는 데는 꺼리는 것도 많고 보는 것도 많았다. 그래 며느리 선을 시어머니가 보면 아들이 가난하게 산다고 하는 고로 수남이 어머니는 일체 중매에게 맡기고 궁합이 맞는 것으로만 혼인을 정하였다. 새 며느리를 얻고 아들과 며느리 사이에 옥 같은 손녀며 금 같은 손자를 보아 집안이 떠들썩하고 재미가 퍼부을 것을 날마다 상상하며 기다리던 며느리는 과연 오늘의 이 한숨을 쉬게 하는 원수이다. 열일곱에 시집온 후로 팔 년이 되도록 시어머니 저고리 하나도 꿰매어서 정다이 드려보지 못한 철천지 한을 시어머니 가슴에 안겨준 이 며느리라. 수남의 어머니는 본래 성품이 순하고 덕스러우므로 아무쪼록 이 며느리를 잘 가르치고 잘 만들려고 애도 무한히 쓰고 남 모르게 복장도 많이 쳤다. 이러면 나을까 저렇게 하면 사람이 될까 하여 혼자 궁구(窮究)도 많이 하고 타이르고 가르치기도 수없이 하였으나 어제가 오늘 같고 내일도 일반이라. 바늘을 쥐어주면 곧 졸고 앉았고, 밥을 하라면 죽을 쑤어 놓으나 거기다가 나이가 먹어 갈수록 마음만 엉뚱해가는 것은 더구나 사람을 기가 막히게 한다. 이러하니 때로 속이 상하고 날로 기가 막히는 수남의 어머니는 이 집에 올 때마다 이 집 며느리가 시어머니 저고리를 얌전히 하는 것을 보면 나는 이 며느리 손에 저렇게 저고리 하나도 얻어 입어보지 못하나 하며 한숨이 나오고, 경희의 부지런한 것을 볼 때는 나는 왜 저런 민첩한 며느리를 얻지 못하였는가 하며 한숨을 쉬는 것은 자연한 인정이리라. 그러므로 이렇게 멀거니 앉아서 경희의 김치 담그는 양을 보며 또 떡장사가 한참 떠들고 간 뒤에 간단한 이 말을 하는 끝에 한숨을 쉬는 그 얼굴은 차마 볼 수가 없다. 머리를 숙이고 골몰히 칼질하던 경희는 이미 이 아주머니의 설움의 원인을 아는 터이라 그 한숨소리가 들리자 온몸이 찌르르 하도록 동정이 간다. 경희는 이 자극을 받는 동시에 이와 같이 조선(朝鮮) 안에 여러 불행한 가정의 형편이 방금 제 눈 앞에 보이는 것 같았다. 힘 있게 칼자루로 도마를 탁 치는 경희는 무슨 큰 결심이나 하는 것 같다. 경희는 굳게 맹세하였다. '내가 가질 가정은 결코 그런 가정이 아니다. 나뿐 아니라 내 자손 내 친구 내 문인(門人)들이 만들 가정도 결코 이렇게 불행하게 하지 않는다. 오냐, 내가 꼭 한다' 하였다. 경희는 껑충 뛴다. 안부엌에서 땀을 뻘뻘 흘리며 풀 쑤는 시월이를 따라간다.

"얘. 나하고 하자. 부뚜막에 올라앉아서 풀막대기로 저으랴? 아궁이 앞에 앉아서 때랴? 어떤 것을 하였으면 좋겠니? 너 하라는 대로 할 터이니. 두 가지를 다 할 줄 안다."

"아이구, 고만 두셔요. 더운데."

시월이는 더운데 혼자 풀을 저으면서 불을 때느라고 끙끙하던 중이다.

"아이구, 이년의 팔자" 한탄을 하며 눈을 멀거니 뜨고 밀짚을 끌어 때고 앉았던 떠라, 작은 아씨의 이 한 마디는 더운 중에 바람 같고 괴로움에 웃음이다. 시월이는 속으로 '저녁 진지에는 작은 아씨의 즐기시는 옥수수를 어디 가서 맛있는 것을 얻어다가 쪄서 드려야겠다' 하였다. 마지 못하여,

"그러면 불을 때셔요. 제가 풀을 저을 것이니……."

"그래, 어려운 것은 오랫동안 졸업한 네가 해라."

경희는 불을 때고 시월이는 풀을 젓는다. 위에서는 푸푸, 부글부글 하는 소리, 아래에서는 밀짚의 탁탁 튀는 소리, 마치 경희가 도쿄음악학교 연주회석에서 듣던 관현악 연주소리 같기도 하다. 또 아궁이 저 속에서 밀짚 끝에 불이 댕기면 점점 불빛이 강하게 번지는 동시에 차차 아궁이까지 가까워지자 또 점점 불꽃이 약해져 가는 것은 마치 피아노 저 끝에서 이 끝까지 칠 때에 붕붕 하던 것이 점점 땡땡 하도록 되는 음률과 같아 보인다. 열심히 젓고 앉은 시월이는 이러한 재미스러운 것을 모르겠구나 하고 제 생각을 하다가 저는 조금이라도 이 묘한 미감(美感)을 느낄 줄 아는 것이 얼마큼 행복하다고도 생각하였다. 그러나 저보다 몇십백 배 묘한 미감을 느끼는 자가 있으려니 생각할 때에 제 눈을 빼어버리고도 싶고 제 머리를 뚜드려 바치고도 싶다. 뻘건 불꽃이 별안간 파란 빛으로 변한다. 아, 이것도 사람인가, 밥이 아깝다 하였다. 경희는 부지중 "재미도 스럽다" 하였다.

"대체 작은 아씨는 별것도 다 재미있다고 하십니다. 빨래하면 땟국물 흐르는 것도 재미있다고 하시고 마루 걸레질을 치시면 아직 안 친 한편 쪽 마루의 뿌연 것이 보기 재미있다 하시고, 마당을 쓸면 티끌 많아지는 것이 재미있다고 하시고, 나중에는 무엇까지 재미있다

고 하실는지, 뒷간에 구더기 끓는 것은 재미있지 않으세요?"
 경희는 속으로 '오냐, 물론 그것까지 재미있게 보여야 할 것이다. 그러나 내 눈은 언제나 그렇게 밝아지고 내 머리는 어느 때나 거기까지 발달될는지 불쌍하고 한심스럽다' 하였다.
 "얘, 그런데 말끝이 나왔으니까 말이다, 빨래 언제 하니?"
 "왜요? 모레는 해야겠어요."
 "그러면 저녁때 늦지?"
 "아마 늦을 걸이요."
 "일찍 끝이 나더라도 개천에 게 살아라. 그러면 건넌방 아씨하고 저녁 해놀 터이니 늦게 돌아와서 잡수어라. 내 손으로 한 밥맛이 어떤가 보아라. 히히히."
 시월이도 같이 웃는다. 어쩌면 사람이 저렇게 인정스러운가 한다. '누가 나 먹으라고 단 참외나 주었으면, 저 작은 아씨 갖다 드리게' 속으로 혼잣말을 한다. 과연 시월이는 이렇게 고마운 소리를 들을 때마다 황송스러워 어찌할 수가 없다. 그래서 입이 있으나 어떻게 말할 줄도 모르고 다만 작은 아씨가 잘 먹는 과실은 아는지라, 제게 돈이 있으면 사다가라도 드리고 싶으나 돈은 없으므로 사지는 못하되 틈틈이 어디 가서 옥수수며 살구는 곧잘 구해다가 드렸다. 이렇게 경희와 시월이는 사이가 좋을 뿐 아니라 이번에 경희가 일본서 올 때에 시월의 자식 점동(點童)이에게는 큰댁 애기네들보다 더 좋은 장난감을 사다가 준 것은 뼈가 녹기 전까지는 잊을 수가 없다.
 "얘, 그런데 너와 일할 것이 꼭 하나 있다."
 "무엇이에요?"
 "글쎄 무엇이든지 내가 하자면 하겠니?"
 "아무렴요, 하지요!"

"너, 왜 그렇게 우물뚜덩을 더럽게 해놓니. 도무지 더러워서 볼 수가 없다. 그러니 내일부터 설음질 뒤에는 꼭 날마다 나하고 우물뚜덩을 치우자. 너 혼자만 하라는 것은 아니다. 그렇게 하겠니?"
"네, 제가 혼자 날마다 치우지요."
"아니 나하고 같이해…… 재미스럽게 하하하."
"또 재미요? 하하하하."
부엌이 떠들썩하다. 안마루에서 들으시던 경희 어머니는 '또 웃음이 시작되었군' 하신다.
"아이 무엇이 그리 우순지 그 애가 오면 밤낮 셋이 몰켜다니며 웃는 소리에 도무지 산란해 못 견디겠어요. 젊었을 때는 말똥 구르는 것이 다 우습다더니 그야말로 그런가 보아요."
수남 어머니에게 대하여 말을 한다.
"웃는 것밖에 좋은 일이 어디 있습니까. 댁에를 오면 산 것 같습니다."
수남 어머니는 또 휘…… 한숨을 쉰다. 마루에 혼자 떨어져 바느질하던 건너방 색씨는 웃음소리가 들리자 한 발에 신을 신고 한 발에 짚신을 끌며 부엌 문지방을 들어서며,
"무슨 이야기요? 나도……."
한다.

3

"마누라, 주무시오?"
이철원(李鐵原)은 사랑에서 들어와 안방문을 열고 경희와 김 부인 자는 모기장 속으로 들어선다. 김 부인은 깜짝 놀라 일어나 앉는다.

"왜 그러셔요, 어디가 편치 않으셔요?"

"아니, 공연히 잠이 아니 와서……."

"왜요?"

이때에 마루 벽에 걸린 자명종은 한 번을 땡 친다.

"드러누워서 곰곰 생각을 하다가 마누라하고 의논을 하러 들어왔소!"

"무얼이오?"

"경희 혼인 일 말이오. 도무지 걱정이 되어 잠이 와야지."

"나 역시 그래요."

"이번 혼처는 꼭 놓치지를 말고 해야지 그만한 곳 없소. 그 신랑 아버지 되는 자하고 난 전부터 익숙히 아는 터이니까 다시 알아볼 것도 없고, 당자(當者)도 그만하면 쓰지 별 아이 어디 있나 장자이니까 그 많은 재산 다 상속될 터이고 또 경희는 그런 대갓집 맏며느리 감이지……."

"글쎄, 나도 그만한 혼처가 없는 줄 알지마는 제가 그렇게 열 길이나 뛰고 싫다는 것을 어떻게 한단 말이요, 그렇게 싫다고 하는 것을 억제(抑制)로 보내었다가 나중에 불길한 일이나 있으면 자식이라도 그 원망을 어떻게 듣잔 말이오……."

"아……니, 불길한 일이 있을 까닭이 있나. 인품이 그만하겠다, 추수를 수천 석 하겠다, 그만하면 고만이지 그러면 어떻게 하잔 말이요. 계집애가 열아홉 살이 적소?"

김부인은 잠잠히 있다. 이철원은 혀를 톡톡 차며 후회를 한다.

"내가 잘못이지, 계집애를 일본까지 보내다니 계집애가 시집 가기를 싫다니 그런 망칙한 일이 어디 있어. 남이 알까 보아 무섭지. 벌써 적합한 혼처를 몇 군데를 놓쳤으니 어떻게 하잔 말이야. 아이……."

"그러면 혼인을 언제로 하잔 말이오?"

"저만 대답하면 지금이라도 곧 하지. 오늘도 재촉 편지가 왔는데……. 이왕 계집애라도 그만치 가르쳐 놓았으니까 옛날처럼 부모끼리로 할 수도 없고 해서 벌써 사흘째 불러다가 타이르나 도무지 말을 들어 먹어야지. 계집년이 되지 못한 고집은 왜 그리 시운지(센지) 신랑 삼촌은 기어이 조카 며느리를 삼아야겠다고 몇 번을 그러는지 모르는데……."

"그래 무엇이라고 대답하셨소?"

"글쎄, 남이 부끄럽게 계집애더러 물어본다나 무엇이라나. 그러지 않아도 큰 계집애를 일본까지 보냈느니 어떠니 하고 욕들을 하는데. 그래서 생각해 본다고 했지."

"그러면 거기서는 기다리겠소 그래."

"암, 그게 벌써 올 정월부터 말이 있던 것인데 동네집 시악시 믿고 장가 못 간다더니……."

"아이, 그러면 속히 좌우간 결정을 내야겠는데 어떻게 하나. 저는 기어이 하던 공부를 마치기 전에는 죽어도 시집은 아니가겠다 하는데. 그리고 더구나 그런 부잣집에 가서 치맛자락 늘이고 싶은 마음은 꿈에도 없다고 한다오. 그래서 제 동생 시집갈 때도 제 것으로 해놓은 고운 옷은 모두 주었습니다. 비단치마 속에 근심과 설움이 있느니라고 한다오. 그 말도 옳긴 옳아."

김 부인은 자기도 남부럽지 않게 이제껏 부귀하게 살아왔으나 자기 남편이 젊었을 때 방탕하여서 속이 상하던 일과 철원 군수(鐵原郡守)로 갔을 때도 첩이 두셋씩 되어 남몰래 속이 썩던 생각을 하고 경희가 이런 말을 할 때마다 말은 아니하나 속으로 딴은 네 말이 옳다

한 적이 많았다.

"아이 아니꼬운 년, 그러기에 계집애를 가르치면 건방져서 못 쓴다는 말이야…… 아니 철을 몰라서 그렇지……. 글쎄 그것도 그렇지 않소, 오죽한 집에서 혼인을 거꾸로 한단 말이오. 오죽 형이 못나야 아우가 먼저 시집을 가더란 말이오. 김 판사 집도 우리 집 내용을 다 아는 터이니까 혼인도 하자지 누가 거꾸로 혼인한 집 시악시를 데려가려겠소. 아니, 이번에는 꼭 해야지……."

부인의 말을 들으며 그럴 듯하게 생각하던 이철원은 이 거꾸로 혼인한 생각을 하니 마음이 급작히 졸여진다. 그리고 생각할수록 이번 김 판사집 혼처를 놓치면 다시는 그런 문벌 있고 재산 있는 혼처를 얻을 수가 없는 것 같다. 그래서 두말할 것 없이 이번 혼인은 강제로라도 시킬 결심이 일어난다. 이철원은 벌떡 일어선다.

"계집애가 공부는 그렇게 해서 무엇해? 그만치 알았으면 그만이지. 일본은 누가 또 보내기는 하구? 이번에는 무관(無關)내지. 기어이 그 혼처하고 해야지. 내일 또 한 번 불러다가 아니 듣거든 또 물을 것 없이 곧 해버려야지……."

노기(怒氣)가 가득하다. 김 부인은 "그렇게 하시오"라든지 "마시오"라든지 무엇이라고 대답할 수가 없다. 다만 시름없이 자기가 풍병(風病)으로 누울 때마다 경희를 시집 보내기 전에 돌아갈까 보아 아슬아슬 하던 생각을 하며,

"딴은 하나 남은 경희를 마저 내 생전에 시집을 보내 놓아야 내가 죽어도 눈을 감겠는데."
할 뿐이다.

이철원은 일어서다가 다시 앉으며 나직한 소리로 묻는다.

"그런데 일본 보내서 버리지는 않은 모양이오?"

"아니오. 그 전보다 더 부지런해졌어요. 아침이면 제일 먼저 일어납니다. 그래서 마루 걸레질이며 마당이며 멀겋게 치워놓지요. 그뿐인가요. 떡하면 떡방아 다 찧도록 체질해 주지……. 그러게 시월이는 좋아서 죽겠다지요…….”

김 부인은 과연 경희가 일하는 것을 볼 때마다 큰 안심을 점점 찾았다. 그것은 경희를 일본 보낸 후로는 남들이 비난할 때마다 입으로는 말을 아니하나 항상 마음으로 염려되는 것은 경희가 만일에 일본까지 공부를 갔다고 난 체를 한다든지 공부한 위세로 사내같이 앉아서 먹자든지 하면 그 꼴을 어떻게 남이 부끄러워 보잔 말인고 하고 미상불 걱정이 된 것은 어머니 된 자의 딸을 사랑하는 자연한 정(情)이라. 경희가 일본서 오던 그 이튿날부터 앞치마를 치고 부엌으로 들어갈 때 오래간만에 쉬러 온 딸이라 말리기는 하였으나 속으로는 큰 숨을 쉴만치 안심을 얻은 것이다.

경희 가족은 누구나 다 아는 바와 같이 경희의 마루 걸레질, 다락, 벽장 치움새는 전부터 유명하였다. 그래서 경희가 서울 학교에 있을 때 일 년에 세 번씩 휴가에 오면 으레 다락 벽장이 속속까지 목욕을 하게 되었다. 또 김 부인의 마음에도 경희가 치우지 않으면 아니 맞도록 되었다. 그래서 다락이 지저분하다든지 벽장이 어수선하게 되면 벌써 경희가 올 날이 며칠 아니 남은 것을 안다. 그리고 경희가 집에 온 그 이튿날은 경희를 보러오는 사촌 형님들이며 할머니, 큰어머니는 한 번씩 열어보고 “다락 벽장이 분(紛)을 발랐고나” 하시고 “깨끗하기도 하다” 하시며 칭찬을 하시었다. 이것이 경희가 집에 가는 그 전날밤부터 기뻐하는 것이고 경희가 집에 온 제일의 표적이었다.

김 부인은 이번에 경희가 일본서 오면 연년(年年) 세 번씩 목욕을 시켜주던 다락 벽장도 치워주지 아니할 줄만 알았다. 그러나 경희는 여전히 집에 도착하면서 부모님에게 인사 여쭙고는 첫 번으로 다락 벽장을 열었다. 그리고 그 이튿날 종일 치웠다.

그런데 이번 경희의 소제(掃除) 방법은 전과는 전혀 다르다. 전에 경희의 소제 방법은 기계적이었다. 동쪽에 놓았던 제기며 서쪽에 걸린 표주박을 쓸고 문질러서는 그 놓았던 자리에 그대로 놓을 줄만 알았다. 그래서 있던 거미줄만 없고 쌓였던 먼지만 털면 이것이 소제인 줄만 알았다. 그러나 이번 소제 방법은 다르다. 건조적(建造的)이고 응용적이다. 가정학에서 배운 질서, 위생학에서 배운 정리, 또 도화(圖畵) 시간에 배운 색과 색의 조화, 음악 시간에 배운 장단의 음률을 이용하여, 지금까지의 위치를 전혀 뜯어고치게 된다. 자기(磁器)를 도기(陶器) 옆에다도 놓아보고 칠첩 반상을 칠기(漆器)에도 담아본다. 주발 밑에는 주발보다 큰 사발을 받쳐도 본다. 흰 은쟁반 위로 노르스름한 종골 방아치도 느려본다. 큰 항아리 다음에는 병(甁)을 놓는다. 그러고 전에는 컴컴한 다락 속에서 먼지 냄새에 눈쌀도 찌푸렸을 뿐 아니라 종일 땀을 흘리고 소제하는 것은 가족에게 들을 칭찬의 보수를 받으려 함이었다. 그러나 이번에는 이것도 다르다. 경희는 컴컴함 속에서 제 몸이 이리저리 운동케 하는 것이 여간 재미스럽게 생각되지 않았다. 일부러 빗자루를 놓고 쥐똥을 집어 냄새도 맡아보았다. 그리고 경희가 종일 일하는 것은 아무 바라는 보수도 없다. 다만 제가 저 할 일을 하는 것밖에 아무것도 없다.

이렇게 경희의 일동일정(一動一靜)의 내막에는 자각이 생기고 의식적으로 되는 동시에 외형으로 활동할 일은 때로 많아진다. 그래서 경희는 할 일이 많다. 만일 경희의 친한 동무가 있어서 경희의 할 일 중에 하나라도 해 준다면 비록 그 물건이 경희의 손에 있다 하더라도 그것은 경희의 것이 아니라 동무의 것이다. 이러므로 경희가 좋은 것을 갖고 싶고 남보다 많이 갖고 싶을진대 경희의 힘으로 능히 할 만한 일은 행여나 털끝 만한 일이라도 남더러 해 달라고 할 것이 아니다. 조금이라도 남에게 빼앗길 것이 아니다. 아아, 다행이다. 경희의 넙적다리에는 살이 쪘고 팔뚝은 굵다. 경희는 이 살이 다 빠져서 걸을 수가 없을 때까지 팔뚝의 힘이 없어 늘어질 때까지 할 일이 무한이다. 경희가 가질 물건도 무수하다. 그러므로 낮잠을 한 번 자고 나면 그 시간 자리가 완연히 턱이 난다. 종일 일을 하고 나면 경희는 반드시 조금씩 자라난다. 경희의 갖는 것은 하나씩 늘어간다. 경희는 이렇게 아침부터 저녁까지 얻기 위하여 자라갈 욕심으로 제 힘껏 일을 한다.

이철원도 자기 딸이 일하는 것을 날마다 본다. 또 속으로 기특하게도 여긴다. 그러나 이렇게 자기 부인에게 물어본 것은 이철원도 역시 김 부인과 같이 경희를 자기 아들의 권고에 못 이겨 일본까지 보내었으나 항상 버릴까 보아 염려되던 것은 사실이었다. 그러므로 오늘 저녁에 부부가 앉아서 혼처에 대한 걱정이라든지 그애 버릴까 보아 염려하던 것을 안심하는 부모의 애정은 그 두 얼굴에 띠운 웃음 속에 가득하다. 아무러한 지우(知友)며 형제며 효자인들 어찌 이 부모가 염려하시는 염려, 기뻐하시는 참기쁨 같으리오. 이철원은 혼인하자고 할 곳이 없을까 보아 바짝 졸였던 마음이 조금 누그러졌다. 그러나 마루로 내려서며 마른 기침 한 번을 하며 "내일은 세상 없어도 하여야지" 하는 결심의 말은 누구의 명령을 가지고라도 깨뜨릴 수 없을 것같이 보인다.

새벽닭이 새날을 고한다. 까맣던 밤이 백색으로 활짝 열린다. 동창(東窓)의 장지 한 편이 차차 밝아오며 모기장 한 끝으로부터 점점 연두색을 물들인다. 곤히 자던 경희의 눈은 뜨였다. 경희는 또 오늘 종일 제 일을 시작할 기쁨에 취하여 벌떡 일어나서 방을 나선다.

4

때는 정히 오정이라 안마루에는 점심상이 벌어졌다. 경희는 사랑에서 들어온다. 시월이며 건넌방 형님은 간절히 점심 먹기를 권하나 들은 체도 아니하고 골방으로 들어서며 사방 방문을 꼭꼭 닫는다. 경희는 흑흑 느껴 운다. 방바닥에 엎드리기도 하다가 일어 앉기도 하고 또 일어나서 벽에다 머리를 부딪친다. 기둥을 붙꾼 안고 핑핑 돈다. 경희는 어찌할 줄 몰라 쩔쩔 맨다. 경희의 조그마한 가슴은 불같이 타온다. 걸린 수건자락으로 눈물을 씻으며 이따금 하는 말은 "아이구, 어찌하나……" 할 뿐이다. 그리고 이 집에 있으면 밥이 없어지고 옷이 없어질 터이니까 나를 어서 다른 집으로 쫓으려나 보다 하는 원망도 생긴다. 마치 이 넓고 넓은 세상 위에 제 조그마한 몸을 둘 곳이 없는 것 같이도 생각난다. 이런 쓸데없고 주체스러운 것이 왜 생겨났나 할 때마다 그쳤던 눈물은 다시 비오듯 쏟아진다. 누가 와서 만일 말린다 하면 그 사람하고 싸움도 할 것 같다. 그리고 그 사람의 머리를 한번에 잡아 뽑을 것도 같고, 그 사람의 얼굴에서 피가 냇물과 같이 흐르도록 박박 할퀴고 쥐어 뜯을 것도 같다. 이렇게 사방 창이 꼭꼭 닫힌 조그마한 어두침침한 골방 속에서 이리 부딪고 저리 부딪는 경희의 운명은 어떠한가!

경희의 앞에는 지금 두 길이 있다. 그 길은 희미하지도 않고 또렷한 두 길이다. 한 길은 쌀이 곳간에 쌓이고 돈이 많고 귀염도 받고 사랑도 받고 밟기도 쉬운 황토(黃土)요, 가기도 쉽고 찾기도 어렵지 않은 탄탄대로이다. 그러나 한 길에는 제 팔이 아프도록 보리방아를 찧어야 겨우 얻어먹게 되고 종일 땀을 흘리고 남의 일을 해주어야 겨우 몇 푼 돈이라도 얻어보게 된다. 이르는 곳마다 천대뿐이오, 사랑의 맛은 꿈에도 맛보지 못할 터이다. 발부리에서 피가 흐르도록 험한 돌을 밟아야 한다. 그 길은 뚝 떨어지는 절벽도 있고 날카로운 산정(山頂)도 있다. 물도 건너야 하고 언덕도 넘어야 하고 수없이 꼬부라진 길이요, 갈수록 험하고 찾기 어려운 길이다. 경희 앞에 있는 이 두 길 중에 하나를 오늘 택해야만 하고 지금 꼭 정해야 한다. 오늘 택한 이상에는 내일 바꿀 수 없다. 지금 정한 마음이 이따가 급변할 리도 만무하다. 아아, 경희의 발은 이 두 길 중에 어느 길에 내놓아야 할까. 이것은 교사가 가르칠 것도 아니고 친구가 있어서 충고한대도 쓸데없다. 경희 제 몸이 저 갈 길을 택해야만 그것이 오래 유지할 것이고 제 정신으로 한 것이라야 변경이 없을 터이다. 경희는 또 한 번 머리를 부딪고 "아이구, 어찌하면 좋은가!" 한다.

 경희도 여자다. 더구나 조선 사회에서 살아온 여자다. 조선 가정의 인습에 파묻힌 여자다. 여자란 온량유순(溫良柔順)해야만 쓴다는 사회의 면목(面目)이고 여자의 생명은 삼종지도(三從之道)라는 가정의 교육이다. 일어서려면 압박하려는 주위(周圍)요, 움직이면 사방에서 들어오는 욕이다. 다정하게, 손 붙잡고 충고주는 동무의 말은 열 사람 한 입같이 "편하게 전(前)과 같이 살다가 죽읍세다" 함이다. 경희의 눈으로는 비단옷도 보고 경희의 입으로는 약식 전골도 먹었다. 아아 경희는 어느 길을 택하여야 당연한가? 어떻게 살아야만 좋은가? 마치 길가에 탄평으로 몸을 늘여 기어가던 뱀의 꽁지를 지팡이 끝으로 조금 건드리면 늘어졌던 몸이 바짝 오그라지며 눈방울이 대룩대룩하고 뾰족한 혀를 독기 있게 자주 내미는 모양같이 이러한 생각을 할 때마다 경희의 몸에 매달린 두 팔이며 늘어진 두 다리가 바짝 가슴 속으로 뱃속으로 오그라들어 온다. 마치 어느 장난감 상점에 놓은 대가리와 몸뚱이뿐인 장난감같이 된다. 그리고 십삼 관(貫)의 체중이 급자기 백지 한 장만치 되어 바람에 날리는 것 같다. 또 머리 속은 저도 알 만치 띵하고 서늘해진다. 눈도 깜짝거릴 줄 모르고 벽에 구멍이라도 뚫을 것 같다. 등에는 땀이 흠뻑 고이고 사지는 죽은 사람과 같이 차디차다.

"아이구, 어찌하면 좋은가."

경희는 벙어리가 된 것 같다. 아무 말도 할 줄 모르고 꼭 한 마디 할 줄 아는 말은 이 말뿐이다.

경희는 제 몸을 만져본다. 왼편 손목을 바른편 손으로, 바른편 손목을 왼편 손으로 쥐어본다. 머리를 흔들어도 본다. 크지도 않고 조그마한 이 몸⋯⋯. 이 몸을 어떻게 서야 할까. 이 몸을 어디로 향하여야 좋은가⋯⋯. 경희는 다시 제 몸을 위에서부터 아래까지 훑어본다. 이 몸에 비단 치마를 늘이고 이 머리에 비취옥잠(翡翠玉簪)을 꽂아볼까. 대가댁 맏며느리 얼마나 위엄스러울까. 새애기 새색시 놀음이 얼마나 재미있을까? 시부모의 사랑인들 얼마나 많을까. 지금 이렇게 천둥이던 몸이 부모님에게 얼마나 귀염을 받을까. 친척인들 오죽 부러워하고 우러러볼까. 잘못하였다. 아아 잘못하였다. 왜, 아버지가 "정하자" 하실 때에 "네" 하지를 못하고 "안 돼요" 했나. 아아 왜 그랬나. 어떻게 하려고 그렇게 대답을 하였나! 그런 부귀를 왜 싫다고 했나. 그런 자리를 놓치면 나중에 어찌하잔 말인가. 아버지 말씀과 같이 고생을 몰라 그런가 보다. 철이 아니 나서 그런가 보다. "나중에 후회하리라" 하시더니 벌써 후회막급인가 보다. 아아 어찌 하나.

때가 더 되기 전에 지금 사랑에 나가서 아버지 앞에 자복할까 보다. "제가 잘못 생각하였습니다"고. 그렇게 할까? 아니다. 그렇게 할 터이다. 그것이 적당한 길이다. 그리고 귀찮은 공부도 고만둘 터이다. 가지 마라시는 일본도 또다시 아니가겠다. 이 길인가보다. 이 길이 밟을 길인가보다. 아, 그렇게 정하자. 그러나……

"아이구, 어찌하면 좋은가……"

경희의 눈은 말똥말똥하다. 전신이 천근만근이나 되도록 무거워졌다. 머리 위에는 큰 동철(銅鐵) 투구를 들씌운 것같이 무겁다. 오그라졌던 두 팔 두 다리는 어느덧 나와서 척 늘어졌다. 도로 전신이 오그라진다. 어찌하려고 그런 대담스러운 대답을 하였나 하고. 아버지가 "계집애라는 것은 시집가서 아들딸 낳고 시부모 섬기고 남편을 공경하면 그만이니라" 하실 때에 "그것은 옛날 말이에요, 지금은 계집애도 사람이라 해요, 사람인 이상에는 못할 것이 없다고 해요, 사내와 같이 돈도 벌 수 있고, 사내와 같이 벼슬도 할 수 있어요. 사내가 하는 것은 무엇이든지 하는 세상이에요" 하던 생각을 하며, 아버지가 담뱃대를 드시고 "뭐 어쩌고 어째, 네까짓 계집애가 하긴 무얼 해. 일본 가서 하라는 공부는 아니하고 귀한 돈 없애고 그까짓 엉뚱한 소리만 배워가지고 왔어?" 하시던 무서운 눈을 생각하며 몸을 흠찔한다.

과연 그렇다. 나 같은 것이 무얼 하나. 남들이 하는 말을 흉내내는 것이 아닌가. 아아 과연 사람 노릇 하기가 쉬운 것이 아니다. 남자와 같이 모든 것을 하는 여자는 평범한 여자가 아닐 터이다. 사천 년래의 습관을 깨뜨리고 나서는 여자는 웬만한 학문, 여간한 천재 아니고서는 될 수 없다. 나폴레옹 시대의 파리의 전 인심을 움직이게 하던 스타엘 부인과 같은 미묘한 이해력, 요설(饒舌)한 웅변(雄辯), 그런

기재(機才)한 사회적 인물이 아니고서는 될 수 없다. 살아서 오를레앙을 구하고 사(死)함에 프랑스를 구해낸 잔 다르크 같은 백절불굴의 용진(勇進), 희생이 아니고서는 될 수 없다. 달필(達筆)의 논문가(論文家), 명쾌한 경제서(經濟書)의 저자로 이름을 날린 영국 여권론의 용장(勇壯) 포드 부인과 같은 어론(語論)에 정경(精勁)하고 의지가 강고한 자가 아니고서는 될 수 없다. 아아 이렇게 쉽지 못하다. 이만한 실력, 이러한 희생이 들어야만 되는 것이다.

경희가 이제껏 배웠다는 학문을 톡톡 털어 보아도 그것은 깜짝 놀란 만치 아무것도 없다. 남이 제 앞에서 춤을 추고 노래를 하나 참으로 좋아할 줄을 모르고 진정으로 웃어줄 줄을 모르는 백치 같은 감각을 가졌다. 한 마디 대답을 하려면 얼굴이 벌개지고 어서(語序)를 찾을 줄 모르는 둔설(鈍舌)을 가졌다. 조금 괴로우면 싫어, 조금 맞기만 하여도 통곡을 하는 못된 억병(臆病)이 있다. 이 사람이 이러는 대로 저 사람이 저러는 대로, 동풍 부는 대로 서풍 부는 대로 쏠리고 따라가도 고칠 수 없이 쇠약한 의지가 들어 앉았다. 이것이 사람인가. 이것을 가진 위인이 사람 노릇을 하잔 말인가. 이까짓 남들 다 하는 ㄱ, ㄴ쯤의 학문으로, 남들도 지을 줄 아는 삼시 밥 먹을 때 오른손에 숟가락 잡을 줄 아는 것쯤으로는 벌써 틀렸다. 어림도 없는 허영심이다. 만일 고금(古今) 사업가의 각 부인들이 알면 코웃음을 칠 터이다. 정말 엉뚱한 소리다. "아이구, 어찌하면 좋은가……."

여기까지 제 몸을 반성한 경희의 생각에는 저를 맏며느리로 데려가려는 김 판사집도 딱하다. 또 저 같은 천치가 그런 부귀한 댁에서 데려가려면 고개를 숙이고 네네, 소녀를 바치며 얼른 가야 할 것이 당연한 일인데 싫다고 하는 것은 제가 생각하여도 괘씸한 일이다. 그리고 아버지며 어머니며 그 외 여러 친척 할머니 아주머니가 저를 볼 때마다 시집 못 보낼까 보아 걱정들을 하는 것이 당연한 일인 것도 같다.

경희는 이제까지 비녀 쪽진 부인들을 보면 매우 불쌍히 생각하였다. '저것이 무엇을 알고 저렇게 어른이 되었나. 남편에게 대한 사랑도 모르고 기계같이 본능적으로만 저렇게 금수와 같이 살아가는구나. 자식을 귀애(貴愛)하는 것은 밥이나 많이 먹이고 고기나 많이 먹일 줄만 알았지 좋은 학문을 가르칠 줄은 모르는구나. 저것도 사람인가' 하는 교만한 눈으로 보아왔다. 그러나 웬일인지 오늘은 그 부인네들이 모두 장하게 보인다. 설거지하는 시월이 머리에도 비녀가 꽂힌 것이 저보다 훨씬 나은 것도 같이 보인다. 담 사이로 농민의 자식들의 우는 소리가 들리는 것도 저보다 훨씬 나은 딴 세상 같다. 아무리 생각하여도 저는 저 같은 어른이 될 수 없을 것 같고 제 몸으로는 저와 같은 아이를 낳을 수가 없는 것 같다. '저와 같이 이렇게 가기 어려운 시집을 어떻게 그렇게들 많이 갔고 저와 같이 이렇게 어렵게 자식의 교육을 이리저리 궁리하는 것을 저렇게 쉽게 잘들 살아가누' 생각을 한즉, 저는 아무 것도 아니다. 그 부인들은 자기보다 몇십 배 낫다.

'어떻게 저렇게들 쉽게 비녀로 쪽찌게 되었나? 어쩌면 저렇게 자식들을 많이 낳아가지고 구순히들 잘 사누. 참 장하다.'

경희는 생각할수록 그네들이 장하다. 그리고 저는 이렇게도 시집가기가 어려운 것이 도무지 이상스럽다. '그 부인네들이 장한가? 내가 장한가? 이 부인네들이 사람일까? 내가 사람일까?' 이 모순이 경희의 깊은 잠을 깨우는 큰 번민이다. '그러면 어찌하여야 장한 사람이 되나' 하는 것이 경희의 머리가 무거워지는 고통이다.

"아이구, 어찌하나. 내가 그렇게 될 줄 알았을까……."

한 마디가 늘었다. 동시에 경희의 머리 끝이 우쩍 위로 올라간다. 그리고 경희의 뻔뻔한 얼굴, 넙적한 입, 길쭉한 사지의 형상이 모두 스러지고 조그마한 밀짚 끝에 깜박깜박 하는 불꽃 같은 무엇이 바람에 떠 있는 것 같다. 방만은 후끈후끈하다. 부지중에 사방 창을 열어 제쳤다.

뜨거운 강한 광선이 별안간에 왈카 대드는 것은 편싸움꾼의 양편이 육모방망이를 들고 "자……" 하며 대드는 것같이 깜짝 놀랄 만치 강하게 쪼여 들어온다. 오색이 혼잡한 백일홍 활년화(活年花) 위로는 연락부절(連絡不絶)히 호랑나비 노랑나비가 오고 가고 한다. 배나무 위의 까치 보금자리에는 까만 새끼 대가리가 들락날락하며, 어미 까마귀가 먹을 것을 가지고 오는 것을 기다리고 있다. 댑싸리 그늘 밑에는 탑실개가 쓰러져 쿨쿨 자고 있다. 그 배는 불룩하다. 울타리 밑으로 굼벵이 잡으러 다니는 어미닭의 뒤로는 대여섯 마리의 병아리가 줄줄 따라간다. 경희는 얼빠진 것같이 멀거니 앉아서 보다가 몸을 일부러 움직이었다.

저것! 저것은 개다. 저것은 꽃이고 저것은 닭이다. 저것은 배나무다. 그리고 저기 매달린 것은 배다. 저 하늘에 뜬 것은 까치다. 저것은 항아리고 저것은 절구다.

이렇게 경희는 눈에 보이는 대로 명칭을 불러본다. 옆에 놓인 머릿장도 만져본다. 그 위에 개어서 얹은 명주이불도 쓰다듬어 본다. "그러면 내 명칭은 무엇인가? 사람이지! 꼭 사람이다."

경희는 벽에 걸린 체경(體鏡)에 제 몸을 비추어본다. 입도 벌려보고 눈도 끔쩍여본다. 팔도 들어 보고 다리도 내어놓아 본다. 분명히 사람 모양이다. 그리고 드러누운 탑실개와 굼벵이 찍으러 다니는 닭과 또 까마귀와 저를 비교해 본다. 저것들은 금수, 즉 하등동물이라고 동물학에서 배웠다. 그러나 저와 같이 옷을 입고 말을 하고 걸어다니고 손으로 일하는 것은 만물의 영장인 사람이라고 배웠다. 그러면 저도 이런 귀한 사람이다.

아아, 대답 잘했다. 아버지가 "그리로 시집가면 좋은 옷에 생전 배불리 먹다 죽지 않겠니?" 하실 때에 그 무서운 아버지 앞에서 평생 처음으로 벌벌 떨며 대답하였다. "아버지 안자(顔子)의 말씀에도 일단사(一簞食)와 일표음(一瓢飮)에 낙역재기중(樂亦在其中)이라는 말씀이 없습니까? 먹고만 살다 죽으면 그것은 사람이 아니라 금수(禽獸)이지요. 보리밥이라도 제 노력으로 제 밥을 제가 먹는 것이 사람인 줄 압니다. 조상이 벌어놓은 밥 그것을 그대로 받은 남편의 그 밥을 또 그대로 얻어먹고 있는 것은 우리 집 개나 일반이지요" 하였다. 그렇다. 먹고 죽으면 그것은 하등동물이다. 더구나 제 손가락 하나 움직이지 않고 조상의 재물을 받아가지고 제가 만들기는 둘째 쳐놓고 받은 것도 쓸 줄 몰라 술이나 기생에게 쓸데없이 낭비하는, 사람이 아니라 금수와 같이 배 뚜드리다가 죽는 부자들의 가정에는 별별 비참한 일이 많다. 태(殆 : 거의)히 금수와 구별을 할 수도 없는 일이 많다. 그런 자는 사람의 가죽을 잠깐 빌어다가 쓴 것이지 조금도 사람이 아니다. 저 댑싸리 그늘 밑에 드러누우려 하여도 개가 비웃고 그 자리가 아깝다고 할 터이다.

그렇다. 괴로움이 지나면 낙이 있고 울음이 다하면 웃음이 오고 하는 것이 금수와 다른 사람이다. 금수가 능치 못하는 생각을 하고 창조를 해내는 것이 사람이다. 사람이 번 쌀, 사람이 먹고 남은 밥찌꺼기를 바라고 있는 금수, 주면 좋다는 금수와 다른 사람은 제 힘으로 찾고 제 실력으로 얻는다. 이것은 조금도 모순이 없는 사람과 금수와의 차별일 것이다. 조금도 의심없는 진리이다.

경희도 사람이다. 그 다음에는 여자다. 그러면 여자라는 것보다 먼저 사람이다. 또 조선 사회의 여자보다 먼저 우주 안 전 인류의 여성이다. 이철원 김 부인의 딸보다 먼저 하나님의 딸이다. 여하튼 두말할 것 없이 사람의 형상이다. 그 형상은 잠깐 들씌운 가죽뿐 아니라 내장의 구조도 확실히 금수가 아니라 사람이다.

오냐, 사람이다. 사람으로 보이지 않는 험한 길을 찾지 않으면 누구더러 찾으라 하리! 산정(山頂)에 올라서서 내려다보는 것도 사람이 할 것이다. 오냐, 이 팔은 무엇 하자는 팔이고 이 다리는 어디 쓰자는 다리냐?

경희는 두 팔을 번쩍 들었다. 두 다리로 껑충 뛰었다.

빤빤한 햇빛이 스르르 누그러진다. 남치마빛 같은 하늘빛이 유연히 떠오른 검은 구름에 가리우다. 남풍이 곱게 살살 불어 들어온다. 그 바람에는 화분(花粉)과 향기가 싸여 들어온다. 눈앞에 번개가 번쩍번쩍 하고 어깨 위로 우레소리가 우루루루 한다. 조금 있으면 여름 소나기가 쏟아질 터이다.

경희의 정신은 황홀하다. 경희의 키는 별안간 이(飴 : 엿) 늘어지듯이 부쩍 늘어진 것 같다. 그리고 목(目)은 전 얼굴을 가리우는 것 같다. 그대로 푹 엎드리어 합장으로 기도를 올린다.

하나님! 하나님의 딸이 여기 있습니다. 아버지! 내 생명은 많은 축복을 가졌습니다.

보십쇼! 내 눈과 내 귀는 이렇게 활동하지 않습니까?

하나님! 내게 무한한 광영(光榮)과 힘을 내려 주십쇼.

내게 있는 힘을 다하여 일하오리다.

상을 주시든지 벌을 내리시든지 마음대로 부리시옵소서.

《女子界》 2호, 1918. 3)

나혜석

현 숙(玄淑)

1

반 년 만에 두 사람은 만났다.

남자가 여자에게 초대를 받았으나 원래부터 이러한 기회 오기를 남자는 기다리고 있었다. 물론 동무들의 말, 여러 가지 이야기를 하였다.

지금 대면하고 보니 향기있는 농후한 뺨, 진달래꽃 같은 입술, 마호가니 맛 같은 따뜻한 숨소리, 오랫동안 잊고 있던 그에게 더없는 흥분을 주었다.

확실히 반 년 전 여자는 아니었다. 어떠한 이성에게든지 기욕(嗜慾)을 소화할 수 있는 여자의 자태는 한껏 뻗치는 식지(食指)가 거리낌없이 신출(伸出)함을 기다리고 있는 양이었다.

"……어떻든지 그대의 태도는 재미가 없었어. A상회를 3일 만에 고만둔 것이라든지 카페에 여급이 된 것이라든지……."

"……하루라도 더 있을 수가 없으니까 그렇지, 내게 여급이 적당할 듯하니까 그렇지. 그리고 나는 양화가 K선생 집 모델로 매일 통행하였어. K선생은 참자묘여. 선생의 일을 언제나 귀공에게 말하지. 선생은 늘 나를 불쾌하게 하면서 내가 아니면 아니 될 일이 많아……."

"응, 그래, 자 마십시다."

그는 거기 갖다놓은 홍차를 여자에게 주의(注意)주었다.

"그리고 나는 요사이 금전등록기가 되었어 - 간단하고 효과 있는 명쾌한 것 - 반응 100%는 어딘지, 하하하하……."

좀 까부는 듯하여 2, 3차 뜨거운 차를 불면서,

'내게서 반 년 동안 떠난 사이에 퍽 적막했었지? 인제 고만 내게로 오지.'

하는 듯한 표정으로 말끔히 남자의 얼굴을 보았다.

이십삼의 색이 희고 목덜미가 두묵하고 몸에 맞는 의복, 여자와 대면해 있는 남자는 어느 신문사 기자. 아직 아침 아홉 시 조조(早朝) 때, 남대문 스테이션 부근 작은 끽다점이었다.

"나는 오늘 좋은 플랜을 가지고 왔어. 그렇지만 당신이 이전과 같이 무서운 질투를 가져서는 아니되어요. 벌써 시크가 되지 아니했소?"

"글쎄, 어떨는지! 이번에는 당신이 발을 들여놓지 않는다니 무어나 상관없잖은가,"

그는 잠깐 웃었다.

여자의 플랜이라는 것은 끽다점 양점(讓店)이었다. 장소는 종로 1정목, 그것을 인계하여 경영하고 싶으나 4백 원이라는 돈이 있어야 한다. 그리하여 1구(一口) 10원, 유지(有志 : 뜻있는 사람)는 10구 이상을 신청할사, 그녀가 상의하려고 두 사람뿐의 적당한 날을 기다린 것이다.

"지금까지 친했던 사람이 좋지 않소, 그래 몇 구나 되었어?"

"25, 6구, 모두 불경기라는 말들만 하니까."

"그래 몇 사람이나 되어?"

남자는 큰 눈을 떴다.

"그러니 말이야, 그것이 신사 계약이에요. 누구나 다 자기 혼자만인 줄 알고 있는 것! 당신이야말로 이것부터 손되는 일은 없으니까. 하하……."

여자는 깔깔 웃는다.

"그러나 당신은 아까 나더러 레시스터 같은 생활을 한다고 했지? 그러니까 예하면 10구의 남자에게 대하여는 10구 정도, 20구의 남자에 대하여는……."

"머리가 좋지 못해, 그렇게 서비스가 싫으면 최대 한도의 구수를 가질 것이지. 그러니 30구만 해. 돈은 2차도 좋아……어때? 응?"

"당신의 말을 누가 하는데, 좋은 파트롱이 생겼대지? 파트롱을 가지는 것은 얼마나 부러운 일인가."

"무어 그렇지도 않아. 부르주아 옹(翁)이 때때로 정자옥(丁子屋) 식당에 가서 점심이나 사줄 뿐이지."

그는 역시 그 옹을 생각하였다. 그 옹에게 말하면 다소 뭉텅이 돈이 생길 듯하여. 여자는 이 플랜을 남자가 승인한 것을 알았다. 그리하여 가지고 있던 여러 장 편지를 테이블 위에 던졌다.

"거기 러브 레터도 있나?"

남자는 말했다.

"그래 러브 레터도 많지만 문제는 그것이 아니야. 당신더러 답장을 써 달라고 싶어 그래. 요새 나는 순정한 젊은 청년들의 편지에 대하여 일행반구(一行半句)도 답이 써지지 않아. 그래 문구를 생각해서 잘 쓰려고 해도 안돼요. 네? 써주어요! 청해요!"

여자는 거짓말을 아니했다. 과연 일행반구도 써지지 않아 금일까지 답장을 질질 끌어왔다.

그럴 동안에 남자는 편지를 일독하였다. 그 여자와 동숙(同宿)해 있는 남자의 편지였다.

"당신에게 대한 사랑을 말합니다. 벌써 오랫동안 참아 왔으나 참을래야 참을 수 없소. 마음이 찬 편지도 금야(今夜) 정하지 않고 내일을 기다립니다……"
라는 의미이었다.

남자는 눈쌀을 찌푸렸다. 포켓에서 만년필을 뺐다. 동시에 여자는 속히 핸드백에서 레터 페이퍼를 내놓고 곧 쓰도록 현재 자기 여관 생활을 이야기하였다. 청년은 아랫방에 있고 여자는 그 옆방, 그리고 그 옆방에는 노시인이 있었다. 청년은 2, 3개월 전에 지방에서 상경하여 선전(鮮展 : 조선미술전람회) 출품 준비를 하는 중이니 아무쪼록 입선되기를 바란다고 써 달라 하였다.

기자는 레터 페이퍼의 꺾인 줄을 펴가며 써 간다. 과연 추찰(推察 : 미루어 헤아리다)이 민첩하였다.

"당신과 같이 나도 당신을 사랑합니다마는 밝으나 어두우나 빵을 구하기 위하여 바쁩니다. 지금 이 편지를 쓰는 것도 넉넉한 시간이 없습니다."

이렇게 세세하게 그는 여자다운 문자를 써서 편지를 썼다.

"이것을 청서(淸書)하오."

"그래 잘 되었어. 내 청서할게. 역시 당신은 거짓말쟁이구려."

"그 거짓말쟁이를 이용하는 당신이 더 거짓말쟁이지."
여자는 죽죽 답장을 읽었다. 최후에 '친구의 여관에서 당신을 사모하며'라고 했다. 그 다음에 ……이라고 쓰면 우습겠는데, 그렇게 일행(一行)을 썼다.
"이 애, 그런 것을 썼다가는 내가 죽는다."
"그럴 거 아니야. 이걸로 잘 되었어. 그 사람은 이 답장을 호흡을 크게 하며 보겠지. 심장을 상할 터이지. 그때라고 썼으면 우습겠지. 딱 닥뜨리면 그곳에서 처음으로 호흡을 크게 쉬게 될 것이지."
"무얼, 반대로 이기면 심장이 더 동계(動悸)하는 것이야."
"그것은 당신의 육필이니까. 이것은 누구의 대필이라고 생각해서 신용하지 않을 것이오."
"그러면 답장을 하지 않는 것이 좋지 아니해? 그것이 된 대로 기분을 잘 표현시킨 것이니까."
여자는 청년의 뛰는 기분을 생각하면 할수록 결국 반대 방향을 향하고 싶었다. 그리하여 접은 레터 페이퍼를 서양 봉투에 넣었다.
이렇게도 변할 수 있을까 할 만치 된 남자의 눈은 그의 시계를 내어 보았다.
"금야, 7시경, 종로 네거리에서 만납시다."
하였다. 두 사람은 섰다.

2

안국정 ○○하숙은 가을 비 흐린 날 어둠침침하였다. 노시인 방은 발디딜 곳 없이 고신문 고잡지가 산같이 쌓였다. 시인 자신은 한가운데 책상 대신 행리(行李 : 짐보따리)를 놓고 앉아 3인 동반의 학생에게 향하여 큰 말소리로 이야기하고 앉았다. 지방 고등보통학교 학생 제복을 입은 학생 3인은 빈궁하고도 유명한 노시인에게 충심껏 경의를 표하는 어조로,

"반 년 전에 선생님께서 지어주신 교가보(校歌譜)가 최근 겨우 되었습니다. S씨의 작곡입니다. 오늘은 저희들이 교우회 대표로 선생님에게 보고하러 왔습니다. 저희는 가서 곧 전교 학생에게 발표하려고 합니다. 선생님 저희들이 불러 보겠습니다."

3인은 경의를 다하여 작은 소리로 교가를 불렀다. 노시인은 취한 얼굴로 둘째 손가락으로 박자를 맞추고 있었다.

그런데 정직하게 말하면 노시인은 타인의 노래를 듣는 것같이 자기가 지은 것을 전혀 잊고 있었다. 그러나 그들의 유창한 노래에 흥분되어 2, 3개소 기억되는 문구가 있었다.

"응! 그것! 그것! 확실히 그것이다!"

노시인은 대머리를 쓰다듬고 고개를 끄덕끄덕했다.

"참 좋은 곡조다. 나는 바이런을 숭배하고 있다. 이 교가에는 바이런의 시 냄새가 난다. 한 번 더 불러 주오, 나도 같이 배워봅시다."

학생들은 노시인의 정열적인 말에 소리는 점점 크게 높게 되었다. 노시인은 우쭐우쭐 하여졌다. 그때까지 한편 구석에 전연 무시해 버렸던 엷고 때묻은 샤쓰 1매의 청년 화가가 벌떡 일어서며,

"선생님 제가 한턱 하지요."

찢어진 창문을 열고 넣어 있던 5, 6병(원문은 本) 비어를 노시인의 행리 앞에 내놓는다.

"L군 수고했소. 마셔도 좋지."

노시인은 L군에게 모델이 되어 있었다. 3, 4일간 서로 시간이 맞지

아니하였고, 오늘은 학생을 만나 좋은 기분으로 모델료 비어를 미리 사서 두는 것이다. 물론 L군은 노시인을 기쁘게 하기 위하여 가지고 왔던 비어를 다 내놓았다.

　학생들은 노시인의 권고로 한잔씩 했다. 노시인은 더 놀다 가라고 그들을 붙잡았으나 그들은 간다고 하므로 노시인은 취보(醉步)로 3인을 따라 가도(街道)로 나섰다. L군은 혼자 되었다. 어수선히 늘어놓은 고신문은 거칠었다. L은 마시면서,

　"……희망에 충만한 청년들이……."

　2, 3차 입속으로 되풀이하다가 다시 자기의 희망이 먼 현재의 불행을 느끼게 되었다.

　현숙의 반신(返信)은……왜 현숙의 마음을 좀더 일찍이 추량하지 못하였던고? 그렇지 못해서 그녀의 마음을 물었던 것이다. 그리하여 현숙의 반신은 그같이 저를 번롱(翻弄)하여 보낸 것이 아닌가. 그렇게 생각해 볼 때 그는 결코 그녀에 대하여 노할 수 없었다.

　'현숙은 현숙의 편지 쓴 대로 매우 바쁘단다. 그러나 현숙의 세평은 매우 나쁘다.'

　그는 아픈 가슴으로 때때로 귀에 들어오는 현숙 세평에 대하여 안타까워하였다.

　노시인과 현숙과 자기 3인이 이같이 한 여관에서 친신(親身)과 같이 생활해 가는 현재가 우연이지만 불편한 적도 있었다. 노시인은 언제든지 술이 취하여 술값이 없으면 며칠이라도 굶었다.

　"A가 내게 시를 주었다. 술에 기운을 다 뺏긴 것처럼 말하지만 이렇게 늙어도 피는 아직도 뜨겁다."

　50이 넘도록 독신으로 있는 그는 쓸쓸한 표정을 하였다.

　현숙은 노시인의 시집을 책점에서 사서 애독한 일이 있으므로 노

시인의 신변을 주의하고 돈이 생기면 반드시 술을 사서 부어 권고하므로 적막한 노시인의 생활은 현숙의 호의로 명쾌하게 되었다. 그러므로 따라서 3인의 생활은 한 사람도 떼어 살 수가 없이 되었다. 금년이야말로 L이 선전에 입선되기를 기대하면서 노시인은 모델이 된 것이다.

"모델 노릇을 누가 하리마는 군에게는 특별히 되지. 그래 매일 술이나 줄 터인가? 내가 훅훅 마시는 것을 그리면 내 기분이 날 것이다."

그리하여 L은 배수의 진을 쳤다. 만일 금년에 낙선하면 화필을 던지리라고 생각하였다. 다 읽은 서적과 의복 등을 전당하여 50호 캔버스와 화구와 또 비어 두 타스를 사가지고 온 것이다. 비어 계절도 아니지마는 비어를 보기만 하여도 기분이 흥분되는 까닭이었다.

1일에 2시간, 비어 3병, 화제는 'Y 노폐 시인(老廢詩人)', 그것은 노시인 자신이 선정한 것이다. 최근 4, 5일 간은 규정대로 실행하여 호색이 났다. 노시인은 규정대로 3병을 마시고 나서,

"아, 맛있어라" 하고 밖으로 나갔다. 동숙자 3인 중 언제든지 화풍(和風)이 부는 현숙은,

"네? 선생님, 나는 바느질도 할 줄 알아요, 선생님 의복이 더러웠어요."

현숙은 말하면서 더러운 방을 들여다보다가 언덕에 부는 바람과 같이 L의 옆으로 뛰어들었다. L은 그 매력에 취하여 다시 둥글둥글 뒹굴었다.

"나는 조금 아까 당신 방을 열어 보았어. 무슨 일기 같은 것을 쓰고 있습디다그려. 다들 그렇게 생각해 주지, 응? 그래 내가 한 반신이 퍽 재미있었지? 정말은 감정보다 회계(會計), 회계 그것 말이

야…… 응 무엇을 생각해…… 연애의 입구는 회계로부터 시작되는 것이 좋아. 참 나는 지금까지 감정으로 들어가 모든 것을 실패해 왔어. 그러므로 당신과 같이 순정스러운 청년에게 대하는 것처럼 어렵고 무서운 것은 없어."

"나는 다만 현숙씨와 동숙하고 있는 것으로 만족하고 있소."

"그러나 L씨, 나는 근일 내로 이 집을 떠나가려 해요."

"……."

"실망하는 표정이구려, 실망해서는 안되오. 나는 많은 눈물을 지었었습니다마는, 실망은 아니했어요. 인제 내가 선생님과 당신에게 좋은 통지를 해 주지―나는 지금 퍽 재미있는 일을 계획하고 있어요."

한번 더 현숙은 목에 내린 머리를 거듭하고 예쁜 눈을 실눈을 하며 거울 앞에서 몸을 꾸미고 있었다.

"오늘 저녁때 돌아올게."

혼잣말로 하고 대문을 나섰다.

3

익조(翌朝), 노시인은 일찍 눈이 뜨여 담배를 빨고 있으려니 누구의 발소리가 났다. 여자인 듯하여,

"현숙이요?"

하고 물었다. 그러나 현숙은 대답을 아니하고 자기 방으로 들어갔다.

"또 취했군."

선생은 "무슨 일이 또 있었군." 이렇게 말하며 너무 걱정이 되어 문틈으로 들여다보았다. 선생은 나와 현숙의 방으로 왔다. 현숙은 L

이 펴놓아 준 자리에 드러누워 천장을 쳐다보며 말한다.

"선생님, 저도 술 마셔도 좋지요? 어찌 마시고 싶었었는지요…… 네? 선생님 저는 어떻게 하여야 좋아요?"

다 말을 그치지 못하고 옆으로 드러누워 훌쩍훌쩍 운다. 현숙은 작야(昨夜)부터 오늘 아침까지 생긴 불쾌한 일을 잊으려고 하였다. ……화가 K선생은 현숙과 새로 계약한 것을 파약(破約)하였다. 그것은 그녀의 플랜 배후에 4, 5인의 남자를 상상 않을 수 없었던 이유였다. 그것보다 돌아온 자기 방에 누가 자리를 펴놓아 준 것이다.

"고맙습니다! 고맙습니다. 선생님, 내 이 눈물을 기억하라고 말씀해 주십쇼."

취하여 괴로운지 외로워서 우는지 노시인은 도무지 알 수 없으나 어떻든 밖으로 나가 세숫대야에 물을 담아다가 현숙의 이마 위에 수건을 축여 얹었다. 현숙은 찬 물이 목에 흐른다고 중얼대며 물을 뿌렸다.

"참, 할 줄 몰라서" 노시인은 무참스러워했다.

그럴 때 L이 들어왔다. 이 기이한 현숙의 취태를 한참 서서 보다가 노시인에게 속살거렸다.

"대가(大家) K선생이 어디서 무슨 일이 생겼대요."

"어쩐지 이상해, K가 그럴는지 몰라, 확실한 것을 알아야 하겠군. 여하튼 타락만은 하지 않도록 해야지."

노시인은 엄숙한 표정으로 현숙을 노려보았다.

그 이튿날 오후 노시인은 L과도 상의치 아니하고 사직동에 있는 K 대가 집으로 달려갔다. 노시인은 서서히 말을 꺼내어 현숙의 말을 하였다.

"요즈음 현숙은 매우 변했소. 당신은 여러 가지로 보아 현숙에게 대하여 책임감을 가지지 아니하면 안 되오. 어젯밤은 늦도록 여기서 술을 마시지 아니했소?"

"아니 당신은 무슨 오해를 하신 양 같소."

뚱뚱하고 점잖은 K는 가른 대머리를 불쾌하게 만지면서,

"그 책임이라고 하는 당신의 의미는 대체 무엇이오?"

"그런 것을 내게 물을 것이오?"

"아무래도 당신은 오해한 것 같소. 그 현숙은 여러 화가와 알아서 모델값 3원, 5원, 10원씩 받는다구요. 나는 전연 모른다고는 할 수 없으나 현숙은 결코 내게만 책임을 지울 것이 아니오. 아니 그렇게 말할 수 없을 것이오."

"그런 변명을 할 것이 아니오. 현숙은 얌전한 여성이오. 그래도 남자이거든 그 여자를 사람다운 길로 인도해 주는 것이 어떻소. 오늘 아침에 돌아오는 현숙을 보니 그리로 하여 타락해진 것이라고 생각이 들던 것이오."

"참 이상한 일이오. 내게는 그런 책임이 없어요. 현숙의 배후에는 여러 남자가 있었는데, 곤란받을 리도 없어요. 당신은 나만 책하지만 대체 당신에게 그런 권리가 있소?"

"무엇?"

노시인은 두 뺨이 붉어지며 교의에서 벌떡 일어섰다.

"어떻든 가시오. 돈이면······."

K는 약간 때묻은 조끼에서 구겨진 지폐를 꺼냈다. 10원짜리였다.

"요새 당신의 시도 뒤진 것이 되어 잘 팔리지 아니하니까 무엇이 걸려들까 하는 중이구려 흥흥."

이 말을 들은 노시인은 불과 같이 발분하였다. K가 주는 지폐를 찢어서 책상 위에 던지는 동시에 의자 등을 엎어놓고 문 밖으로 나

왔다. 노시인의 가슴은 뛰었다.

"현숙이뿐 아니라 나까지 모욕한다. 어디 보자, 대가인 체하는 꼴 되지 않게…… 남의 처녀를 농락하는 것만이라도 가만 있을 수가 없어……."

하며 노기등등하여 가까운 술집에 들어가서 4, 5시간 동안 마시었다. 나중에 가도로 나온 노시인은 건드렁건드렁 취하였다. 자기 숙소로 돌아올 때는 벌써 밤 12시가 되어 현숙과 L은 다 각각 잠이 들지 못하여 애를 쓰고 있는 때이었다. 노시인은 다른 사람의 부축을 받아서 숙소 문턱까지 왔으나 그의 얼굴과 머리는 붕대를 하였고 두루마기와 버선은 흙투성이었다. 어느 구렁텅이에 빠진 것을 다행히 건져냈다는 근처 사람의 말이었다. 현숙은 드러누웠던 자리에서 일어나 노시인의 수족을 훔쳐주고 자리에 끌어다 뉘었다. 그럴 동안 노시인은 반 어물거리는 소리로,

"그놈, 그놈도 별놈 아니었었구나……. 그놈 예술가의 탈을 벗거든 내가 껍질을 홀랑 벗길 것이다."

그렇게 되풀이하며 저주하는 것을 보고 현숙은 직각적으로 알았다.

'선생은 틀림없이 K선생 집에를 가셨던구나' 하고 현숙은 불의에 눈물이 돌아 금할 수 없게 되었다. 현숙은 노시인에게 자리옷을 갈아입히면서 눈물을 씻었다. 웬일인지 흙이 눈에 들어갔다. 그것은 노시인의 두루마기 자락에 묻었던 것이다. 현숙은 웃었다.

"무엇이 우스워."

노시인은 무거운 취한 눈을 딱 부릅 떴다.

"이것 보셔요. 어느 틈에 선생님의 두루마기 자락으로 눈물을 씻었어요. 이것 좀 보셔요. 이렇게 흙이 묻지 않았어요?"

현숙은 대굴대굴 구르며 웃는다. L도 옆에서 조력(助力)하며 싱글싱글 웃었다.
익조에 현숙은 창백한 얼굴로 얼빠진 것같이 창밖을 내다보고 섰었다. 그럴 때 마침 노시인은 자리옷 입은 채로 들어와서 아버지 같은 어조로,
"가난이란 참 고생스럽지. 개 같은 놈들에게 머리를 숙여야 하고 싫은 것도 하지 않으면 안되지. 그래 일을 생각하여 일찍이 잠이 깨었어. 현숙이도 지금부터는 쓸데없는 남자와 오고가고 해서는 안되어."
힘을 들여 말한다.
"네? 선생님 저는 고로(苦勞)하지 않아요. 엄벙하고 지내요. 그렇지 않으면 살 길이 없지 않아요?"
"응 그렇지."
"그러므로 저는 선생님이 생각하고 계시는 것보다 태연해요……. 나라는 여자는 고마운 일이 아니면 울고 싶지 아니해요. 남이 야속하게 한다고 울지 않아요!"
"응, 우리는 가난뱅이들이니까 울고 싶어야 울지. 울게 되면 얼마라도 가슴이 비워지니까!"
그리하여 노시인은 젊은 여성의 마음을 알아주는 것처럼 미소하였다. 한 번 더 아침잠을 자려고 자기 방으로 돌아갔다. 현숙은 많이 잔 끝이라 그대로 화장을 하러 일어나며,
'얼마나 훌륭한 선생인가.'
혼자말로 아니할 수 없었다.
'아무 말도 아니해서 선생들 하는 일이 우스우나 만일 지금 내 생활을 선생이 알 것 같으면…… 나는 쓸데없이 번민하나 선생은 내게

대하여 절망할는지 몰라…….'

4

그것은 수일 후 오후이었다.
"선생님!"
현숙은 짐짝을 정리하면서,
"저는 끊임없이 희망을 향하여 열심히 걸어가고 있어요. 그러니까 여기서 나가버리더라도 걱정 마셔요. 꼭 수일 내로 축하받을 일이 있으리라고 생각해요."
현숙은 이후에 주소를 알려주마 하고 슬쩍 이사를 해버렸다.
예상한 일이지마는 L은 정말 실망하였다. 노시인은 술만 먹고 들락날락하여 필경 L의 모델로서는 실패하였다.
매일 현숙의 편지를 기다리고 있는 L에게 주소 성명을 쓰지 아니한 두둑한 편지 한 장이 왔다. 뜯어본즉 두 개 봉투가 있다. 한 장은 L의 성명이 써 있고 한 장은 아무 것도 써 있지 않고 지참인 L군이라고 써 있다.
L은 우선 자기에게 온 것을 뜯어 본즉, "현숙에 대한 일로 꼭 한번 대형(大兄)과 만나고 싶소. 현숙은 형이라면 열정적이오. 명일 오후 3시에 표기처(表記處)로 동봉 편지를 가지고……"라고 썼다.
L은 웬 셈인지 몰랐다. 그러나 물론 그 편지 중에는 현숙의 최근 사정이 숨어 있는 것을 짐작하는 동시에 어쩔 줄을 몰라 익일 오후 3시 전에 지정소로 갔다.
그곳에 가 보니 과연 지정한 곳이 있어 문을 두드렸다. 귀를 대고 들으니 인기척이 나면서 미구에 문이 열렸다. 모르는 남자라고 생각하고 있을 때 앞에 딱 서는 자는 현숙이었다. 아! 깜짝 놀라 양인은 서로 쳐다보고 섰다.

"아? 당신이었소? 누가 여기를 가르쳐 줍디까? 내가 알리지도 아니하였는데, 당신이 여기 오니 웬일이오?"

현숙은 불쾌한 기분으로 말하였다. L은 주소 성명 없는 편지로 인하여 왔다고 변명하려고 한 걸음 나설 때에 현숙은 불현듯 문을 닫아버렸다. 그리하여 급하게 그 이상스러운 편지를 현숙의 앞에 던졌다.

문은 닫혔다. 3, 4분간 문 앞에 멀거니 섰다. 불의의 현숙을 이곳에서 만난 것, 현숙이 대단히 노한 것, 웬 셈인지 몰랐다……. 대체 이게 웬일일까…… 현숙은 무슨 오해를 하는 모양, 그렇지 않으면 너무 우정을 무시하는 걸……. 한 번 더 문을 두드려 보고 비난을 해 보려고 하였으나 그는 힘없이 돌아가려고 들떠섰다. 그럴 때 뒤에서,

"기다리셔요! L씨." 부른다.

L은 뒤를 돌아보지 않았다. 쫓아온 현숙은 L의 손을 붙잡고 방으로 들어갔다.

"여보셔요. L씨, 나는 꼭 세시에 만나자는 사람이 있어서 당신과 이야기할 시간이 없었어요. 그랬더니 알고 보니 그 사람이 당신을 대신 보낸 것이에요. 자 어서 들어오십쇼. 내가 이야기할 것이 많아요."

그리하여 L은 현숙에게 재촉을 받으며 들어섰다. 단칸방에 세간이 놓여 있는 까닭인지 매우 좁아 보였다. 남창에 비치는 여름 기분이 찼다. 현숙은 붉은 저고리에 깜장 치마를 입고 앉아 L을 옆으로 오라고 하였다. 그 옆에는 등(藤)의자가 놓여 있었다.

"여기는 내 침실 겸 서재이에요, 어때요. 조용하고 좋지요?……아무라도 이 방에 부르는 것은 아니에요."

L은 전등을 켜면서 한 번 실내를 휘 둘러보았다. 노시인의 옆방과 달라 여기는 밝고 정하였다. 보기좋은 경대가 하나 놓여 있어 거울이 가재(家財)처럼 비치고 있고 대소의 화장병이 정돈하여 있다. L은 어쩐지 이것을 볼 때 기분이 좋지 못하였다.

"여보셔요. 내가 이 편지를 보고 알았어요. 나는 당신이 간 줄 알고 뛰어나갔어요. 참 잘되었어, 당신이 대신 와서. 이 편지가 당신에게 갔었대지? 이 사람은 벌써 나하고 절교한 사람이에요. 이 편지를 좀 읽어 보아요 네?"

현숙은 L이 던져준 편지를 그에게 억지로 보였다. 3, 4매의 편지는 꾸겨졌다. 현숙이 불끈 쥐어 꾸긴 것 같았다.

나의 현숙 씨!
나는 별안간 영남 지방을 가지 않으면 아니되게 됐어요. 때때로 상경하지요. 그러나 지금까지 두 사람 사이에 지내던 재미스러운 것은 못하게 되었소. 더구나 명일 오후 3시에도 가지 못하게 되어 섭섭해요.

그러나 나는 생각하였어요. 현숙 씨의 좋아하는 청년, 사랑하는 청년 L을 생각했습니다. 당신은 L을 사랑하면서 당신은 자신의 현재 생활에서 그와 접근하는 것을 피하고 있소. 그리하여 나는 현숙 씨와 L군 사이를 가까이 해 놓으려고 생각했어요.

현숙 씨!
이만한 권리는 당연히 L에게 있지 않소. L은 당신을 이로부터 영원히 소유할 수 있는 이것이 L의 기득권이에요. 이 기득권을 실행하려는 것이에요. 분명히 현숙 씨는 손뼉을 치며 L의 권리를 기뻐해 줄 것이오. 당신도 사람일 것 같으면 이것이 마음에 맞으리라고 상상하고 마음으로부터 미소를 띄우게 되었소.
 현숙 씨! 이 편지는 그 의미로 내가 가지고 온 것이오. 나는 지금 두 사람을 위하여 만강(滿腔)의 축복을 다하오. 브라보! 브라보!"

 현숙은 창 앞에서 편지를 읽는 L의 옆에 섰었다. 그 점화(點火)한 강한 눈은 문자를 통하여 있는 L의 눈을 멀거니 기대하고 있다. L의 검고 신선한 눈이 일기경사면(一氣傾斜面)을 쏘이는 쾌적한 순간을 생각키어 현숙에게 쇄도하였다.
 두 사람은 포옹하였다. 벌써 전부터 계기가 예약한 것같이.
 "네? 언제 내가 말한 회계의 입구가 이렇게 속히 우리 두 사람을 행복하게 해줄 줄은 상상도 못했어요. 우리 둘의 감정은 벌써 충분히 준비되었던 것인데! 그러니까 우리는 지금이야말로 어떻게 감정 과다라도 관계치 않아요. L씨, 나는 인제 L씨라고 부르지 않겠어요. 그 대신 브라보를 불러드리지요. 브라보 브라보!"
 그런데 L의 인후(咽喉)에는 무슨 큰 뭉텅이가 걸려 있었다. 지금까지 알 수 없는 환희였다. 그는 지금 그것을 삼켜버릴 수밖에 없다.
 "……그리고 당신은 오후 3시에 여기 와주서요! 언제든지 열쇠는 주인집에 맡겨둘 터이니. 우리 둘이 여기서 살 수는 없어요. 당신은 잘 노선생을 위로해 드리세요. 네? 우리가 이렇게 된 것을 당분간 선생에게는 이야기 아니하는 것이 좋아요. 우리 둘은 반 년간 비밀 관계를 가져요. 반 년 후 신계약에 대해서는 다시 생각할 필요가 있어요. 그것은 우선 우리가 미리 준비할 필요가 있어요."
 "그렇게 말하면 우습지."

L은 쓸쓸한 환희에 떨며 미소하였다.
"그런 일은 물론 미리 준비할 필요가 없어요."
현숙은 두 팔을 벌려 뜨거운 손을 L에게 향하여 용감히 내밀었다.

(≪삼천리≫, 1936. 12)

해설 나혜석 ● 경희 / 현숙

자유주의에서 급진주의 페미니즘으로 변모

송명희

나혜석(羅蕙錫, 1896~1948)

정월(晶月) 나혜석은 근대 초기에 동경유학을 경험한 대표적 신여성이요, 페미니스트로서 1914년부터 페미니즘에 입각한 논설, 시, 소설, 수필, 희곡 등을 발표하기 시작했다. 그는 우리의 근대미술사의 첫 페이지를 장식한 최초의 여성 서양화가로서 선전(鮮殿)에서의 특선은 물론이며, 동경에서 열린 제전(帝殿)에서의 입상 등 서양화가로서 탁월한 재능을 발휘했다. 또한 김명순, 김원주(일엽) 등과 함께 근대 초기의 대표적 여성문인이었다.

근대 초기의 대표적 페미니즘 이론가이자 문학가이며, 화가로서 나혜석은 2000년 2월에 문화부가 제정한 '문화인물'로 선정되는 영예를 안게 되었다. 따라서 그간 선각적이었지만 실패한 신여성의 모델로서 그의 화려하면서도 파란만장했던 생애가 호사가의 입에 자주 오르내렸던 불명예를 씻고, 새 천년의 이상적 여성모델로서 역사적 사회적 재평가를 받게 되었다.

　부유하고 개화된 집안에서 태어난 나혜석은 활달한 성격과 명석한 두뇌로 일찍부터 뛰어난 재능을 보이기 시작했는데, 이미 외국유학을 경험한 오빠들의 권유로 진명여학교를 졸업하자 1913년에 동경유학의 길에 오른다. 그는 동경여자미술전문학교에서 서양미술을 공부하는 한편 당대 지성을 대표하는 이광수, 문일평 등과 활발하게 교우하며, 일본에 수입된 근대의 페미니즘의 세례를 받게 된다. 특히 시인 최승구를 만나 열렬한 연애에 빠지지만 최승구(1892~1917)가 폐병으로 요절하는 불운을 겪는다. 그는 김활란, 박인덕 등과 함께 3·1독립운동의 주동자로 활약하다가 비밀집회와 독립만세 참가모의로 검거되어 5개월간 옥고를 치르기도 한다. 상처한 김우영의 집념어린 구애로 1920년에는 마침내 결혼을 하게 되고, 그와 함께 1927년에는 우리나라 여성으로서는 최초로 유럽 여행과 파리유학을 하게 된다. 그런데 파리에서 최린과의 연애사건과 그로 인한 이혼은 그의 화려했던 삶에 종지부를 찍게 만든다. 그의 생애 하나하나가 화제에 올랐고, 수많은 '최초'라는 수식어를 달아야 할 만큼 나혜석은 역사의 신기원을 열었던 화려한 생애를 살았다. 서울에서 열린 그의 전람회에는 오천 명의 인파가 몰려드는 성황을 이루었지만 이혼 후 1933년에 열었던 <여자미술학사>에는 사람이 모이지 않아 문을 닫아야만 했다. 이처럼 그의 삶은 영욕이 극단적으로 교차했고, 화려하면서도 동시에 불행했다.

　나혜석의 페미니즘은 전기의 계몽적이고 자유주의적인 성격에서 1930년대 이후에 첨단적이고 급진적인 성격으로 변화해 나갔다. 나혜석은 1914년에 동경유학생들의 기관지였던 《학지광》에 「이상적 부인」을 발표하면서부터 페미니스트로서 면모를 드러내기 시작한다.

이 글에서 나혜석은 현모양처(양처현모)의 부덕을 강조하고, 여성을 노예화하는 차별적 교육을 비판하기 시작한다. 서간문 「잡감(雜感)」(1917), 시 「인형의 집」(1921), 논설 「나를 잊지 않는 행복」(1924)과 「생활개량에 대한 여자의 부르짖음」(1926) 등에서 그는 부르주아 여성으로서 계몽적이고 자유주의적 성격의 페미니즘을 주장하였다. 즉 여성교육의 필요성과 자아의 주체성에 대한 자각을 강조하며, 남녀차별의 사회현상을 비판하고, 그 원인을 잘못된 사회제도와 성차별적인 교육에서 발견하고자 하며, 결혼제도를 통한 남녀의 역할분담과 성별분업을 인정하는 부르주아적이고 자유주의적 페미니즘이 그것이다.

　그의 이러한 페미니즘 사상은 소설 「경희」(≪여자계≫ 2호, 1918)에서 집약적으로 형상화된다. 「경희」는 「회생한 손녀에게」(≪여자계≫ 3호, 1918), 「규원(閨怨)」(≪신가정≫ 1호, 1921), 「원한(怨恨)」(≪조선문단≫, 1926), 「현숙(玄淑)」(≪삼천리≫, 1936), 「어머니와 딸」(≪삼천리≫, 1937) 등 그의 여섯 편의 단편소설 가운데에서 가장 압권에 속하는 작품이다. 뿐만 아니라 우리나라 최초의 근대소설인 이광수의 『무정』이 1917년에 발표된 것을 고려한다면 이 작품의 문학사적 가치 또한 중요하다고 하지 않을 수 없다. 「경희」는 동경의 여자유학생들의 단체인 '조선여자친목회'에서 발간한 ≪여자계≫의 2호에 발표한 작품으로서 작품의 문학적 가치 또한 빼어난 수작으로, 우리의 근대문학사의 목록에 새롭게 포함시켜야 할 중요한 작품이라고 하지 않을 수 없다.

　「경희」는 동경유학생인 지식인 신여성 '경희'를 주인공으로 설정한 소설로서 아버지가 강요하는 결혼과 전통적 여성으로서의 삶보다는 인간으로서의 자각과 주체성의 확립이 중요하며, 이를 위해서는 교육을 받는 일이 선결과제라는 주제를 실용주의적 관점에서 표현한 작품이다. 그는 근대적 교육이 전통적 여성 역할의 수행에도 오히려 도움을 줄 수 있다며 여성교육의 필요성을 설득하고 있다. 작품은 인물을 둘러싼 외적 갈등과 인물 내부의 심리적 갈등을 핍진하게 중첩시킴으로써 주인공이 겪는 갈등의 리얼리티를 높이고 있다. 이 작품에는 최승구의 사망 이후에 결혼을 거부해 오던 나혜석의 자전적 삶이 강하게 반영되었으며, 초기의 페미니즘 사상이 잘 집약되어 있다. 그리고 당대의 신여성이 겪어야 했던 갈등의 한 전형과 나혜석이 당대의 조선사회와 여성을 향해서 외치고 싶었던 여성해방의 명제가 선명히 드러난다.

나혜석은 남편 김우영과 1927년부터 1년 6개월 동안 파리에서 체류하며, 그곳의 자유로운 생활상을 접하는 가운데 보다 첨단적인 페미니즘 사상을 형성하게 된다. 또한, <3·1운동> 당시 민족대표 33인의 한 명으로 참여했고, 전 매일신보 사장이었으며, 천도교 교령이기도 했던 최린과의 만남이 이루어지는데, 그와의 연애사건으로 1920년에 시작된 김우영과의 결혼은 1930년에 종지부를 찍게 된다. 그녀는 김우영의 이혼 종용으로 네 아이도 모두 그대로 두고, 한 푼의 위자료도 받지 못한 채 이혼을 당하게 된다.

파리에서의 서구체험과 이혼체험은 나혜석의 후기의 사상을 형성하는 데 아주 중요하게 작용한다. 즉 나혜석의 페미니즘은 1930년대부터 전기의 자유주의적 성격으로부터 급진주의적 성격으로 급격히 변화하게 된다. 후기의 변화된 사상을 알 수 있게 해주는 글로는 「우애결혼·시험결혼」(1930, 대담), 「이혼고백서」(1934, 논설), 「독신여성의 정조론」(1935, 논설), 「그 뒤에 얘기하는 제 여성의 이동대담」(1935, 좌담) 등과 단편희곡 「파리의 그 여자」(≪삼천리≫, 1935)가 있다.

　후기의 페미니즘은 성의 이중규범에 대한 통렬한 비판, 남녀의 공평한 성적 자유, 폐쇄적이고 가부장적인 결혼제도에 대한 비판, 그 대안으로서 개방결혼과 독신주의 등이 골자를 이루며 성의 해방을 목표로 삼은 급진적 성격으로 변화해 갔다. 이는 파리에서의 서구체험뿐만 아니라 혼외의 성적 자유를 추구한 대가로 이혼을 당하는 등 생생한 실존적 경험으로부터 여성 억압의 구체적 현실을 보다 극명하게 파악하게 된 데 따른 결과라고 할 수 있다. 성의 해방을 쟁점으로 한 후기의 페미니즘은 가부장적 결혼과 가족을 폐기하고, 동성애 가족을 대안으로 제시한 현대의 급진주의 페미니즘과 맥락을 같이하는 것이라고 보지 않을 수 없다. 그리고 이러한 후기의 사상을 잘 대변해주는 작품으로 단편소설「현숙(玄淑)」과 단편희곡으로 결혼한 여자의 자유로운 우정과 애정을 다룬「파리의 그 여자」가 있다.

　단편소설「현숙」(≪삼천리≫, 1936)은 나혜석의 후기 페미니즘과 삶이 투영된 작품이다. 이 작품에는 이혼 후 나혜석의 경제적으로 곤궁했던 생활상이 드러나는 한편 1930년대의 우리 사회가 점차 자본주의화 되어가는 가운데 도시를 배경으로 경제적 기반을 상실한 비노동자 계층의 소외된 삶이 반영되고 있다. 소설의 인물로 등장한 카페의 여급, 시인, 화가 등은 근대화되고 자본주의화 된 도시의 새로운 빈민층이다. 이들은 다방 경영자로, 시인으로, 화가로 성공하고자 하지만 파트롱의 후원이 없는 한 이는 전혀 불가능해 보인다. 특히 주인공인 '현숙'은 카페의 여급을 하는 한편 양화가 K 선생의 모델로 어려운 생활을 해 나가는데, 그녀는 끽다점(다방)을 경영해 보고 싶지만 사백 원의 돈이 없다. 그녀를 따르는 숱한 남자들은 그녀를 성적 대상으로만 여길 뿐 불경기를 핑계대며, 경제적 후원을 해

주지 않는다. 그녀를 성적 대상이요, 타자로서 바라보는 남성의 시선은 작품의 발단에서 현숙을 만나고 있는 기자의 시선을 통해서 잘 드러난다. "향기있는 농후한 뺨, 진달래꽃 같은 입술, 마호가니 맛 같은 따뜻한 숨소리, 오랫동안 잊고 있던 그에게 더없는 흥분을 주었다. 확실히 반년 전 여자는 아니었다. 어떠한 이성에게든지 기욕(嗜慾)을 소화할 수 있는 여자의 자태는 한껏 뻗치는 식지(食指)가 거리낌 없이 신출함을 기다리고 있는 양이었다."와 같은 묘사 속에서 드러나는 현숙은 남성들을 성적으로 매혹시키는 완숙한 여성이다. 하지만 그녀의 이러한 성적 매력은 그녀를 타자화시키는 요인이 될 뿐이다. 남성들은 그녀를 일시적 향락의 대상으로만 여길 뿐 경제적 후원자가 되어줄 마음도, 더욱이 진지한 인간관계나 남녀관계로 발전시키고자 하지 않는다.

하지만 그녀를 성적 대상이요, 타자로 취급하는 남성들과는 다른 순수한 인간관계를 안국정(安國町)의 하숙에서 찾아볼 수 있는데, 이 하숙집에 같이 기거하는 노시인과 전람회에서 낙선만을 거듭하는 청년화가 L씨이다. 이들은 우연히 한 하숙에 들게 되었지만 이들의 관계에서 나혜석은 순수한 인간관계의 모델을 보여줌과 동시에 가부장적 혈연가족이 아닌, 새로운 공동체로서의 가족의 대안을 보여준 것으로 해석된다.

그리고 작품의 결말에서 현숙이 화가 L의 사랑을 받아들이는 것으로 되어 있는데, 이들의 관계가 계약관계이어서 주목된다. "우리 둘은 반년간 비밀관계를 가져요. 반년 후 신계약에 대해서는 다시 생각할 필요가 있어요. 그것은 우선 우리가 미리 준비할 필요가 있어요"라는 반년간의 계약된 관계, 그리고 다시 반년 후에 재계약을 고려하기로 한 남녀관계는 1930년대의 맥락에서 나혜석과 같은 선구적 급진주의자가 아니면 주장할 수 없는 급진적인 남녀관계의 모델이라고 하지 않을 수 없다. 즉 억압적이고 가부장적 결혼관계와 물신주의에 지배된 타락된 남녀관계를 벗어난 순수하고 자유로운 남녀관계의 이상이다. 나혜석은 물신주의를 벗어난 순수한 인간의 만남, 성적 타자화에서 벗어난 진실한 남녀의 사랑, 억압적 결혼에서 벗어난 자유로운 남녀관계란 이상을 현숙과 화가 L의 계약관계를 통해서 보여주고자 했던 것 같다.

김일엽은 과감하고, 혁신적인 의미의 여성운동의 지향점을 제시한 인물이었다. 여성문제의 본질적 문제를 형상화했던 문필가이자 운동가였다.

김일엽

어느 소녀의 사(死)

 종로 경찰서 이층 위 원탑의 시계는 열 시를 가리키는데 지금 막 동대문 편으로서 종각 모퉁이 정류장에 도착한 연병장 행의 전차가 있다. 전차가 딱 정차를 하더니 오르고 내리는 사람이 한참 분잡하다가 차장의 두 번 종 소리에 전차는 동(動)한다.
 그 차에는 황황한 전등불 밑에 사람이 빽빽이 앉고 서고 하였는데, 한편 구석에 남의 눈에 뜨일까 피하는 듯이 머리를 모로 두고 앉은 여학생 같은 여자가 앉아 있다.
 어언간 전차는 벌써 한성 은행 앞에 이르렀다.
 "방금 오르신 이의 표 찍습니다."
하며 차장이 가위를 들고 승객들 틈으로 새어 오면서 3, 4인의 표를 찍은 후에 그 여자의 앞으로 와서 내어미는 손에서 돈을 받으며 그 사람을 보고는 차장이 별안간 표를 떼어 찍던 손을 멈춘다.
 그 앞에는 웬 술 취한 사람이 웬 개를 안고 앉아서 졸리는지 이따금 꾸벅한다.

"여보! 개를 안고 어디를 탔소? 내리오!"

하며, 차장은 정차하라고 종을 친다. 그 술 취한 사람이 차장을 쳐다보며

"왜, 개 안고는 못 타오? 개가 왜 무에라오."

하면서 개를 더 껴안는다. 차는 정차하였다.

"여보! 어서 내리오. 동물 가지고는 못 타오."

"그러면 개 탄 값을 내리다그려. 개가 왜 어쨌소."

하며 일어나려는 기색이 조금도 안 보이니, 차장은 짜증을 더럭 내며 그 사람을 잡아 일으키면서

"글쎄 동물은 안 태운다는데 무슨 말이야. 여보, 어서 내리오. 시간 가오!"

하며 안 일어나려는 사람을 와락 일으키는 바람에 그 사람이 안고 있던 개가 공교히 그 여자의 등어리에 떨어지면서

"앙"

하고 그 아래로 떨어진다. 그 여자는 개가 떨어지는 바람에 그만 질겁을 하며

"에그머니!"

하며 고개를 돌이키며 일어났다가 앉는다. 여러 승객들은 그만 일시에 웃는다. 그 술 취한 사람은 그 차장을 한 번 몹시 쳐다보고는 두 다리 밑으로 들어간 개를 번쩍 들어 안고 서서 차장과 시비를 차리려 든다.

운전수가 정차를 하고 섰다가 이 광경을 보고는 그 안으로 쑥 들어와 그 사람의 손목을 붙잡아 끌어 내이며

"여보! 어서 내리오, 시간 다 가오."

하고는 곱게 등을 밀어 아래로 내리게 하고 가자고 종을 친다. 그 사

람은 내려가서 애매한 운전수를 눈을 흘겨보면서

"흥! 너희가 언제까지 그 노릇을 해먹을 터이냐?"
하며 간다. 승객들은 또 한 번 웃었다. 차장은 종을 치면서

"행! 그 자 때문에 공연히 10분은 밑졌네!"
하며 중얼거린다. 이 때 차는 동(動)한다.

"여보, 차장, 거기 무엇이 떨어졌소"
하며 한 승객이 별안간 말을 한다.

차장이 깜짝 놀라는 듯이, 발 밑으로 굽어보니 양(洋)봉투의 편지 두장이 떨어져 밟혀 있다. 차장이 막 집으려 하는데, 그 여학생 같은 여자가 이를 보더니 얼굴빛을 변하며 급히 이를 집는다. 집다가 잘못하여 한 장이 또 떨어진다. 그 외면에는

<○○ 일보사 귀중>
이라 썼다. 그 여자는 황급히 한 장을 들고 그 떨어진 편지를 집는다. 그 든 편지에는 두 줄로

<아버님 어머님 전 상서>
라 썼다. 여기 승객들의 의아스러운 시선이 일시에 그 여자에게로 모인다. 나이는 한 십 7,8세 되어 보이고 그 갸름한 얼굴은 누가 보든지 묘하게 생기었다. 그러나 무슨 마음 상하는 일이 있는지 수색(愁色)이 가득하고 춘산(春山) 같은 눈썹 아래 맑고 예쁜 눈에는 눈물 흔적이 완연히 있다. 차장은 멀거니 이를 보고 섰다. 그 여자는 그 편지를 집어 허리춤에다가 감추며 앉았던 자리로 가서 또 외면을 하고 단정히 앉는다. 여러 승객들은 이를 보고 일면으로 경탄하고 일면으로 의심하였다. 그 경탄하는 것은

"참, 그 얼굴이 묘하게도 생겼다."
함이요, 그 의심하는 것은

"그 편지는 무슨 편지기에 그리 질색하노."
함이었다.

전차 속의 여러 눈은 경탄과 의심의 빛이 가득하였다. 그렇지만 차 속의 승객이 그 여자가 지금 품에 간수한 두 장 편지의 봉(封)을 뜯고, 보았을 지경이면 그 사람들은 즉시 그 의심은 풀리었을 것이다.
그 편지는 즉, 이렇게 쓰인 것이다.

불초녀(不肖女) 명숙이는 양당(兩堂)의 슬하를 영원히 떠날 때를 임(臨)하와 불효한 죄를 무릅쓰고, 두어 말씀으로 하직을 고하나이다.
하늘이 사람을 내리실 때에 귀중한 생명을 품부(稟賦)하심은 이 세상에 살 수 있는 대로 살라 하심이어늘, 산보다 높고 물보다 깊은 18년 양육하여 주옵신 아생의 은혜를 불효한 죄로 갚사하오며, 20미만의 처녀로 생목숨을 끊고 이 세상을 떠나는 여식의 마음이 어찌 원통타 아니하겠나이까. 불효한 여식은 이에 어찌할 수 없는 사정으로 원통을 머금고 구천으로 돌아가나이다.
사람의 일생에 짧고 짧은 18년 동안을 즐겁게도 지내어 보고 괴롭게도 지내어 보았나이다. 그러하오나 그 즐겁게 지내어 본 것은 철없이 어리광으로 지내어 본 것이오며, 괴롭게 지내어 본 것은 철이 난 때이오니 여식이 만일 학교에를 아니 다니어 글자를 못 보았었다면 오늘 이 거조(擧操)가 없었을 줄을 아옵나이다. 양위(兩位) 부모님께서 여식을 학교에 입학시키시던 그 때의 마음은 여식으로 하여금 사람 되라고 하신 것이지, 사람 되지 말라 하심은 엎드려 헤아리건대 아니신 줄 아오니, 학교에서 업을 마친 작년부터는 왜 그다지 온당치 못한 사람이 되라고 심하게 하시는지 참으로 견딜 수 없었나이다. 여식도 보통 사람이니 부귀(富貴)를 좋아하지 않음도 아니옵고, 이미 몸을 여자로 타고 났사오니 좋은 지아비를 얻고자 하옵는 마음이 없음이 전혀 아니오나, 비분(非分)의 부귀(富貴)는 바라는 바 아니오며, 지아비로 말씀하오면 아버님께서 여식의 나이가 11살 되옵던 해에 김과천의 아들 갑성이와 정혼을 하신 것이 있었거늘, 오늘 당해 와서 그 집안이 결딴이 났다고 전의 언약을 잊어 버리심은 아무리 나를 낳으시고 나를 기르신 부모의 마음이라도 헤아리기 어렵삽나이다. 만일 양위(兩位) 부모님께옵서 여식을 위하여 그리함이라 하옵시면 왜 사람이 되도록, 남의 정실이 되게 못하시고 구태여 노예나 다름 없는 민(閔) ○○의 부실(副室)이 되라고 강제하시는지, 여식은 야속한 마음을 이루 측량할 수 없나이다. 민(閔) ○○이란 사람은 현금 이렇다 하는 대가의 귀공자인 줄을 모르는 것이 아니옵니다. 그러하오나, 저는 그런 지아비를 바라지 않사옵나니 아버님·어머님께서는 지금 두 형님의 현상을 못 보시나이까? 두 형님으로 말씀하오면 허영심(虛榮心)이 있어 그러하였사옵던지, 그런 자리를 구하여 다행이라 하올는지, 불행이라 하올는지, 미구에 그러한 자국이 나서 목적을 관철(貫徹)하였다고 처음에는 심만(心滿) 의족(義足)하여 하옵더니 그것이 몇 날을 못 가고 그 사람들에게 버린 바 되어 아버님과 어머님께서는 매일 호강에 덕 보려고 바라시던 그 마음이 그만 수포로 돌아가시고 두 형님의 말로(末路)는 한 동물의 완롱물(玩弄物)인 창녀나 다름 없는 사람이 되지 않았나이까. 여식은 이를 볼 때에 아버님과 어머님을 위하여 울었사오며, 또 불효막심하옵지만 부모 못 맡는 것을 한(恨)도 하였나이다. 어서 이전의 마음을 바라심을 버리옵소서. 두 형님을 왜 그 지경을 만들어 놓으시나이까. 여식은 두 형님의 짝이 또 될 뻔하여 이와같이 마지막 길로 가는 것이오니 갑성이로 말씀하오면, 최초 부모가 정하여 주옵신 여식의 미래 지아비이오며, 여식도 그에게 마음을 허하였삽더니 오늘은 모두 소용이 없이 되옵고, 하루를 더 살아 있으면 기어이 또 아버님과 어머님의 희생이 되겠삽기에 이와같이 죽으러 가는 것이나이다. 불효한 자식이라고 꾸짖어 주옵소서. 부모가 자식을 사람이 못 되게 만드시는 것은 부모의 죄라 아니할 수 없삽나이다. 여식은 다시 부모에게 죄를 더하게 하고자 아니하와 생명을 버리어 간(揀)하오니 회개하심을 바라나이다. 갈 길을 생각하옵고 붓을 잡으오니 눈물이 가리어 아뢰올 말씀을 다하지 못하고 떠나가오니 내내 아버님과 어머님께서 안녕히 지내심을 바라나이다.

    3월 ○○일   불효 여식
             명숙 상살이

 기자 선생님—

 태연히 이런 말씀을 여쭙는 이 여자는 세상에 용납치 못할 죄인이올시다. 제 한 몸을 위하여 부모를 배반하고 구천으로 돌아가는 가련한 사람이올시다. 그러나 저로 하여금 부모를 배반하고 죽지 아니치 못하게 불효의 죄를 짓게 하는 사람이 누구인가 하오면, 다른 사람이 아니라, 즉 저를 낳으시고 저를 18년 동안이나 양육하여 주옵신 은혜 많으신 부모님올시다. 별안간 이러한 말씀을 하오면, 혹 모르시고 세상에 자식 죽게 하는 부모가 어디 있겠느냐, 그것은 네가 잘못한 것이니 네가 불효라 하시겠지오마는, 이 세상 이면에는 이러한 사실이 많이 있사오나, 세상 사람들은 이를 예사로 간과(看過)하오므로 저와 같은 운명을 가진 여자가 자고로 많을까 하나이다. 그러하오나 이것을 누가 말하는 사람이 없어서 이 사회에 드러나지 아니한 것이오니, 바라건대 여러 선생님께서는 이러한 사회 이면에 숨어있는 비참한 사실을 세세히 조사하여 공평한 필법(筆法)으로 지상에 기재하여 저 같은 여자의 부모 된 사람의 마음을 경성(警醒)하여 주옵소서. 저는, 제 입으로는 저를 이 지경으로 만드시는 부모의 말은 차마 할 수 없사오나, 다만 세상에 이러한 원통한 처지에 있으면서 능히 말을 못하여, 한 몸을 그르치는 이리 불쌍한 미가(米嫁) 여자를 위하여 이 몸을 대신 희생하옵나이다. 불쌍히 생각하여 주옵소서. 여러 선생님께서 이 편지를 펴 보시는 때는 이미 제가 이 세상의 사람이 아닌 줄을 아옵소서. 죽으러 가는 길이 총총하여 이만 그치나이다.

    3월 ○○일   희생녀
          조 명숙 읍고(泣告)

 한강 철교로 목적지를 정하고, 전차를 타고 죽으러 가는 조 명숙이는 아뢰되, 조 오위장의 세째 딸이다. 이 조(趙) 오위장이란 자로 말을 하면 한 20년 전에는 서울 바닥에서, 그때 말로 하면 8난봉의 대수석, 지금 말로 하면 불량자 괴수(魁首)로 유명하던 사람이었다. 그때에는 어느 대신 집에 겸인(傔人)으로 있어서 협잡도 부리고, 청(請) 심부름도 하여 매일 제 세상만 여기며 그럴 줄 알고 호강으로 지내였었다. 그러다가 시세 변천(時勢變遷)을 따라 이와 같은 사람을 사회에서 방축(放逐)을 하게 되니까, 시대의 한 낙오자가 되면서 졸지에 생활의 방도가 막히었다.
 한참 금의옥식(錦衣玉食)에 싸이어 지내 오던 사람이 별안간 이 지경이 되고 보니 다른 배운 것도 없고 좀 안다는 것이 화류계 사정뿐이었다. 그래 기생의 집으로 다니면서 노래 장(章)이나 가르쳐 주면서 묵묵히 살아 가다가 어떤 친구의 주선으로 기생 하나를 얻어 가지고 기부(妓夫)생활을 한참 하였다. 무엇이든지 시대에 뒤진 사람은 뒤진 일만 하는 까닭에 늘 실패만 하는 것이다. 이 조 오위장도 진화 원리인, 이 예에는 벗어나지 못하였다. 기부 노릇을 한 지 몇 해가 못 되어 신법률이라는 것이 반포가 되면서 기생은 경찰서에 고소를 하고 자유의 몸이 되어 가 버렸다. 조 오위장은 닭 쫓던 개가 지붕 쳐다보는 일처럼 한참은 아무 생활할 계책이 생각이 아니 나다가 딸 3형제를 유심히 돌아보았다. 그리고 생각하였다.

"저것들이 외양(外樣)이 반반하니 남의 첩이나 줄까."

이러한 생각이 나면서 마누라에게 의논해 보았다. 마누라는 단번에

"어디 좋은 자리만 있으면 보내다뿐이오."

한다. 조 오위장도 이 말은 의외로 여기었다. 마누라로 말하면, 조 오위장이 한참 기생집을 다닌다, 첩을 얻는다 하고 난봉을 부리는 통에 속도 많이 상하였다. 그래서 내외 싸움도 많이하고 마누라가 첩의 집에 가서 들부수고 어찌 야단을 쳤던지 첩이 그만 혼줄이 나서

"에그머니! 나는 돈도 싫고 아무것도 싫소"

하고 그만 가버렸다. 그 후에 마누라는 조 오위장이 첩을 또 얻을까 하여 감시를 잔뜩하고 누구든지 대하여

"세상에 남의 첩 되는 년같이 고약한 년은 없겠다. 죽으면 모두 아마 지옥으로 갈 걸!"

하고 말하던 여편네였다.

이러한 마누라가 지금 딸을 남의 첩실로 준다는 데 이의 없이 찬성하는 것은 우스운일이었다. 그렇지마는 그는 조 오위장이 2,3년 간

기부 노릇 할 때에 아무 주견이 없고, 단지 시기만 있던 여편네가, 기생 어미로 듣고 보고 실지로 그 감화를 받아 무형 중에 마음이 그리로 쏠림이었다. 그리고 또 딸의 혼처가 마땅한 곳이 없음이다. 조오위장 내외가 큰딸의 나이 참을 보고 누가 싸서 데려 가는 사람이 있으면 시집을 보내겠다고 사변으로 혼처를 구하여 보기도 하였다. 그러나 몇 군데 의논이 되다가 모두 그 근거를 캐 보고는

"가정 교육이 그러니까 색시인들 관계치 않겠느냐"

하는 말로 즐거이 하려고들 아니하며, 한 군데서는 바로 첩실로나 주며는 하겠다는 곳이 있었다. 그로 인해 혼인이 못 된 것인데, 지금 조오위장이 궁한 김에 딸을 남의 소가(小家)로 주려는 동기도 이에 있었다. 그래 아주 남의 첩실로 주려고 작정하고 사면으로 마땅한 곳을 고르다가 전라도 부자에 박영태가 기생 작첩을 하고 무던히 트집을 잡고 버리고 가는 바람에 큰딸은 한참은 낙망(落望)을 하였다가

"너 아니면 서방 없겠니"

하고 또 가정 문견(聞見)의 효력이 없지 아니하여 남자의 마음을 완연히 알고 세상 남자를 희롱하여 보리라는 생각이 나서 그 때부터는 남의 첩 노릇은 아니하고 소위 은군자(隱君子)라는 것이 되었다. 외면으로는 남편을 구하는 체하고, 오장(五腸) 없는 남자의 돈만 빼앗았다. 그러다가 어느 사람의 꼬임에 빠져 큰동생 동숙이를 마저 부모에게 팔고 어떤 부랑자의 첩으로 주었다. 명숙이는 학교를 다니며 이러한 광경을 보고 저의 부모와 저의 형의 하는 일을 그르게 알고, 공연히 남을 대하기를 부끄러워하였다. 그리고 행여 남이 알까 겁(怯)하였다. 어느 날은 공공히 동무들이 놀러 왔다가 명숙이의 큰 형이 모양을 내고, 여러 남자들과 희학(戲謔)질 하는 것을 보고 가서, 그 이튿날 학교에 가서 저의 동무들에게

"명숙의 형님이 아주 하이칼라야. 그런데 웬 사나이하고 농탕(弄蕩)을 치더라"
하고 말을 하였다. 이 말이 일시에 쫙 퍼져서 명숙이를 유심히 보며 저희끼리 소근소근한다, 명숙이는 이를 알고, 얼굴이 화끈화끈하여 그만 저의 집으로 돌아와서
"왜, 형님을 그 노릇을 시키오, 굶어 죽더라도 제발 못하게 하오."
하고 울었다. 그리고 명숙이가 다니던 학교를 나와서 그 후 얼마 있다가 명숙이는 저의 부모를 졸라서 수진관(壽進官)인 저의 이모 집에 와 기숙(寄宿)을 하고 다른 학교 3학년급에 입학하였다.
이때에 명숙의 심상에는 큰일이 일어났다. 어느 날은 명숙이가 저녁 때에 공책과 연필을 사려고 수동(壽洞) 병문(屛門)으로 나오는 별안간 뒤에서 소란스럽게 띵……띵 소리가 나는 고로 깜짝 놀라 돌아보니 웬 양복 입은 사람이 자전거를 타고 바로 등 뒤에서 사람을 피하느라고 자전거 바퀴를 이리로 향하였다, 저리로 향하였다 하면서 종만 치며 갈팡질팡한다. 명숙이가 급히 몸을 비키는 바람에 지나(支那)사람이 청요리를 하여 들고 가는 것을 치고, 앞으로 엎으려졌다. 청요리 담은 그릇은 길바닥에 산산히 깨어져 요리가 길가에 흩어지고, 명숙이는 허리 위로부터 얼굴까지 요리 투성이를 하였다. 자전거 탄 사람은 이에 어쩔 수 없어 내렸다. 요리 그릇을 길에다가 엎어 놓은 지나인(支那人)은 어이가 없던지 한참은 멍멍히 섰다가 명숙이가 일어나는 것을 보고
"이거, 어떻게 해!"
"무얼 어떻게 해?"
오고가는 사람이 잔뜩 모였다. 지나인은 요리값을 물어 달라거니, 명숙이는 앙탈을 하거니 한참 싸우는 판에 그 자전거 탔던 사람이

이 광경을 보고 명숙이를 유심히 들여다 보더니, 여러 사람을 헤치고 들어 서서 명숙이를 향하여 실례를 말하고, 일편(一便)으로는 인력거를 불러 집을 물으며, 또 지나인을 향하여 요리값을 물어서 지폐 5원짜리를 꺼내어 주면서 아무 말 말고 어서 가라 하여 보낸 후에 옷을 더럽히고 남부끄러워 어찌할 줄을 모르는 명숙이를 인력거를 타라고 권하여 태우고는 우비를 덮게 하고 자기는 자전거를 타고 그 뒤를 쫓는다. 세상에 사람의 일같이 알 수 없는 것은 없다. 이 자전거 탄 사람이 오늘날 명숙이를 빠져 죽게 할 사람인 줄이야. 이 자전거 탄 사람은 민 범준 이라는 경성 안에 유명한 부랑자(浮浪子)다. 저의 집안이 넉넉하고 저의 부모가 외아들이라고 귀히 하는 까닭에 자소시(自小時)로부터 화류계에 출몰을 하여 불소(不少)한 금전을 낭비하였다.

그 때에 명숙의 부친과도 화류계에서 알았고, 명숙의 부친이 범준의 돈도 족히 얻어 썼다. 범준이가 이전에 명숙의 아버지가 기부 노릇을 할 때부터 드나들다가 그 후에 명숙의 형제를 눈독을 들인 일이 있었으나, 명숙이는 나이 어리고 명숙의 형은 벌써 남이 되었으므로 마음에만 두고 제 의사를 발표는 못하였다. 그리하자, 범준이가 명숙의 집에 발을 끊은 지 한 1년 동안 만에 악연이라 할는지 수동(壽洞) 병문(屛門)에서 만난 것이다. 이 때에 범준이가 명숙의 얼굴을 보고 낯이 익어서 인력거를 태우고 수진궁(壽進宮) 안으로 들어가 명숙의 이모의 집에 간 것인데 이 말 저말에 명숙의 부모를 알고 보니 다른 사람이 아니라 조 오위장의 딸이다. 범준이가 몇 해 전을 생각을 하고 명숙의 얼굴을 보니 그 때보다 얼굴도 더 예쁘고 자라기도 퍽 자랐다. 범준이는 그 길로 무슨 생각을 하고 명숙의 부모를 찾아 보고 수동(壽洞) 병문(屛門)에서 일어난 말을 한 후에, 옷을 나로 하여 더럽혔으니 옷을 해 주라고 돈 50원을 꺼내어 주고 돌아왔다. 조 오위장은 한참 궁하던 판에 돈이 생기어 연(連)히 칭사(稱謝)를 하고 이러한 사람도 자주 찾아 달라 하였다. 범준이는 무슨 생각이 있던지 이 말을 좋아라고 매일 드나들며 조 오위장 집의 형편을 보아 쌀이 없으면 쌀을 사라고 돈을 주며, 나무가 떨어지면 나무를 사라고 돈을 주며, 용돈도 꿔 주는 것같이 주면서 몇 달을 다니다가 하루는 아주 조 오위장의 마음을 돈으로 흡족케한 후에 마음에 품었던 것을 바로 말을 하였다. 즉, 명숙이를 학교 졸업한 뒤에 셋째 첩으로 주면은 조 오위장 내외를 같이 데리고 있겠다고 함이었다. 조 오위장 내외는 불감청(不敢請)이나 고소원(固所願)이라는 격으로 두 말 없이 승낙을 하고 명숙이를 불러다가 이러한 말을 하였다. 명숙이가 이 말을 듣더니 별안간 얼굴이 빨개지며

"갑성이는 어떻게 하구요?"

"아니, 또 갑성이 말을 하니, 주둥아리를 짓찧어 놓라! 부모가 어련히 알아서 할려구!"

명숙이가 전일에 저의 부모와 한참 싸운 일이 있다. 그것은 다른 까닭이 아니다. 명숙이의 아버지가 어느 대관(大官)의 집에 겸인(傔人) 노릇을 하고 있을 때에 그 집에 드나드는 김영식이라는 사람의 아들과 명숙이와 혼인을 미리 정하여 둔 일이 있었다. 그 때 조 오위장이 이렇게 혼인을 정한 것은, 주인 대감에게 잘 보이려 한 것이었다.

그뿐 아니라, 당시의 김영식은 집안이 넉넉하고 전에 또 과천 군수도 지내고 하여 가합(可合)도 함이었다. 그 후 몇 해 만에 김과천은 객주를 남문 밖에다 내고 영업을 몇 해를 하다가 실패를 하고 그 때부터 집안이 결딴이 나서 일가가 분산할 지경에 이르러 김영식이는 생각다 못하여 조 오위장을 찾아가서 갑성이를 아주 맡아서 공부를

좀 시켜 주면 자기는 시골로 내려가서 집 칸이나 장만한 뒤에 데려 가겠다고 간청을 하였다. 조 오위장은 이 말을 듣고 한참 생각을 하더니, 좋은 말로 마침내 거절을 하였다. 김과천은 세상 인심이 이렇구나, 한탄을 하며 돌아갔다. 조 오위장은 그 길로 자기 마누라와 결심하였다. 이 때에 명숙이는 그 불가(不可)함을 말을 하고 그리 말라, 울며 간(諫)하였으나 종래

"별 고약한 소리 다 듣겠군. 계집년이 남부끄럽게 신랑을 어쩌니 어쩌니 하고."

하는 꾸지람에 움찔하여 온 종일 운 일이 있었다. 김 과천의 아들은 그 때에 하던 공부를 내던지고 어느 상점에 고용이 되었다. 그 후에 명숙이는 저의 어머니에게 엉석 비스름히 김과천 집의 가엾음을 말을 하고 갑성이를 집에 데려다 두는 것이 좋겠다고 말하여 보았으나 또 꾸지람만 들었다. 그래 명숙이는 하는 수 없이 좁은 가슴만 태우며, 속으로는 그래도 보지도 못한 갑성이를 동정을 하며 내가 그 아이를 구하여 주어야 하겠다는 마음으로 오늘까지 온 것인데 별안간 또 민범준이의 사건이 생기었다. 그래서 그 말을 한 것인데, 꾸지람 한 마디에 말을 못하고 제 이모 집으로 돌아와 울었다. 그 후에 저의 부모는 민범준이가 대어 주는 시량(柴糧)에 생활을 하며 명숙이를 어르고 달래어 온 것인데, 명숙이는 죽어라 하며 안 들으면서 거역을 하니 저의 부모는 할 수 없어 민범준에게 말을 하고, 아직 그대로 있으면 졸업을 하거든 보내어 줄 터이니 명숙에게는 이러한 눈치를 보이지 말라 하였는데, 명숙이의 졸업할 때가 돌아오는 것을 보고, 차차 혼인 의복을 장만하는 것을 명숙이가 우연히 저의 집에 갔다가 보고 가슴이 내려앉아서 돌아와 도망할 방침을 생각하고 옷가지를 전당(典當)을 잡히어 차삯을 해 가지고 인천으로 가다가 거동이 불심(不審)하여 순사에게 잡힌 바

되어 저의 부모에게 인도를 하였다. 그 후부터는 명숙이를 집에다가 데려다 가두고 엄중히 감시를 하였는데 오늘은 마침 한식날이라 저의 부모가 산소에 가서 채 돌아오지 않는 틈을 타서, 곧 하인을 속이고 나와서 전차를 탄 것이다. 명숙이가 갑성이를 마지막 찾아 보고 싶었으나 미가(未嫁) 여자로 사행(私行)이 온당(穩當)치 못하여 그것도 못하였다. 이것이 명숙이의 오늘날까지 지내온 경과요, 죽으러 가는 까닭이었다.

전차는 어느덧 남대문 역 앞을 지내어 연병장을 거쳐 한강통 정류장에 정차하였다. 명숙이는 내리었다. 밤은 이슥하고, 길에 사람은 별로 없다. 명숙이는 어느 으슥한 곳에 숨었다가 길에 아주 사람이 끊인 뒤에 죽으려고, 어느 집 처마 밑에 가서 웅크리고 앉아서 어서 어서 밤이 깊기만 기다렸다.

그 이튿날 아침 한강 철교 밑에 웬 학생 머리를 한 여자의 시체가 뜬 것을 본 사공이 발견을 하였는데 경관이 임검(臨檢)을 한즉 가슴에 저의 부모와 ○○일보로 한 유서 두 장을 품었더라.

作者—이 소설은 장편의 자료를 가지고 단편으로 만들기 때문에
묘사는 말할 것도 없고, 또 시간의 관계로 아주 보잘 것 없이
되었사오니 용서하시옵소서.
(1920. 4 ≪新女子≫ 2)

김일엽

자 각(自覺)

1

하두 의외이고도 허망한 일이어서 차라리 입을 다물려고 하였지만, 동무가 굳이 물으시니 사실대로 적어 볼까 하나이다.

그가 처음 일본을 떠나던 때는 재작년 이맘때였는데 날짜까지도 잊혀지지 아니합니다.

입학 준비인가 한다고 일자보다 몇 달 앞서서 일본으로 들어 가려던 일이 그의 아버지 생신을 지나서 떠나려다가 그가 또 감기에 걸리고 하여서 12월 그믐께가 되어서 떠나게 되었었나이다.

떠나기 전날 밤은 그의 친구들이 송별회를 하느니 어쩌느니 하느라고, 그는 새로 두 시나 되어서 먹지도 못하는 술을 다 마셨는지 얼굴이 빨개서 열적은 웃음을 띠우고 들어와서는

"왜 이 때까지 안 자우? 밤이 퍽 늦었는데!"

하고는 모자와 두루마기만 벗어 던지고는 깔아 놓은 자리 속으로

그냥 들어갔었나이다.

　자리에 누운 그는 붉은 내 눈을 쳐다보더니 자기도 친연한 빛을 띠우며

　"인제 옷 벗고 어서 이리 드러누—"

하며 그는 누운 채로 손을 내밀어 내 저고리 고름을 끄르더이다.

　나는 참던 울음이 다시 터져서 그만 그에게 엎드러지며 흑흑 느끼었나이다.

　그는 반쯤 일어나서

　"왜 이리 우? 남 좋은 공부하러 가는데……. 그리고 내가 집에 있어야 당신에게 무슨 도움이 되겠소. 마음으로 암만 동정한대야 무슨 소용이오. 내가 어서 공부를 마치고 돌아와야 내가 번 돈으로 당신을 먹이고 입히고 할 터이고 그리고 또 이 복잡하고 귀찮은 부자유한 이 가정에서 당신을 구원해 낼 수도 있지 않소? 그러니 한 3, 4년만 눈 딱 감고 참아 주구려. 자 어서 이리 드러누워요."

하고 힘있게 나를 껴안더이다.

　그날 저녁은 이별의 설움보다도 뼈 속까지 느껴지는 그의 따뜻한 정이 더욱 나에게 그칠래야 그칠 수 없는 눈물을 자아 내었나이다. 어쨌든 그날 저녁은 이별의 애처러움과 사랑의 속삭임과 희망의 이야기로 그만 밤을 지새우고 말았나이다.

　그 이튿날 아침에는 마지막으로 좀더 같이 누웠자는 그의 붙잡음도 뿌리치고 일찌기 일어나서 일본 가면 조선 음식을 구경 못하게 될 것을 생각하고 정성껏 아침을 차리어 시간이 늦을까하여 급급히 상을 내어 보냈나이다.

　마음껏 먹고자 하고 차려간 조반상이 별로 없어진 것이 없이 나왔을 때 퍽 섭섭하였으나, 시간이 바빠서 그랬나 보다 하고 말았었나

이다.

그이를 떠나보낼 준비는 부모의 허락을 받기 전부터 내가 혼자서 하고 있었나이다.

객지의 몸으로는 아쉰 것이 많을 것을 생각하고 내 정성으로 미칠 일은 무엇이나 다하려 하였나이다.

그리하여 의례히 장만하여야 할 것은 물론이고, 일본은 온돌이 없어서 춥다는 말을 듣고, 뜨뜻하게 할 것은, 그는 필요치 않다는 것까지 다 장만하였나이다. 그리고 조선 음식을 여러 가지 만들어서 새지 않는 그릇에 넣어 그의 짐에 넣어 놓았었나이다.

짐은 다 내어 실리고 그의 아버지, 그의 어머니, 그의 친구 모두 나섰는데 나는 나갈 수도 없고, 혼자 내방 모퉁이에서 울고 있는데 그가

"뭐 잊어 버린 것 있는데……."
하며 통통 방문 앞으로 오더이다. 나는 얼른 눈물을 거두고
"무얼—잊었수?"
하니까, 그는 싱그레 웃으며
"잊어 버리긴 무얼 잊어 버려. 당신 한 번 더 보려고 들어왔지. 자 한 번 악수나 합시다! 그리고 나 없는 동안에도 내 맘 하나만 믿고 모든 것을 참아 주—"
하며, 내 손을 힘있게 흔들고는 다시 나가더이다.

사람들 없는 사이에 나는 뒷문으로 빠져나가 서니 윗집 담 모퉁이에 숨어서서 그의 가는 뒷 모양이라도 한 번 더 바라보려 하였나이다.

2

　눈은 부슬부슬 떨어져 쓸면 또 깔리고 또 깔리고 하여서 사람의 발자국을 메이는데, 그는 자기와 제일 친하다고 늘 말하던 K라는 이와 함께 골고루 깔린 눈 길에 새로 발자국을 내며 터벅터벅 걸어가는데, 그를 몹시 따르는 집에서 기르는 개가 자꾸 그의 뒤를 따라가더이다.
　그는 친구와 무슨 이야기를 그리하는지 개가 따라 가는 줄도 모르고 돌아보지도 않고 그냥 가고 말았더이다. 시누이가 개를 자꾸 부르면 개는 힐끗 돌아보고는 따라가고, 따라가고 하더이다. 나중에는 그가 돌멩이를 던져 개를 쫓더이다. 나는 쫓겨서 타달거리고 돌아오는 개가 얼마나 불쌍한지 개를 껴안고 실컷 울고 싶었나이다. 그리고 그가 집들이 많은 틈으로 없어진 뒤에 나는 답답하고 무거운 가슴을 하고 그래도 시어머니가 찾지나 않나 하고 빨리 집으로 돌아왔나이다. 텅 빈 듯 집안은 왜 그렇게 구중중하게 늘어 놓았는지 모르겠으나, 일이 손에 걸리지 않는 고로 방에 들어가서 얼빠진 사람 모양으로 우두커니 앉았는데.
　"이애, 어디 갔니? 집안이 이렇게 지저분한데 칠 줄 모르고……" 하는 째어지는 듯한 시어머니 소리에 소스라쳐 놀라서 얼른 일어나서 치우는 것처럼 하고는 다시 방으로 들어가서는 다시 그를 생각하기 시작하였나이다.
　겨울이 되어 문을 닫고 있게 된 것이 어떻게 다행한지 몰랐나이다. 일을 하는지, 잠을 자는지 들여다 보는 이도 없어 암만이라도 멀거니 앉아서 그를 생각할 수가 있는 까닭이었나이다. 결혼 당초부터 그가 졸업하고 나와서 사회적으로 지위를 얻고 경제적으로 완전히 독립이 되어 아름답고 새 가정을 이룰 그 때까지를 죽―그려 보았나이다.

그리고는 다시 나의 영(靈)은 지금의 그를 따라 차를 타고 배를 타고 물을 건너고 산을 넘어가는 것이었나이다.

어쨌든지 먹지도 말고, 일도 하지 말고, 움직이지도 말고, 꼭 그대로 앉아서 그를 따라가는 영(靈)에게 장애가 되지 않았으면 하지만 말썽부리는 시어머니가 있고, 내가 밥지어 바쳐야 먹는 다른 식구가 많아서 가만히 앉아 있을 수가 없는 것이 성가시었나이다.

영을 떠나 보면 육신이 기계적으로 하는 일이 어찌 변변히 될 리가 있습니까? 시부모 옷을 제때 못 지어 놓고 반찬을 간 맞게 못하여 날마다 몇 차례씩 시어머니께 야단만 사고, 그릇 깨뜨려 시어머니 몰래 개천에 버리기 같은 일이 많았나이다. 다만 그를 생각하는 것이 그 때 나의 생활에 전체였나이다. 자나 깨나, 앉으나 서나 그의 생각뿐만이었나이다.

3

그의 좋아하던 음식을 만들 때나, 수 천리 타국인 일본과 조선이 어찌 기후가 똑같을 수가 있사오리까마는, 겨울의 일기가 추워도 그가 객지에서 추워할 것이 염려요. 여름에 비가 와도 그가 학교 가기 고생되겠다는 걱정이었었나이다. 그의 친구가 찾아 올 때는 더욱 애처러웁도록 그가 그리웠나이다. 옷그릇을 뒤지다가도 그의 옷이 보이면 반가와서 한 번 쓰다듬어 보았었나이다. 그리고 일본 유학이라는 말만 들어도 무심치가 않고, 일본 갔다 온 사람이라면 공연히 반가와서 문틈으로라도 한 번 더 내다보아졌나이다. 그리고 시부모가 그에게 돈을 부쳐 주었나, 그의 요구하였다는 것을 보내 주었나? 하는 일을 애가 쓰이도록 알고 싶었나이다.

그를 생각하기에 밤을 새우다가 새벽녘에 겨우 잠이 들었다가 시어머니 부르는 소리에 일어나서는 연자질을 하는 나귀같이 시어머니 책망의 채찍과 눈쌀의 칼을 맞으며, 또 종일 일을 하지 않으면 아니 되었나이다. 그러나 겉으로나마 힘껏 복종하고 참고 일을 하며, 몸이 아무리 피곤하고 괴로워도 한 번 누워 보지는 않건마는, 시어머니 부르는 소리에 대답만 더디 하여도 서방 없이 지내는 자세라고 야단야단을 하며

"시체것들은 서방 계집이 밤낮 붙어 앉았어야 되는 줄 알더라. 우리네들은 젊었을 때 남편이 벼슬살이 시골을 가든지, 작은집을 얻어 몇 십 년을 나가 살든지 시부모 곱게 섬기고 시집살이 잘하였다."
는 말은 저 소리 또 나온다 하도록 늘 하였나이다.

시집살이하던 이야기를 어찌 다하겠나이까. 좁쌀 한 섬을 쌓아 놓아도 못 다 계산하겠나이다.

아! 동무여! 정신은 사람 그리우기에 초초하고, 육신은 부림을 받기에 고되고, 마음은 시어머니에 쪼들리게 되는 그 때 나의 고통이 과연 어떠하였겠나이까. 본래 살이 많지 못하던 나는 그만 서리 맞은 국화잎같이 시들어졌었나이다.

그러나 그렇듯한 고통 중에는 단번에 즐거움을 주고 활기를 주는 것은 그에게서 오는 편지였나이다. 부모 시하 사람이라 직접 하지도 못하고 누이동생 이름 쓰인 봉함 속에 편지를 넣어 보내었나이다. 빈정거리는 듯한 웃음을 띄우고

"난 언니 좋아할 것 가져왔지!"
하면서 까부는 시누이에게서 편지를 받아서는 부끄러워서 바느질고리 앞에다 그냥 놓아 두었나이다. 시누이는 악의가 섞인 농담으로 몇 마디 하다가는 그만 나가 버리면, 나는 곧 편지를 뜯었었나이다.
　그는 문학을 좋아하고 재주가 있고, 편지도 별로 정답고 재미있고 고맙게 써 보내었었나이다. 그리고 가장 자상하게도 자기 지내는 일동 일정과 자기가 가는 곳의 경치 같은 것을 하나도 빼지 않고 적어 보내었나이다. 그 때 내 생각에는 세상에는 그와같이 다정하고 편지 잘 쓰는 이는 없을 것 같았나이다. 그리고 그 때 그의 편지 중에도 제일 내게 힘을 주고 용기를 내게 하는 것은 가끔 이러한 의미의 편지를 보냄이었나이다.

4

「나의 사랑하는 아내여! 아무 이해와 동정이 없는 나의 부모 형제를 섬기기에 뼈골이 빠지도록 애쓰는 당신에게 과연 무엇이라 말을 하리이까. 미안하다 할까요, 고맙다 할까요. 그저 할 말은 당신을 위하여 쉬지 않고 배움이니, 당신을 위하여 꾸준히 수양하고 있습니다 할 뿐입니다. 그러나 그리운 아내여! 웃지마소서. 당신이 정말 보고 싶을 때는 공부를 며칠만 쉬고라도……하고 생각하는 때가 한 두 번이 아니었나이다. 어쨌든 나도 당신보다 못지 않게 희생적 정신을 가진 것만 알아 주소서. 그리고 당신의 편지가 지금 나의 적막한 생활의 생명수임을 잊지 마소서.」

참말 그 때는 한 주일에 세 번이나 네 번 오는 그의 편지만 아니면 목을 매어서라도, 강물에 빠져서라도 죽었을는지 몰랐나이다.
그의 편지가 올 날 아니 오면 그날은 자연 어깨가 축 늘어지고, 공연히 맥이 탁 풀려서 견딜 수 없을이만치 되었었나이다.
어쨌든 그가 없는 그 때는 그에게서 편지가 오고 아니 오는 것으로 나에게는 희망과 낭만과 반가움과 섭섭함이 정하여지었나이다.
그리고 여름이 되면 짧은 동안이지만 그가 귀국하여 우리 두 사람에게는 더할 수 없이 달고 즐거운 밤과 낮이 되었었나이다.
그를 위하여 곱게곱게 지어 두었던 조선 옷을 지어 입히면 시원하고 편하다고 슬슬 만져 보는 것이었나이다. 그를 위하여 아끼고 간직하여 두었던 과자나 과일을 그가 고맙게 맛있게 먹는 것을 보는 것도 작은 기쁨은 아니었나이다.
그와 앉아 놀던 곳이거니 하고 혼자 올라가 보고 한숨 쉬던 뒤꼍 느티나무 밑에를 둘이 서서 많이 올라가서 정다운 이야기로 밤 기간을 보낼 때도 있었나이다. 그 때에 선물로 그가 갖다 준 시어머니도 시누이도 모르는 비밀의 귀중품은 몇 가지씩 내 장롱 속에 감추어졌나이다. 그 때도 그의 친구 중에도 구식 여자라고 무단히 본처와 이혼한다는 말을 가끔 들었건마는
"공연히 그럴 리는 없겠지, 무슨 까닭이 있는지 누가 알아!"
하고 속으로 생각하는 뿐이었나이다.
어쨌든 나는 천하가 바뀌는 변절의 괴변은 있을지언정 그의 마음이야 어떠랴 하였었나이다. 그러니 내가 그를 추맥하는 일 같은 일은 더구나 없었나이다. 그러나 그는 혼자서 이런 말을 하였었나이다.
자기 친구 중에는 여학생을 부러워하지 않는 이가 없는 모양이나, 자기는 허영심이 많고 아는 것도 없이 건방지고 고생을 견디지 못하

는 여학생들에게 결코 마음이 쏠리지 않는다고 하며, 자기 아내인 나는 신식 학교는 아니 다녔더라도 여학생만 못지 않게 아는 것이 있고, 이해가 있다고 하며 더할 수 없이 나를 만족해 하고, 내게만 단순한 정을 주는 듯하였나이다.

그래서 친척들 가운데도 품행이 방정하다고 칭찬받고, 나는 내 동무들의 부러움의 대상이 되었었나이다.

그러니 나 자신이 남편을 얼마나 만족하여 하고 고마워하였겠나이까! 그래서 나를 그만 그 사랑하는 보람이 있게 하려고 원망스러운 시집 식구를 정성껏 위하고 섬기고, 또 그의 말 한마디라도 알아듣도록 되어 볼까 하고 학교에서 배운다는 책들을 사다 놓고 틈틈이 열심히 배웠었나이다.

그 때는 시집살이에 고생은 무던히 겪으면서도 그래도 그렇게 희망 많고 긴장된 세월이 2년은 계속되었었나이다.

그러나 어찌 뜻하였으리까. 한 달이 하루같이, 1년이 한 달같이 세월이 어서어서 지나서 그가 졸업하고 금의 환향할 기쁜 때를 손을 꼽아 기다렸나이다.

그러나 기다리던 졸업이 시일은 오기도 전에 그 때 내게는 사형선고 같은 놀라운 기별이 왔나이다.

10년 공든 탑이 하루 아침에 무너진다는 식으로 내가 출가한 지 6, 7년 동안 쌓아 논 공적은 하루 아침에 그만 산산이 부서지고 말았나이다.

5

　동무여, 오랫동안 편지를 끊었나이다. 지금은 내 심리와 생활이 아주 일변하였나이다. 지금 생각 같아서는 전에 적은 말이 그같이 장황히 늘어 놓을 가치조차 없는 것이 되었나이다. 그러나 요령을 알게 하기 위하여 전에 하던 말을 계속하나이다.
　그 때 내게는 불행이 거듭하느라고 임신 8개월이나 되었었나이다. 몸은 무겁고 괴로워서 그집에 참고 견디어 가던 시집살이에, 모든 고통이 더욱 절실히 느껴져서, 짜증만 드럭드럭 나서 부엌 모퉁에서 머리를 혼자 잡아뜯으며 애쓸 때도 많았고, 남 다 자는 밤에 홀로 누워서 사족이 쑤시는 몸을 비틀며 느껴 울기도 여러 번 하던 때였었나이다. 더구나 야박하게 몹시 무엇이 먹고 싶을 때에 고통도 눈물도 흘리며 견디어 가던 때였었나이다. 그러면서도 남편과 같이 살게 될 때는……하고 유일의 희망을 두었었나이다. 그런데 어쩔 셈인지 그에게서는 여러 달을 두고 편지조차 끊치었나이다. 별별 생각을 다 하면서도 그래도 오늘이나 내일이나 하고 하루같이 기다리고만 있었나이다. 그렇게 기다리던 편지는 오기는 왔었나이다. 그러나 그 편지 내용은 그 전과는 전연 반대의 사연이었었나이다. 말하자면 절연장(絶緣狀)이었나이다.
　가뜩이나 신경이 예민하고 몸이 극도로 약하여졌던 내가 과연 얼마나 놀라고 슬퍼하였으리까. 그 때 기절하지 않은 것이 이상하였나이다.
　그 편지의 의미는 대개 이러하였나이다. 그대와의 이혼은 전연 부모의 의사로만 성립된 것으로 내게는 책임이 없으며, 지금까지 부부

관계를 계속해 온 것은 인습에 눌리고 인정에 끌리었던 것이니 미안하지만, 나를 생각지 말고 그대의 전정을 스스로 결정하라는 것이었나이다. 그리고 이어서 이러한 소문을 들었었나이다. 그가 일본 유학하는 자기보다도 나이 많은 어떤 노처녀와 연애를 한다는데 그가 그 처녀 앞에서는 자기에게 이름만의 아내가 있지만 애정이 본래부터 생기지를 않아서 번민하다가 그 처녀를 보고 비로소 사랑이라는 것을 알았노라고 속살거린다 하더이다. 그리고 그 여자는 구식 여자인 나는 덮어 놓고 무식하고 못나고 속없는 여자로 아는 모양이라 하더이다. 분노와 원한이 앞을 서지마는 입을 악물고 정신을 차리었나이다. 이미 세상을 알고 인심을 헤아린 이상 한시라도 머뭇거리고 있을 수가 없다 하고 단연히 한술 더 뜨는 답장을 쓰기로 하였었나이다.

「주신 편지의 의미는 잘 알았나이다. 먼저 그런 편지 주심이 얼마나 다행한지 모르겠나이다. 여자의 몸이라고 그래도 환경을 벗어나지 못해서 이상에 안 맞는 남편과 억지로 지내면서도 남다른 고생을 겪지 않으면 아니 되는 자기 불행을 언제나 한탄하고 있었나이다. 아이는 남녀간 낳는 대로 돌려 보내겠나이다. 나는 아이를 데리고는 전정을 개척하는 데 거리끼는 일이 많을까 함이외다. 그러나 아이의 행복을 누구보다도 제일 간절히 바라는 사람이 이 세상에 또 하나 있음을 아이에게 알려 주소서. 이만

　　　　　　　　　　6월 18일　　　　　任淳實은」

6

　곧 나의 행장을 수습하여 가지고 떠나려 하였으나, 의리보다도, 인정보다도 체면을 존중히 여기는 시부모의 간절한 만류로 행장을 그대로 두고 몸만 억지로 떠나 친정으로 왔나이다.
　동무여, 나의 이러한 일을 듣고 내가 남편을 깊이 사랑하지 않았던 것이 아닐까 하고 의심하리다마는, 내 속이 아무리 쓰리더라도 자기 인격을 더럽히면서 치근치근하게 사랑을 받으려 애쓰기는 결코 싫음이었나이다.
　친정에서는 큰 변이 난 것처럼 야단이셨지만, 나는 조용하고 침착하게 전후 사실을 자세하게 설명하였나이다. 그리고 해산이나 한 후에는 공부나 할 결심이라 하였나이다.
　아버지는 그래도 옛날 예의와 도덕을 늘어 놓고, 귀밑 머리 맞춘 남편을 떠난 여자는 이미 버린 여자라고 준절히 타이르더이다.
　그러나 이미 결심이 있는 나는 귀로만 들을 뿐이었나이다.
　더구나 어머니는 나이 많고 구식이면서도 완고하지 않고 적이 이해가 있어서, 아버지에게
　"자식이 많기를 한가, 계집애라고 하나 있는 것을 공부도 안 시키고 자기가 끼고 가르침네 하다가 그냥 시집을 보내 놓고, 지금도 공부를 안 시킬려느냐."
고 야단야단을 쳐서 겨우 나는 학교에를 다니게 되었나이다. 그 때가 벌써 3년이 지났나이다. 나는 오는 봄에는 졸업하나이다. 독한 결심을 가지고 하는 공부라 성적은 매우 좋은 편이었나이다. 이제는 옛날 남편, 시집살이 모두 시들해서 언제 꾼 꿈인가 하게 생각되나

이다.

　그러나 어린것의 소식을 들을 때마다 가슴이 뭉클하오이다. 지금 네 살인데 총명하고 잘 생긴 아이로 말도 썩 잘한다 하나이다.
　어떤 때는 몹시도 어린것이 보고 싶어서 그 집 문간에라도 몰래 가서 그것의 얼굴이라도 잠깐 보고 올까 생각할 때도 있지마는 스스로 억제하나이다. 보고 싶다고 한 번 만나면 두 번 만나고 싶고, 두 번 만나면 자주 만나고 싶고, 자주 만나면 아주 곁에다 두고 떠나지 않게 되기를 바라게 될 것이니, 그렇게만 되면 아이 아버지와 또 인연이 맺어진다면 내 자존심과 인격은 여지없이 깨어질 것이외다. 나는 자식의 사랑으로 인하여 내 전생활을 희생할 수는 절대로 없나이다. 자식의 생활과 나의 생활을 한데 섞어 놓고 헤매일 수는 없나이다. 물론 남의 부모가 되어 자식을 기르고 교육시켜서 한 개 완전한 사람을 만드는 것이 당연한 직무이겠지요. 그러나 부모의 한 사람인 아이의 아버지가 아이의 양육을 넉넉히 할 수 있음에도 불구하고 여지없는 모욕을 당하면서 자식 때문에 할 수는 없나이다.
　그러니까 아이가 자라서 어미라고 찾으면 만나고 아니 찾으면 그만일 것이외다.

7

　나의 자존심을 위하여, 인격을 위하여 당연한 행동을 취하기는 하였건만 몇 해를 두고 절기를 따라 때를 따라 남 모르게 고민을 무던히도 하고 있었나이다. 내 글을 읽고 동무도 짐작하였으리이다. 처음 그 때 동무에게 편지할 때에도 정직하게 말하면 그에게 대한 미련이 없다고는 하지 못할 때였나이다. 그래서 그와 정답게, 재미있게 지내던 이야기를 중언 부언 늘어 놓았었나이다. 그러나 그것이 언제 사라져 버린 꿈같이 생각될 지금에 와서는 동무에게 다시 편지 쓸 흥미가 없어서 오랫동안 소식을 끊었었나이다.

"어쨌든 지금 생각하니 내가 이상하는 이성은 그이와 같은 이는 아니었나이다. 남성다웁지 못하고, 줏대가 없고, 여자를 사랑하기는 하지만 인격적으로 대하지 아니하고, 이왕 상냥한 아내를 둔 이상 절대로 정조를 지키어야 하겠다는 자각(自覺)이 없는 그이였나이다."

내가 처음에 그를 사랑한 것은 이성이라고는 도무지 접촉해 보지 못하다가 부모의 명령으로 눈 감고 시집을 가서 친절하게 구는 이성을 대하니 자연 정다워진 데 지나지 않은 것이였나이다.

그가 처음 내가 나온 후에도 사과 편지를 보내고 다시 오라고 몇 번일지 같은 말을 써 보내오니 답장도 하기 싫어서 내버려 두었다가 하두 성가시게 굴기에 이러한 의미의 편지를 하였나이다.

"나를 끈에 맨 돌맹인 줄 아느냐. 오라면 오고 가라면 가게…… 백 계집을 하다가도, 10년을 박대하다가도 손길 한 번만 붙잡으면 헤헤 웃어 버리는 속없는 여자로 아느냐."

죽어도 이 집 귀신이 된다고 욕하고 때리는 무정한 남편을 비빛비빛 따라 다니는 비루한 여자인 줄 아느냐. 열 번 죽어도 구차한 꼴을 보지 않는 성질을 알면서 다시 갈 줄 바라는 그대가 생각이 없지 않는가 하다고—

그 후에는 내게 직접, 무슨 말을 건네지는 못하고 혼자서 열광을 한다고 하는 소문을 들었나이다. 아무러나 그것은 문제될 것이 없나이다.

"이왕 사람이 아닌 노예의 생활에서 벗어났으니 인제는 한 개 완전한 사람이 되어 값 있고 뜻 있는 생활을 하여야겠나이다. 그리고 사람으로 알아 주는 사람을 찾으려 하나이다."

(≪東亞日報≫, 1926. 6. 19 ~ 26)

해설 　김일엽 ● 어 느 소녀의 사(死) / 지 각

여성해방론의 문학적 형상화

이태숙

김일엽(金一葉 : 1986~1966)

　김일엽의 본명은 김원주이다. 1896년 평남 용강군 태생으로 목사인 아버지 김용겸씨와 이마대 여사의 장녀로 출생했다. 어려운 집안이었지만 일찍이 신학문에 눈뜬 아버지와 딸에 대한 남다른 기대를 가졌던 어머니, 그리고 일엽 자신의 총명함으로 신교육을 받고, 이화학당에 입학하여 문필활동을 시작한다. 하지만, 남달리 아꼈던 동생의 죽음과 13살 되던 해 어머니의 병사, 그리고 열여섯 되던 해에는 아버지마저 세상을 떠나 천애의 고아가 된다. 동생의 죽음을 소재로 한 국문시 「동생의 죽음」은 1908년에 나온 최초의 신체시로, 최남선의 「해에게서 소년에게」 보다 1년 앞서는 신시로 문학사적 가치가 있는 작품이다. 어려운 형편에도 불구하고 일본유학을 떠나 신학문을 공부하고, 국내에 돌아와 1920년 조선 최초의 여성잡지 ≪신여자≫를 창간하니, 사실 편집에서 제작, 주필까지 혼자서 다한 것이나 마찬가지였다. 일엽이라는 필명도 그의 재주를 높이 평가한 당대 문단의 거두 춘원이 조선 문단의 한떨기 나뭇잎배(일엽편주(一葉片舟)) 와 같다 하여 붙여준 이름이었다. 제1기 여성운동의 선구자로 김명순, 김일엽, 나혜석을 드는데, 김명순은 이론가라기보다는 문학인이 었다면, 김일엽과 나혜석은 이론과 운동의 양측면을 아우르는 행동 가였다. 김일엽은 특히 나혜석이 전통적이고 보수적인 관점을 바탕으로 조선여성이 나아가야 할 길을 제시했다면 보다 과감하고, 혁신적인 의미의 여성운동의 지향점을 제시한 인물이었다. 소설, 평론, 시, 수필 등 장르를 가리지 않고, 세간의 논란을 불러일으키는 문제점들을 제기하여, 조선 여성이 처한 현실의 모순을 지적하고, 과감하고 단호한 대안을 제시하기를 주저하지 않았다. 당시 신여성에 대한 왜곡된 시선을 비판하고, 새로운 여성의 미래를 제시하는 많은 글들을 발표하였는데, 특히 그의 '신정조론'은 당대의 관점에서 너무나 혁신적이고, 과감한 것으로 많은 비난의 대상이 되었다. 뛰어난 재주에도 불구하고 혈혈단신의 의지할 바 없는 연약한 여성으로서 쏟아지는 비난과 연이은 사랑에의 실패 등으로 인간적인 고통을 이겨낼 수 없었던 일엽은 그 고통의 해소를 불문에서 찾고자 한다. 1923년 충남 예산 수덕사에서 만공선사(滿空禪師)의 법문을 듣고 크게 발심하여, 결국 1928년 세속의 인연을 뒤로 하고 입산한다. 세속의 관심을 뒤로 한채 일체 관심을 두지 않고 수도에만 정진하던 일엽은 1960년 홀연히 『어느 수도인의 회상』을 들고 다시 돌아온다. 잇달아 발표된 인생회고록 『청춘을 불사르고』, 『행복과 불행의 갈피에서』 등으로 과거의 필력을 되살리며, 다시한번 베스트셀러 작가로 등장한다. 놀라운 재주를 보여주었던 과거를 접고, 홀연히 입산하여 세상사람을 놀라게 하더니 다시 30여년 뒤 화려하게 재등장하여 건재를 과시한 것이다. 하지만 과거의 쟁쟁한 페미니스트로서의 화려한 이력에 대해서는 단지 '세속의 허념에 불과한 것.'으로 묻어두려는 자세를 견지해 아쉬움을 남기기도 하였다. 일엽의 이러한 돌연한 변신은 단순히 개인적 변화로 묻어둘 수 없는 한국 근대 페미니즘의 중심 화두가 되어야 할 것이다.

그의 작품 중 「어느 소녀의 사」와 「자각」은 1920년대 여성운동의 중심에 서있던 일엽의 이론적 바탕을 보여주는 작품이다. 두 작품은 여성문제를 근대화의 문제와 연관시켜 고찰하고 있는 일엽의 뛰어난 현실감각을 담고 있는 작품이다. 「어느 소녀의 사」가 1920년에 발표되었고, 「자각」이 1926년에 발표되었는데, 6년의 시간차이가 같은 주제하에서 어떻게 다르게 변주되고 있는가는 짧은 시간하에 다양한 전개과정을 거친 한국 근대 페미니즘의 모습을 바로 담아내고 있다는 점에서 흥미로운 작품이 아닐 수 없다. 두 작품 모두 여성문제의 근본을 '봉건제로부터의 탈피'라고 보고 있지만, 작품의 전개과정이 서로 차이를 보이고 있다. 「어느 소녀의 사」는 일종의 편지글 형식으로 자살하려는 소녀가 가진 사연을 서술하는 방식을 택하고 있다. 첫 장면을 그 소녀가 자살할 장소로 가는 버스 안에서 술 취한 손님이 데리고 있던 개로 인해 벌어지는 해프닝으로 시작하고 있는 점도 상당한 문학적 인식의 소산이 아닐 수 없다. 버스라는 공공 교통기관은 전근대적인 인식이 남아 있는 조선 사회에서 근대 문명을 상징하는 대표적 수단이다. 그러한 장소가 첫 장면의 배경으로 설정되었음은 여성문제의 해결이 근대적 인식에 기대어야 함을 암시하는 장치일 수 있는 것이다. 명숙이라는 주인공은 여학생으로서 자각이 있는 인물이다. 그는 본시 갑성이란 청년과 부모끼리의 혼약이 되어 있는 상황이지만,

여자를 성적 유희의 대상이자 소유물로 보는 시대적 정신의 희생물이다. 자신을 첩으로 데려가려는 방탕한 졸부와 딸을 팔아 재산의 이로움을 얻으려는 무지한 부모로 인해 결국 희생되는 인물이다. 두 언니는 새로운 시대의 자각을 얻지 못하였기에 이러한 부당한 남성사회의 희생물이 되었지만, 자신은 이것을 거부하고자 하는 것이다. 하지만 미력한 자신이 행할 수 있는 유일한 방도는 자살뿐이었다. 그가 자살하려 하면서 지니고 있던 소지품은 두 장의 유서인데, 한 장은 부모에게, 다른 한 장은 신문사에 보내는 것이다. 부모에게 편지를 한 것은 구세대로서 봉건제의 상징인 부모가 자각하기를 바라서이고, 신문사에 유서를 보낸 것은 자신의 죽음이 개인적인 문제에 한정되지 않고, 공분(公憤)을 일으켜 사회적 해결을 유도하려는 의도에서이다. 개인적인 문제가 개인적인 해결의 차원에 그치지 않고 사회적 문제라는 인식에 도달하고 있는 것은 그가 여성문제의 핵심을 꿰뚫고 있었음을 반증하는 것이다.

「자각(自覺)」은 이보다 6년 뒤에 발표된 작품인데, 구습에 희생된 여성이라는 본질은 같지만, 주인공이 구여성이라는 점에서 봉건유습과 여성문제의 해결이라는 문제의 본질에 닿아 있는 작품이다. 주인공 여성은 남편이 일본 유학을 간 사이에 모진 시집살이를 견디어 내는 인물이다. 여성을 인간이 아닌 시집의 일하는 도구로 보고, 인격적 모독을 그치지 않는 시집 식구들의 처사를 남편에 대한 사랑으로 극복하고자 하는 인물이다. 오직 남편의 다정한 말 한마디, 그의 다정한 손길을 그의 인간 자체에 대한 사랑으로 착각하고 모진 시집살이를 견디어 내지만, 기다리던 남편은 여학생에게 홀리어 그녀에게 절연장을 보낸다. 혹시 남편이 자신을 무식하다고 버릴까 보아 학교에서 공부하는 책을 사다가 피곤한 몸에도 불구하고 들여다보던 주인공은 그것이 배신임을 알게 된다. 임신 8개월의 몸으로 시집에서 쫓겨나는 주인공에게 시집 식구들은 의리나 인정보다 체면을 중시하여 가혹하게 대하고, 마침내 시집을 떠나지 않을 수 없게 된다. 그러나 주인공은 이것이 자신이 남편을 사랑하는 마음이 부족하여서가 아니라 '인격을 더럽히며 사랑받으려 하지 않음'이라 주장한다. 사랑이 상대방의 개성에 대한 이해, 인격에 대한 존중임을 주장한다는 것은 근대적 사랑의 표현이 아닐 수 없다. 그에게 이상적 남성은 '남성답고 줏대 있고 여자를 인격적으로 사랑하고 정조를 지키는 남성'인 것이다. 남성성의 요건으로 '여성에 대한 이해'와 '남성의 정조'문제를 거론하고 있는 것은 새로운 근대적 남성성의 제시를 의미한다. 아이를 낳아 시집에 보내고 친정어머니의 도움으로 여학생이 된 주인공은 뒤늦게 아내를 버린 것을 후회하고 돌아오라는 남편의 요구를 일언지하에 거절한다. "나를 끈에 맨 돌맹인 줄 아느냐. 오라면 오고 가라면 가게…… 백계집을 하다가도, 10년을 박대하다가도 손길 한 번 붙잡으면 헤헤 웃어버리는 속 없는 여자로 아느냐"는 주인공의 일갈은 봉건유습의 피해 당사자로서의 경험에서 우러난 자각이라는 점에서 더욱 소중하지 않을 수 없다. 어린 자식이 보고 싶으나 자식에 대한 사랑으로 인생을 희생할 수 없다고 생각하는 주인공의 인식은 모성으로서의 여성성이 여성의 권리이지만, 동시에 여성의 굴레가 될 수밖에 없었던 당시의 여성에게 있어서 피할 수 없는 선택이었다.

　모성이 여성문제의 측면에서 이중적 성격을 갖는 것과 같이 '아내'라는 여성의 전통적 지위도 이중성을 갖는다. 그것은 억압의 기제이기도 하지만 하나의 권리도 될 수 있는 것이다. 이러한 이중성은 당시 신여성과 구여성의 애정갈등에 있어서 중요한 요인으로 작용한다. 이 작품은 구시대의 결혼제도가 근대적 제도로 이행되고 있는 과정에서 어떤 문제점을 드러내고 있는가를 보여주고 있는 작품이다.

　김일엽은 김명순, 나혜석과 함께 근대 여성운동의 1기에 속하는 작가로 누구보다도 과감하게 여성문제의 본질적 문제를 형상화했던 문필가이자 운동가였다.

소영 박화성의 작품세계는 해방이전까지 주로 계급사상을 기반으로 한 빈궁문제를 중심으로 형상화 되었다. 여성해방은 계급해방을 전제함으로서만이 가능하다는 뚜렷한 사상적 소신을 가지고 있었던 것이다.

박화성

하수도공사(下水道工事)

　격분된 삼백 명의 노동자들은 중정 대리(中井代理)를 끌고 경찰서에 쇄도하였다.
　보안계 위생계의 넓은 사무실 안에 있는 사람이란 사람은 급사들까지 모조리 나와서 눈들을 둥그래 가지고 마당에 겹겹이 들어서서 살기가 등등하여 날뛰는 군중을 둘러본다.
　"자, 서장에게 면회 시켜 주시오."
　"중정 대리란 놈을 끌고 들어가자"
　낭하로 우르르 몰려들어가는 군중을 밖에 섰던 자들이 두 손을 벌리고 막는다. 사법계실에서도 뛰어 나오고, 고등계 주임까지 층계에서 굴러 내려오는 듯이 뚱그적이고 내려왔다.
　서장은 체면을 유지하느라고 나오지는 않으나 서장실에서 섰다 앉았다 하며 좌우를 시켜서 무슨 일인가를 알아 오라고 하였다.
　보안계 주임의 뚱뚱한 얼굴이 나타났다. 금테 안경 너머로 마당에

빡빡하게 박혀선 군중을 둘러보며,

"무슨 일이 있으면 조용히 말해라! 시끄럽게 하면 안 된다."
하고 위엄을 내어 말했다.

"조용히 할 말이 못 되오. 자 두말 말고 서장에게 면회시켜 주시오!"

경찰서가 떠나갈 듯이 삼백 명의 소리는 외쳤다.

"서장에게 면회시켜라!"

"서장 나오라!"

고등계 주임과 형사들이 한편에서 수군수군하더니 보안계 주임을 불러 가지고 다시 머리를 맞대고 수군거린다.

"당신들 의논은 나중에 하고 어서 우리들 청이나 들어 줘요!"

한쪽에서 주먹들이 높직이 오르내리며 또 소리친다. 보안계 주임이 이쪽으로 오더니,

"그러면 대표를 내라. 이따위로 떠들어선 서장께 면회시키지 않는다."
하며 눈망울을 불량하게 굴려 군중을 좌우로 훑어본다.

"자, 그럼 대표를 내세우자."

군중은 흩어져 무더기 무더기로 둘러 선다.

"장덕삼이 자네 하소."

"김병수, 이재표."

소리가 끝나지 않아 키가 호리호리한 사법계 주임이 점잖게 걸어와서 손가락으로 이사람 저사람 가리키며 대표를 뽑기에 신이 나서 소리치는 장덕삼의 어깨를 두 손가락으로 톡톡 쳤다.

"여보. 대표를 네 사람만 뽑으시오. 너무 많아도 재미없으니……."

말소리가 부드럽고 조용하다.

"서동권이 뽑게."
"서동권이가 빠져서 되겠는가!"
각다른 음성이 여기저기서 났다.
"자 그럼, 네 사람 다 되었네. 서동권, 이재표, 김병수, 다 이리 나오소."
장덕삼은 자기가 먼저 한편으로 따로 서며 세 사람을 부른다. 보안계 주임이 앞장을 서고 중정 대리와 네 사람이 뒤따라 서장실로 들어가는 것을 바라보며 또 제각기 한마디씩 한다.
"이 사람들! 하나도 빼지 말고 자세히 이야기하소!"
"그 도적놈에게서 단단히 다짐받아 가지고 나오게!"
"어떻게든지 오늘은 끝나도록 해 가지고 나오게!"
이러한 격려의 소리를 들으며 대표들은 보안계 주임의 안내로 서장과 마주앉게 되었다.
사십여 세나 되어 보이는 서장은 몸을 약간 들어 의자를 다가 놓고 무겁게 덜퍽 주저앉았다. 그는 무테안경을 한 손으로 고쳐 쓰면서 헛기침을 두어 번 하였다.
"자네들 국어(일어) 할 줄 아는가?"
그는 네 사람을 번갈아 보며 물었다. 제일 나이 적은 서동권이가 머리를 굽실했다.
"네, 난 좀 알아듣습니다마는 다른 세 사람은 잘 못알아듣습니다. 통역을 한 분 세워 주십시오."
그의 일어가 너무나 유창하여서 서장은 의외라는 듯이 동권을 주의하여 보며 보안계 주임에게 무어라고 하니까 그가 나가더니 키가 작고 얼굴이 넓적한 형사 비슷한 자를 데리고 왔다.
서장은 그자를 통하여 이들의 용건을 물었다.

"네, 우리는 아시는 바와 같이 하수도 공사 일하는 노동자들이올시다."

제일 나이 지긋한 장덕삼이가 말을 꺼내었다.

"작년 십이월부터 일을 하기 시작하여 지금까지 넉 달이 되도록 돈이라고는 삼십 전 한 번 받고, 쌀 두 되 받아 먹은 것밖에는 삯이라고는 받은 일이 없으니 이런 노릇이 어디 있단 말이오?"

손바닥을 뒤집어 보이면서 말하는 말소리가 차차 거칠어진다.

"그럴 리가 있는가?"

서장은 가볍게 말마디를 무찔렀다. 성질이 급한 이재표가 불쑥 나섰다.

"그럴 리가 있다니요? 그러니까 중정이란 놈이 도적놈이란 말이오."

그는 소리를 버럭 지르며 중정 대리를 노려보더니, 다시 말을 계속한다.

"처음에는 삯이 하루에 칠십 전이니 얼마니 하던 것들이 칠십 전은 고사하고 삼십 전 받은 사람, 삼십오 전 받은 사람, 제일 많이 받은 사람이 오십 전 받았는데, 이것도 꼭 한 번밖에 받은 일이 없고, 삯전 대신으로 쌀을 받아 먹었다 해도 그게 어디 쌀이랍데야? 흉악한 싸라기 두되 받은 일밖에 없으니 그래 죽도록 일하는 놈은 죽어 가며 외상 일만 하라는 법이 어디 있단 말이오?"

그는 서장이 그의 상대자인 청부업자(請負業者)나 되는 듯이 눈을 부릅뜨며 얼굴에 핏대를 올렸다.

"그것이 정말이오?"

서장은 한풀 죽어 앉았는 중정 대리에게 물었다.

"네, 어찌 그렇게 되어 버려서······."

그는 머리를 득득 긁으며 말끝을 흐려 버린다.
"이놈! 너도 속은 있어서 말을 우물쭈물하는구나. 넉 달 동안에 돈 한 푼 안 주는 벼락맞을 놈이 어디 있단 말이냐?"
이번에는 김병수가 그 우렁찬 목소리로 대들었다.
"싸움하듯이 그런 욕하면 안 돼!"
서장은 점잖게 병수를 제재한다. 저편 유리창 밖에는 동료들이 왔다갔다하며 방안을 들여다보기도 하고 말소리를 들으려는 듯이 귀를 기울이기도 하였다.
"그러니까 말이오. 서장 영감 제 말을 좀 들어 봅시다. 그래 넉 달 동안 일은 시키고 삯은 안 주니 누가 그놈의 일만 할 수가 있겠느냐 말이지요. 전표만 날마다 주면 종이를 씹어먹고 살 수 없고, 그 전표를 팔든지 잡히는지 해 먹었자 결국은 손해뿐이지 입에 들어오는 것이 없이 공짜 일만 하면서도 감독과 십장들에게 까딱하면 두들겨 맞고 잔소리만 듣고 거 뭐 압제라니 말할 수가 없소. 우리 같은 사람은 객지라 싸래기 밥이나마 한바[飯場]에서 얻어 먹고 일 했지마는, 덕삼이, 재표 같은 처자 있는 사람들은 거 참 굶기가 일쑤지라우. 인제는 일도 더 할 수 없고 속기도 그만 속아넘어 갈테니 이 도적놈에게서 이때까지 일한 우리 삯이나 받게 해 주시라고 이렇게 밝고 밝은 법 밑으로 원정 온 것이올시다."
합장하듯이 손을 합하여 능청맞게 허리를 구부리며 병수는 말을 마쳤다. 간간이 밖에서 떠드는 소리가 들린다.
서장은 빨아 들였던 담배 연기를 천천히 뿜으며 기침 한 번을 크게 하더니 두 손을 깍지끼어 테이블 위에 놓으며 중정 대리를 돌아보면서,
"그것이 정말이라니 그러면 어째서 그렇게 되었단 말이오?"

하고 물었다.
 중정 대리는 휘청휘청하도록 큰 키와 몸에는 어울리지도 않을 만큼 방정맞게 고개를 연방 죄며,
 "네 네. 저 역시 남의 밑에 있으니까 시키는 대로 할 뿐이지, 어찌 제 맘대로 할 수가 있겠읍니까? 일이 이렇게 된 이면에는 내용이 있읍니다."
하고 손수건으로 이마의 땀을 씻는다. 삼월 하순이라 서장실 한쪽 난로에는 아직도 불이 피어 있는 일기이었건마는 그는 속이 쪼들려서인지 이마와 콧마루에 땀방울이 솟아 올랐다.
 "그러면 그 내용이라는 것은?"
 서장이 묻는 보람도 없이 중정 대리는 말하기를 꺼리는 듯이 입맛만 다시고 있다.
 "자, 그 내용을 말해보시오."
 서장이 다시 재촉하여도 그는 오히려 주저하기만 하다가 마지못하여,
 "처음에 중정이가……."
하고 말을 시작하였다.
 "중정이가 부청과 계약하기는 칠만 팔천 원에 청부하기로 하여서 금년 오월 말일까지 준공하기로 계약이 되었읍니다."

 통역을 통하여 말을 교환하게 되는 자리인지라 서동권은 속으로 마땅치 않게 생각하고 있었다.
 서장이 자기의 동료들에게는 하대를 하고 중정 대리에게는 경어를 쓰는 것이 대단히 비위에 거슬렸다. 더구나 통역이 서툴러 일어로 듣고 나서 통역을 듣게 되면 시간도 지루할 뿐 아니라 긴장미가

몇 배나 감하여 마음대로만 한다면 동권이 자기가 나서서 통역도 하고 말대꾸도 하고 싶었지마는 말할 기회가 오기까지를 참을 수밖에 없었다.

  동권은 서장의 무표정하게 뚱뚱한 얼굴을 건너다보다가 세 동료의 긴장한 눈들을 둘러보기도 하고 중정 대리의 얍실거리는 입을 노려보다가 잔뜩 거드름을 부리면서 통역하는 자를 눈 흘겨보기도 하였다. 마음에 합당치 못한 말마디에 가서는 헛기침도 하고 손도 비비며 앉았노라니, 열아홉 살밖에 되지 않은 동권으로는 이 자리에 차분히 앉아 있는 것이 안타깝기만 했다.

  유리창 밖에서는 동료들이 추운 듯이 팔짱을 끼고 여전히 왔다갔다하며 혹은 주먹을 휘둘러 보이기도 한다. 날이 갑자기 흐려지면서 바람이 일어나는 모양이다.

  삼백 명의 노동자들이 동맹파업을 단행하고 이처럼 격분하여 경찰서에 쇄도하게까지 된 하수도 공사의 내막은 이러하였다.

  실업(失業) 노동자들을 구제하기로 목적한 하수도 공사가 근년에 유행과 같이 각처에서 일어났다.

  목포부에서도 실업 구제의 하수도 공사를 시작하게 되어, 중정이라는 자와 칠만 팔천 원의 경비로 육개월 안으로 공사를 준공시키기로 청부계약이 성립되었다.

  중정이는 칠만 팔천 원의 사할(四割)을 제 주머니 속에 따로 떼어 놓고 나머지 사만 칠천 팔백 원으로 공사를 끝마칠 예산을 세웠다.

  그러나 그는 현금이 없는지라 산본(山本)이라고 하는 자를 전주(錢主)로 하여 우선 일만 팔천 원을 얻어 가지고 보증금으로 청부 경비의 십분의 일, 즉 칠천 팔백 원을 목포 부청에 납입하고 나머지로 목포 등지에서와 나주(羅州) 등지에서 삼백 명의 노동자를 모집하였다.

그리하여 공사를 시작하되 삼부로 나누어 판구(坂口), 복부(服部), 영정(永井) 세사람에게 삼조 감독(三組監督)을 시켜 각각 십장과 노동자들을 두어 일을 하게 하였다.

부청과의 계약에 노동자의 임금(賃金)은 기술노동자와 십장은 매일 일 원 이상이요, 보통 노동자는 최하 칠십 전으로 정한 것이나, 중정의 비밀 주머니 속으로 들어간 삼만 일천 이백 원의 큰 구멍을 감쪽같이 때우는 오직 한가지의 길은 가련한 노동자의 피땀의 삯전에서 착취하는 수단밖에 없었다.

그리하여 노동자들은 오십 전 이하 삼십 전까지의 적은 삯에 목을 매고 유달산에서 사정없이 내리닥치는 찬 바람과, 뒷개펄판에서 몰려오는 눈보라를 맞으며 꽁꽁 얼어 붙은 땅을 파기 위하여 종일 곡괭이질과 남포질로 돌을 뜨기 시작한 것이다.

그러나 그들은 일을 시작한 지 석 달 동안에 삯이라고는 돈으로 한번 받고 십 이 전짜리(보통 쌀 십칠 전 할 때) 싸라기로 한 번 탄 일밖에 없었다.

중정이는 목포 공사 외에 보성(寶城), 벌교(筏橋)에 다시 하수도 공사 청부를 맡아 그곳에 현금을 쓰느라고 노동자들의 임금 지불의 기한을 내일이니, 모레니 미루어 속여 오는 한편, 전주인 산본이가 중정을 의심하여 출자(出資)를 하지 않는 까닭에 중정의 돈길이 끊어진 것이다.

죄 없는 노동자들은 삯은 받지 못하고 전표만 매일 받으며 고픈 배를 움켜 쥐고 뼈가 닳아지도록 외상 일을 하되, 걸핏하면 십장과 감독에게 두들겨 맞으면서 압제만 당할 뿐이었다.

"아니 우릴 허수아비로 아는 것이냐?"

"우릴 피가 없는 기계인 줄만 알고 있는 모양이지."

영구한 허수아비인 줄만 알았던 그들도 마침내는 불평을 터뜨려 삼개월로 접어들면서부터는 태업(怠業)하기를 시작하다가 사개월이 되는 삼월 하순에는 삼조의 동맹파업 기분이 농후하여졌다.

부청에서 이 소식을 듣고 현장 시찰을 하기 위하여 북천(北川) 토목과 주임이 출장하여 보니 오월 말에 준공한다는 공사가 아직 「호리가다」도 끝나지 못하고 있으며 게다가 좋지 못한 말까지 있어서 중정의 청부계약을 해약시켜 버렸다.

이러한 내막을 자세히 알게된 노동자들은 이 돌연히 해약된 소문을 듣자 일제히 동맹파업을 단행하고 중정조 사무실에 몰려가 중정 대리를 붙잡고 이때까지의 임금을 지불하라고 격렬히 육박하다가 결국 경찰서에까지 이르게 된 것이었다.

서장에게 그간의 내용을 말하는 중정 대리는 비밀한 사기 행동의 말은 물론 하지 않고 다만 전주(錢主)인 산본의 말과 청부계약의 해약만을 대강 얘기하여 동맹파업의 동기를 말하였다.

참을 수 있을 때까지 참느라고 애쓰던 동권이는 더 참을 수 없을 만큼 감정이 폭발되었다.

"거짓말 말아라! 너도 중정이와 한 배짱이 아니냐? 왜 더 비밀한 말까지 하지 않느냐? 너도 양심이란 것은 있어서 옳고 그른 것은 아는 모양이지? 그러면서도 우리 노동자들에게는 그러한 사기 수단을 쓰지 않았느냐?"

주먹을 쥐어 중정 대리를 겨누면서 유창한 일본말로 직접 대어들었다. 통역자가 깜짝 놀란 듯이 눈이 크게 떠서 동권을 훑어본다.

"하여간 그만큼 들으셨으니 부윤을 불러다 주십시오. 오늘 우리가 서장께 면회한 목적도 부윤과 직접 담판하여 그 책임을 물으려고 온 것입니다.

　처음에는 동료들이 알아듣게 하려고 우리말로 하고 다시 일본어로 서장에게 청하였다. 덕삼이와 재표, 병수도 말 끝을 달아 부윤 불러 주기를 청하였다.

　서장은 통역자를 쳐다보며 의견을 말했다.

　"좌우간 한번 쌍방의 말을 잘 들어보아야 알겠으니 부청에 전화를 걸어 토목과 주임을 오도록 하여 주게나."

　통역자는 나갔다가 들어오더니 허리를 굽실하며,

　"북천 주임이 곧 오시겠다고 합니다."
하고 여쭈었다.

　십분쯤 지난 후, 밖이 갑자기 왁자해지면서 중정 대리와 거의 비슷한 키와 몸부피를 가진 북천 주임이 서장실에 나타났다.

　서장은 그와 마주앉아서 노동자측의 요구와 중정 대리의 변명의 내용을 말한 후에,

　"중정과의 정식 해약이 되었읍니까?"
하고 물으니까 북천이는 큰 눈을 황당하게 더 크게 뜨며,

　"아닙니다. 아직 정식 해약의 선언은 하지 않았읍니다."
하였다.

　"그렇다면 해약 송달을 하기 전에 노동자들의 임금을 먼저 지불하여야 되지 않겠소?"

　"그렇지만 어디 그렇게 할 수가 있겠읍니까?"

　"아니, 그러나 이때까지 한 번밖에 받지 않았다는 것은 너무나 지독하지 않소, 중정의 보증금에서라도 임금 지불을 하도록 하시구려."

　"그러나 해약하게 된다면 중정의 보증금은 몰수하는 것이니까 그럴 수도 없게 되지요."

동권이 외의 세 사람도 말을 약간 알아듣기는 하는지라 북천과 서장의 입만 바라보고 있던 네 사람이 주임의 성의 없는 말을 듣자,
"그것은 안 될 말이오."
하고 소리쳤다. 동권은 자리에서 벌떡 일어났다.
"여보! 주임, 참 당신은 너무 책임 없는 말을 하오 그려. 그래 그것이 실업자 구제라는 이름 좋은 하수도 공사의 내막입니까? 중정이는 칠만 팔천 원의 사할을 혼자 떼어 먹고 나머지로 역사 하느라고 칠십 전 이상의 임금을 삼 사십 전으로 감하여 놓았답니다. 그나마 매일 지불도 하지 않고 전표만 줄 뿐이었고, 받은 것은 돈으로 한 번 두 번뿐이었소. 그뿐인가, 삼십 이 전짜리 전표를 가지고 쌀을 받을 때는 한 되 십이 전짜리 싸라기를 십 오 전에 주면서도 두 되에 삼십 전이면 이 전이 남는데 그 이 전까지 집어먹어 버리는구려. 전표가 많거나 적거나 다 그렇게 당하였소. 그래 하루종일 굶어 가며 죽도록 당신네 일만 하는 것이 노동자의 실업 구제 목적인 하수도 공사이오?"

동권의 목소리는 흥분으로 떨리기까지 하였다. 서장이 무슨 말을 하려 할 때 동권은 얼른 다시 말을 계속한다.
"그래, 그놈의 돈도 못 받는 전표는 무엇에 쓰란 말요? 저엉 군색할 때는 삼십 오 전이면 삼십 전에 잡혀 먹고 사십 칠 전이면 사십 전에 팔아도 먹어 보았소. 그래 한 사람 앞에 수십 장씩 다 가지고 있는 전표를 감쪽같이 살아 버려 주었으면 아주 고맙겠지요? 당신네가 중정이를 해약시킬 터이면 우리의 임금 지불을 끝내 놓고 해야만 정당한 처리가 아니오? 당신네 손해보지 않을 일만 생각하고 수백 명이 굶는 일은 생각지 못하나요? 보증금에서 주라니까 뭐 그것은 압수니까 안 되어? 그래 당신네 먹을 것은 칠천 팔백 원 딱 떼

놓고 삼백 명의 임금은 모른 척 하려고 드니 정말 책임자인 부청 당국자는 중정이와 합동하여 삼백 명의 목을 졸라매어도 관계 없단 말입니까? 서장! 이런 불법자들도 가만 두어야 옳습니까?"

그는 주먹으로 책상을 치며 입으로 불을 뿜는 듯이 북천이와 서장에게 힐책하였다. 북천이가 오면서부터 밖에 있는 노동자 측의 태도가 불온해지는 것을 보고 서장실에는 보안계 외의 각계 주임과 형사들이 들어왔다가 동권이가 책상을 치며 힘있는 말소리를 계속할 때 방안은 잠잠하였고, 군중은 유리창으로 몰려가 들여다보다가 동권이가 말을 마치자,

"옳다! 그렇고 말고! 어서 삯을 내놓아라! 안 준다는 법이 어디 있느냐?"

"버러지같이 보이는 우리라도 너희가 와락 그렇게는 못할 것이다."

하며 떠들어대는 것을 형사들이 밖으로 나가서 제재하였다.

북천이는 동권을 건방지다는 듯이 노려보았다.

"나 역시 나 한 사람의 결정으로 못하는 것이니까, 딱합니다마는 대관절 임금은 전부 얼마나 된다 합디까?"

정작 상대자에게는 외면하면서 북천은 서장에게 물었다. 네 사람은 삼백 명의 전표 계산서를 내놓았다. 북천이는 앞으로 다가 본다.

"일천 사백 원……."

그는 한 번 뇌어 보고 잠잠히 앉았다가 서장과 대표들을 둘러보며,

"닷새 이내로 중정이로 하여금 임금을 전부 지불하게 하되 만일 중정이가 할 수 없을 경우에는 부청에서라도 책임지기로 하겠소." 하는 선언을 하였다.

삼백 명의 노동자들은 북천의 그 언약을 듣고서야 경찰서에서 물러났다.

삼부 노동조합 사무소를 나온 동권은 심한 피로를 느꼈다. 계모의 야단치는 서슬에 아침밥도 받았다가 그냥 내놓고 점심도 굶은 데다가 저녁때도 지난 황혼이 되고 보니 시장기가 몹시 들 뿐 아니라 경찰서에서 너무 흥분하였던 탓인지 열까지 오르는 듯하여 오늘밤에는 집에 가는 길이 더 험하고 돌멩이도 많은 것같이 느껴졌다. 사립문을 힘 없이 젖히고 들어서는 동권이를 보자 계모는,
"오늘은 푼돈이나 생겼는갑다. 인자사 어슬렁어슬렁 기어 오게……."
하면서 밥상을 마루 밑 부엌에 서 있는 딸에게 내어주더니 또 트집이다.
"오늘은 돈을 꼭 탄다고 하더니 그래 얼마나 가지고 왔냐?"
"흥 돈?"
어느결엔지 동권의 입에서 탄식같이 새어나왔다.
"뭐? 어째? 흥 돈? 아따 이놈 봐라. 이놈이 인자 조소까지 하는구나 그래 돈돈 하니께 돈에 미쳤다고 조소하는 셈이냐?"
계모는 납죽한 입을 악물고 딱부리눈을 똑바로 떠서 동권이를 보며 체머리를 살살 흔든다.
"누가 조소했소? 돈도 못 탔는데 돈말 하니께 얼척 없어 그랬지."
"옳다. 말대답 자알한다! 돈을 타서 까먹어 버리고 조소를 하는지 참말로 못 탔는지 뉘 아들놈이 네 말을 곧이 들어?"
말을 할 기운도 없거니와 조석으로 얼굴만 대하면 언제나 당하는 노릇이라 동권은 시들한 듯싶게 잠자코 앉아 있었다.

"돈도 못 타고 일도 안 하면서 진작 와서 밥이나 처먹을 것이지 어디가 자빠져서 놀다가 인자사 깔대와? 딴상 차리기 좋은 사람은 어디가 있는가? 종년이나 하나 데려다 놨는가 보구만. 으응! 아니꼽게 ……."

계모는 방정맞게 작은 제 키만한 담뱃대를 들고 발딱 일어나서 부엌으로 불을 붙이러 들어간다.

"어머니, 무슨 그런 말을 다 하시오? 그만해 두시오. 오빠는 어서 방으로 들어가서 밥 먹어요."

계모가 데리고 온 딸인지라 어머니의 하는 말이 온당치 못하다고 생각된 희순은 자기 어머니에게 가만히 핀잔을 주며 밥상을 들고 섬돌로 올라온다.

"뭣이 어째? 주제넘은 년. 넌 가만히 자빠졌어, 편 들어주면 고마운 줄 알께비?"

그는 담배를 뻑뻑 빨다가 다시 고개를 돌려 동권을 흘겨보며,

"이때까지 키워놓은 공갚음 하노라고 흥 돈? 함서 코웃음치는 것봐! 이놈아. 뭐 공으로 큰 줄 알고 인자는 조소까지 해? 되지 못한 건방진 놈의 자식 같으니."

하고 또 담뱃대를 든 채 발딱 일어선다.

"그만저만 해 두소. 종일 굶은 놈 저녁이나 먹으라고……."

방에 들어앉았던 동권의 아버지가 듣다 못하여 말했다.

"뭐? 종일 굶은 놈? 누구는 배 터지는 사람보는가? 이녁 아들이라고 편짜 놓는구만, 그만저만 해 두제. 누가 제 아들 뜯어먹는다고?"

"어머니, 그만두시란 말이오. 큰방 아주머니 부끄럽소. 오빠는 들어가 밥 먹으라니께야."

"이 가스낭년이 왜 이렇게 볼게진다냐? 늙은것 젊은것 나 하나 가지고 지랄들을 하네. 엥 내가 죽어사 요런 놈의 꼴을 안 보제."

동권의 아버지는 동창으로 고개를 내밀어 마루에 걸터 앉아 있는 아들에게,

"이놈아 들어와서 밥 먹으라는 말이다. 배가 안 고픈 것이로구나. 그렇게 넋 빠지고 앉았게……."

한다. 고개를 숙이고 있던 동권은 그제야 일어나서 방으로 들어와 밥상을 받아 막 한 숟가락을 떠서 입에 넣으려니까 계모가 또 종알댄다.

"어멈보고 비웃던 아가리로 그래도 밥은 잘 들어가는구나"

동시에 아버지에게서 재떨이가 날아와 앙알대는 계모의 어깨를 툭 치고 떨어진다.

"빌어먹을 년. 그만두라고 해도 너무 지랄한다. 요망스럽게 계집년이 왜 그리 방정이냐?"

계모는 악이 나서 파랗게 질린 입술을 악물고 재떨이를 집어 영감에게 도로 던진다는 것이 동권의 밥상에 떨어져 김치 그릇이 왁자지근하고 깨어지며 김칫국물이 쏟아진다. 동권이는 벌떡 일어났다.

"애이 참, 해도 너무한다. 원 사람을 볶아도 분수가 있어야지"

그가 중얼대며 밖으로 나가니까 계모는 문께까지 쫓아 나오면서,

"뭐 너무 해? 사람을 볶아? 저 사람 잡아먹을 놈이 제 에미 잡아먹고도 못마땅해서 생사람 잡아먹으려고 볶는다는 것 봐! 엥이 못된 놈 이놈!"

하고 깨어진 쇠그릇 소리 같은 목소리를 힘껏 높여서 악을 썼다.

"이년 요망스럽게!"

동권이의 아버지가 쫓아 나와서 발길로 차니까 딸이 뛰어 오고 큰 방 사람이 달려온다. 계모는 영감에게 덤비어 물어 뜯으며 치고 받

고 말리고 하는 소란스러운 시간이 잠깐 계속했다. 동권은 포악스러운 계모의 울음 소리를 뒤로 하고 사립문을 벗어나 불만 반짝이는 기왓 가마 동리를 내려다보며 한숨을 후우 내뿜는데 희순이가 따라와서 동권의 소매를 잡아당겼다.

"오빠! 어디 가지 말고 거기 좀 섰다가 밥이나 먹고 나가요. 종일 굶고 저녁까지 안 먹어서는 안 되지 않아요."

희순은 고개를 숙이고 손등으로 눈물을 씻는다. 약혼한 처녀인지라 치렁치렁한 검은 머리채며 발육이 좋은 등어리와 어깨에는 처녀의 황금시대의 아름다움이 서려 있었다.

"항상 하는 말이지만 어머니가 그러시는 것은 도모지 대꾸를 말고 그저 지나가는 사람의 짓이거니만 하란 말예요. 그러니깐 너무 속상하지 말고 밥이나 먹고 나가요."

그는 오늘 저녁에 분투하고 온 오빠를 먹이려고 바느질 품을 팔아 모아 둔 귀한 돈에서 그의 좋아하는 제육을 사서 찌개를 해 놓았던 것이다.

모처럼 들여 놓은 정성이 깨어지게 될 때 처녀의 마음에는 애닯게 생각되었다.

동권 역시 밥상에서 잠깐 본 제육으로 보든지, 몸을 지탱하지 못하도록 시장함이라든지, 사실 그렇게 할까도 생각하여 망설이는 차에 안에서 들리던 울음 소리가 뚝 그치며,

"희순아! 이년 어디 갔냐?"

하고 악쓰는 소리가 들린다.

"오빠! 꼭 그래요? 조금만 있으면 조용해질 것이니깐 큰방으로 들어와 밥 먹고 나가요."

희순이 신신 당부하고 안으로 들어갔다.

"무엇 하려 깔대다녀? 서방 찾아 다니냐?"
계모의 소리가 총알같이 날아와 박혔다.
"에이 더러운 여편네!"
기침을 한 번 캭 토하여 더럽다는 듯이 침을 탁 뱉고 동권은 발을 옮겼다.
동권은 웃길로 사무소에를 갈까, 용희의 집 앞으로나 지나 보게 아랫길로 갈까 하고 망설이다가 아랫길로 발길을 돌려서 두어 걸음 내려오는데, 용희의 집 대문 처마 밑에서 검은 그림자 하나가 나오더니 마주 올라온다.
동권이가 그냥 지나치려는데 그림자가 가까이 왔다.
"동권 오빠 아니야?"
용희의 음성이다. 동권은 지극한 반가움에서 와락 용희에게로 대들다가 스스로 놀라 조금 물러섰다.
"용희가 웬일이지? 어디로 가는 길이여?"
그는 처녀의 동그스름하고 하얀 얼굴을 내려다보았다.
"하도 희순네 집에서 야단이 나길래 여기까지 와 봤어. 그런데 밥도 안 먹고 어디 가는 거야?"
그윽이 쳐다보는 용희의 눈은 캄캄한 속에서도 반짝인다.
"밥을 먹었는지 안 먹었는지 어찌 알아?"
두 사람의 발길은 용희네 대문 앞으로 향한다.
"내가 그 집 문앞까지 가서 다 들어봤지 뭐."
용희는 한 손을 입으로 가져가며 웃는 모양이다.
자기의 집 대문까지 와서 용희는 빗장을 달각달각 밀었다.
"우리집에 좀 들어가."
"뭐? 다들 어디 가셨길래?"

"할머니랑 어머니는 오늘이 큰댁 제사라고 아침부터 기집애 데리고 가셔서 종일 나 혼자 있었는데……. 다들 내일 오시니깐 오늘밤엔 용기랑 나밖에 없어."

동권은 망설이고 있었다. 용희는 대문 안에서 또 재촉하였다.

"용기도 아까 큰댁에 보내면서 놀다가 오라고 했어. 어서 들어와! 남들 지나가다가 보겠구만그래."

동권은 마지못해 들어가면서도 어쩐지 서먹서먹해 하였다. 용희는 대청마루를 지나 자기 방인 뜰 아랫방으로 들어갔다. 걸을 때마다 그의 머리채가 발뒤꿈치에서 치렁거리는 것이 안방에서 새어 나오는 불빛에 보였다.

전등불이 화안한 방안에 들어선 동권은 먼저 이상한 향기에 취하는 듯하였다. 용희는 아랫목을 가리켰다.

"거기 앉어요."

부끄러운 듯이 손으로 입을 가린다. 「앉아요」란 말이 서투른 탓이었다. 동권이 용희의 말대로 아랫목에 앉으니까,

"잠깐만 혼자 앉았어. 나 얼른 밖에 갔다 올께."

하고 옥색 저고리의 소매를 걷으며 분홍 치맛자락을 걷어 찌르면서 밖으로 나갔다.

동권은 방안을 둘러보았다. 이 집에 오기는 여러 번이었으나 방은 처음이다. 처녀의 방인 만큼 놓여 있는 것이 다 고운 것뿐이었으나, 제일 눈에 띄는 것이 불란서 자수 바탕으로 만든 책상보와 그 위에 모양 있게 책꽂이에 꽂아 놓은 많은 책들이었다.

(언제 어떻게 저 많은 책들을 구했나.)

동권은 속으로 놀랐다. 벽에는 사진들이 걸려 있고, 저쪽으로는 남치마 노란 저고리 들이 걸려 있었다. 나무 꺾는 소리가 들리면서 어

느 틈으로인지 연기가 새어 들어온다. 책상 위에 놓인 시계는 여덟 시다.

동권은 일어나 책을 검사하여 보니 한쪽으로 독본과 일본말 부인 잡지가 몇 권 있는 외에 모두가 높은 정도의 문학 서적이었다.

(아무래도 전문 정도의 누구가 배경에 있구나.)

생각하니 어쩐지 마음이 슬퍼지려고 하였다.

문이 열리고 용희가 밥상을 무거운 듯이 들어다가 그의 앞에 놓고,

"어서 밥 먹어요. 희순이가 그러는데 아침도 안 먹었다니 얼마나 배가……."

하면서 밥그릇 뚜껑을 벗겨 놓았다.

"밥은 무슨? 조금만 놀다가 갈 텐데."

그러면서도 김이 무럭무럭 나는 밥과 국이며 상으로 가득한 반찬을 볼 때 절로 손이 숟가락으로 가려고 했다.

"어서, 국이랑 식는구만그래."

용희는 수저를 그에게 들려주며 알뜰하게 권하였다.

"반찬이 참 걸다. 용희는 늘 이렇게 먹는가?"

동권은 용희를 보고 빙그레 웃으며 우선 곱게 썰어 놓은 제육을 집어다가 맛난 듯이 먹었다.

"다른 반찬들은 어머니가 나 먹으라고 우선 보낸 것이고, 그것 말.야"

용희는 손가락으로 동권이 집어가는 저육을 가리키며,

"그것은 희순이가 오빠가 제일 좋아한다고 사기에 나도 샀지."

하고 상끗 웃는다.

"뭐? 나 주려고 샀어?"

"그럼. 아까부터 희순이 어머니가 막 욕을 하고오면서 죽이니 어쩌니 벼르길래 또 야단이 나서 저녁도 못 먹을 줄 알고 내가 맘먹고 샀는데. 따로 불러다가 차려 줄려고……."

"저런, 참 용하네. 어찌 그리 잘 알까."

농담과 같이 말은 던졌으나 아닌게아니라 정성을 다하여 미리 준비하였던 밥상인 것만은 알 수 있었다.

"하여간 고마와. 용희가 아니면 누가 나를 그렇게 생각하겠어?"

가슴이 찌르르 하도록 감격하여 용희를 보니까 용희도 마주 바라보다가 부끄러운 듯이 눈을 주전자로 떨어뜨리며 손으로 주전자 몸뚱이를 만져본다.

밝은 불 밑에 가까이 보니 열 일곱 살의 처녀로는 한 살 위인 희순보다도 더 처녀답게 예쁘고 의젓했다. 작년 추석에 일본에서 막 나와서 얼마 되지 않아 동권의 아버지는 섬으로 일하러 가고 계모는 동권의 누님의 아기 받으러 가서 희순이와 둘이만 있을 때, 보름 동안을 날마다 두 처녀에게 가르치느라고 한방에 있어 보았고, 그후로도 가끔 만나기는 하였으나 말조차 변변히 건네지 못하다가 일 시작한 이후로는 새벽에 나가고 밤에야 들어오게 되어서 맘으로만 간절히 사모하였을 뿐이었다.

그러다가 우연히 이렇게 다정하게 앉아 오순도순 말을 하게 되니 동권이나 용희는 꿈과도 같이 생각되었다. 용희는 동권의 밥 먹는 모양을 바라보면서 가슴이 쓰렸다. 동권의 얼굴이 작년보다 말 못하게 수척해진 것이다.

과연 동권은 몰라보도록 파리해졌다. 나가면 힘에 겨운 노동이요 들어오면 계모에게 달달 볶이는 것이다. 놀면 논다고 잔소리요, 일하니 돈 타오지 않는다고 성화였다. 그에게 오직 위안을 주는 희순이가 없었든들 가정의 매일을 견디지 못하였을 것이요, 마음으로 생각하는 용희가 없었든들 그의 생활은 너무도 황량했을 것이다.

이 두 처녀의 숨은 위안과 동정으로 그의 정신만은 윤택하였을망정 심한 고역에 얼굴과 손은 터지고 거칠어져서 어려서의 귀엽던 모습과 상업학교 시절의 활발하던 기상이며, 일본서 막 나왔을 때와 같은 청년미는 사라지고 빛나는 눈만은 그대로 있으나, 이제는 검은 얼굴에 광대뼈까지 보이게 되는 한 건장한 노동자에 지나지 못한 것을 볼 때, 용희의 가슴은 찢기는 듯이 아프면서 눈물마저 돌았다. 한 그릇 밥을 다 먹고 난 동권이가 물을 달래려고 용희를 건너다보니 그의 맑은 눈에 눈물이 괴어 있지 않은가.

"용희! 웬일이여 응?"

용희는 얼른 주전자를 들어 그릇에 물을 따르며 딴전을 쳤다.

"아이, 물이 다 식었네."

동권의 가슴이 후끈 더워지면서 목구멍이 꽉 막히는 것 같아 헛기침을 한번 하였다.

"용희!"

동권의 목소리가 가늘게 떨리는 듯하였다. 용희는 "응?" 할 수도 없고 "네?" 할 수도 없고 잠잠히 치맛자락만 만지고 있었다.

"용희!"

"왜 그래요?"

그제야 용희는 눈살을 찡그리는 듯이 하고 고개를 들며 대답하였다.

"무슨 속 상하는 일이라도 있어?"

"아니."

"그럼?"

"어릴 때 지나던 일을 생각하니깐 괜시리 눈물이 나서……."
"으음!"

동권은 신음과 같이 용희의 말을 긍정하였으나 가슴만은 여전히 아팠다. 동권과 용희는 죽동(竹洞)에서 위아래 집에 살았다. 여덟 살 때 동권의 어머니가 죽고 다음 해에 희순의 어머니가 동권보다 한 살 아래인 딸을 데리고 계모로 들어왔다. 그때는 가세도 넉넉해서 희순과 용희가 함께 보통학교에 다녔는데도 얼굴도 쌍둥이같이 예쁘거니와 재주까지도 비슷해서 서로 석차를 다투었다.

동권은 누님이 시집가던 해에 상업학교에 입학하였으나 집안 형편은 차차 기울어져서 목수인 그 아버지의 날품팔이만으로 네 식구 호구를 계속하게 되었다.

동권이 삼학년 되는 해에 용희와 희순은 보통학교를 졸업했다. 용희는 객지에 보낼 수 없다는 부모의 사정으로 C여학교에 입학을 시켜 동권과 용희가 아침마다 나란히 한 방향으로 등교할 때마다 희순은 못 견디게 부러워하였다.

그러나 이학기가 될 때 의외의 사건이 일어나 존경하던 상급생들이 모조리 잡혔다. 그러지 않아도 가정 상태로는 도저히 더 학업을 계속할 수 없는 형편이라 동권은 친한 상급생의 원조로 그해 겨울에 말썽 많은 가정을 떠나 동경(東京)으로 갔다.

그는 신문 배달을 하면서 고학하던 중 어떤 기회에서 정(鄭)이라는 지도자를 만나게 되었다. 그는 동권과 동향인이요 학교의 선배로서, 일찍부터 머리가 명석한 수재라는 소문을 들었던 터라, 그를 매일 방문하고 가르침을 받았다.

그들은 부부가 함께 고학으로 대학생활을 하고 있었다. 동권은 정의 학문과 인격을 깊이 흠모하여 부지런히 어학과 사회과학을 배우면서 정신을 연마하다가 그들이 귀국하자 동권도 뒤따라 돌아와서 셋방살이를 하고 있는 집안을 도우려고 노동자의 한 사람이 되었던 것이다.

　용희의 아버지는 여전히 번화가에서 큰 포목상을 하면서 가족들은 죽교리에 새 집을 지어 있게 하였고, 동권의 부모는 용희 어머니의 소개로 이웃집의 방 한 칸을 세들었던 것이었다.

　"용희!"

　동권은 긴 추억에서 깨어나 눈을 뜨며 다시금 용희를 불렀다. 용희는 동권을 보았다.

　"용희는 날 좋아하나?"

　용희는 새삼스럽다는 듯이 동권을 흘겨보았다.

　"용희가 날 사랑하느냔 말야?"

　"어쩜! 번연히 알면서도……."

　용희는 원망스럽다는 듯이 동권을 강하게 흘겼다. 순간 용희의 뺨이 확 붉어졌다. 동권은 용희의 팔을 끌었다. 용희의 중량이 동권의 가슴에 실렸다.

　"난 정말 용희를 사랑해. 그렇지만……."

　"그렇지만?"

　용희가 동권의 가슴에 머리를 묻은 채로 반문하였다.

　"우리의 사랑은 현재 우리의 정세에 합당하지 못하단 말야."

　"그런 말이 어디 있어요?"

　"그것쯤이야 용희가 생각해보면 알겠지만 지금 우리는……."

　그러다가 동권은 귀를 기울였다. 대문 흔드는 소리와 함께,

　"누님! 누님!"

하는 아우의 소리가 크게 들려왔다.

"그럼 그 말은 숙제로 두어요."
 용희는 바쁘게 방문을 열고 나가며 말했다.

 삼월 이십 오일. 이날은 북천 주임이 삼백 명 노동자의 임금 전부를 책임지고 지불하겠다 하던 닷새 되는 날이다. 오전에 과연 북천 주임에게서,
 "정거장 앞 ×상점으로 가서 받으라."
는 엽서가 온 것이다. 그들은 일제히 ×상점으로 달려갔다. 갑자기 많은 방문객을 맞은 상점의 사람들은 무슨 영문인지를 몰라 당황하다가 그들의 내용을 듣고는 모두 눈들이 둥그래서 그런 일은 모른다고 하였다. 극도로 흥분한 삼백 명은 중정 대리를 끌고 부청으로 몰려갔다.
 "거짓말쟁이 북천이 나오너라!"
 "민중을 속이는 관청을 없이하라!"
 "부윤을 끌어내라!"
 과히 넓지도 않은 부청 마당에 물샐틈없이 박혀 서서 각각 한 마디씩 소리치다가 와아하고 사무실 안으로 들어갔다. 사무직원들은 깜짝 놀라 자리에서 일어나고 이층에서들도 우당퉁탕 내려왔다. 부청 앞에 있는 도서관에서 책을 읽던 사람들도 뛰어 나왔다.
 부윤은 이층에 죽은 듯이 앉았고 다른 계원들은 경찰서에 전화를 거느니, 노동자들의 침입을 막느니 하며 요란스러웠다. 정복과 사복의 순사와 형사들이 오륙 명이나 달려와서 군중을 위협하였다.
 "잔소리 말아라. 우리는 정당한 방법으로 우리의 임금을 찾고자 하는 거다."
 "대중을 속이는 것이 불법이지 왜 우리가 불법이냐? 오늘은 세상

없어도 우리의 피땀의 값을 찾고야 말거다."
 "어서 북천이를 내놓아라!"
 위협도 권유도 그들에게는 효력이 없었다. 고등계 형사 한 사람이 현관 마루에 올라서서 두 손에 입을 대고,
 "대표가 나오너라! 저번날 서장께 면회한 대표 네 사람이 나와!"
하고 크게 외치니까 잠깐 조용하여지고 대표 네 사람이 나왔다.
 "자네들 대표 네 사람이 들어가서 북천 주임과 직접 면대하여 처리 해야지, 이렇게 몰려들어가면 되지도 않을 것이고 법에도 걸리네. 조용히들 하게."
 경어를 쓰지 않는 것에 언제나 비위가 틀렸으나 형사의 말대로 그들은 토목과에 갔다. 북천은 태연스럽게,
 "중정이가 돈을 가지고 그 상점으로 한 시까지 오마고 했으니 그 때까지 기다려 볼 게지 왜 야료를 하느냐?"
고 도리어 책망하듯이 말을 던지고는 다른 일만 하고 있었다. 그들은 하는 수 없이 한 시까지 기다리기로 하고 나왔다. 이날은 아침부터 날이 흐리고 춥기까지 하여서 밖에서 몇 시간이나 기다리기는 어려운 일이었다.
 부청 바로 위의 오포산(午砲山)에서는 깜짝 놀라도록 큰소리가 터져 나왔다. 오포는 전 시가에 울리며 각 공장의 기적도 따라 울었다. 음식점 아이들이 각각 주문 맡은 음식을 들고 자전거로 왔다갔다하며, 사무원들이 식당에 들락날락하는 동안에 점심 시간도 끝난 모양이었다.
 한 시가 되자 군중은 다시 끓기 시작하였다. 북천 주임이 나타나 그 큰 눈을 짐짓 가늘게 떠서 좌우를 살피며 아첨하는 듯한 어조로 말했다.

"지금 광주에서 전화가 오기를 세시차에 꼭 도착하마고 하였으니 미안하지만 잠깐 더 기다려 주시오."

"거짓말 말아라! 오늘도 속일 테냐?"

"오냐. 또 거짓말만 하여 보아라!"

무더기로 외치는 큰 소리를 뒤에 두고 북천은 다시 들어갔다. 그들은 춥기도 하려니와 배가 고파서 견딜 수 없었다.

"밥을 내라! 너희만 배부르게 먹고 우린 누구 때문에 생배를 졸이고 있는 것이냐?"

군중들은 와글와글 떠들다가 형사들의 제지로 겨우 그쳤다. 도서관에서 글 읽던 사람들도 몇번씩이나 나와서 내막의 얘기를 듣고 놀라기도 했다.

동권은 정이 그의 친구인 김씨와 도서관에서 나오는 것을 보고 그에게 달려갔다. 그는 반기면서 싱그레 웃었다.

"차분히들 기다리고 있네그려."

"어떻게 여기 오셨어요?"

"틈이 좀 나기에 와 봤지. 그런데 언제까지 이러고들 있을 것인가?"

"글쎄요. 세시 기차로 온다니까 그때까지 기다릴 작정입니다."

"이렇게 추운 날 밥들을 굶고 밖에서…… 에익 참."

정은 입맛을 쩍쩍 다시며 시계를 꺼내 보더니,

"벌써 세시 십분 전이 아닌가? 또 언제와 같이 슬그머니 늘어져서는 안 되네. 모쪼록 끝까지……."

하고 다음 말을 이으려 할 때 고등계 형사가 가까이 오니까 슬쩍 말을 돌렸다.

"우편국에 왔다가 부청에 누굴 만나러 왔었네. 먼저 가니 천천히 오게."

그는 친구와 천천히 오포산으로 올라가는 뒷문으로 나가면서 군중을 슬슬 둘러보았다.

거진 세 시가 되었을 때 군중은 다시 움직였다. 대표들은 주임에게 갔다.

"우리는 이 이상 더 기다릴 수가 없소. 목석이 아닌지라 춤기도 하려니와 배도 고플 뿐더러 당신들의 교활한 수단을 생각하니 더 참을 수 없이 감정이 폭발되오. 아직도 우리에게 변명할 말이 남았소?"

동권은 강경하게 들이댔다. 북천은 머리를 득득 긁으면서,

"오늘은 나라도 꼭 주선해서 지불하려고 했는데 지금 현재 수중에는 사백 원밖에 없으니 어떻게 하면 좋겠소?"
하고 제법 의논성스럽게 말했다.

"안 되요 안 돼! 다 내야 되오."

병수는 주먹을 흔들며 반대하고 동권은 다시 물었다.

"세 시까지 온다던 중정이는 어찌 되었기에 또 딴말이오?"

주임은 한 계원을 시켜서 다시 전화를 걸게 하였더니, 중정의 대답은 지금 대리가 돈을 가지고 자동차로 떠났다는 것이었다. 대표들은 나와서 동료들에게 다시 그 뜻을 전하였다.

위아래층 직원들도 각각 돌아가고 어느덧 전등도 켜졌으나 북천은 군중의 눈이 무서워 그대로 앉아 있었다. 군중들은 또 떠들기 시작하였다.

자동차 소리가 길게 나면서 정문으로부터 악마의 두 눈 같은 큰 불을 가진 자동차 한 대가 올라오다가 소리치며 마주 달려가는 군중을 보자 딱 멈췄다. 키가 작은 자가 한 손에 가방을 들고 안으로 들어가더니 북천과 함께 나와서 그들 앞에 섰다. 대리의 말은,

'오늘 불가피한 사정으로 현금 육백 원만 가지고 왔으니 먼저 받으라.'는 것이다. 군중은 다시 버글거렸다. 북천은 소리를 높였다.
"하여간 오늘 안으로 얼마간 지불하겠다는데 왜 떠드느냐?"
"뭐라구? 네가 말하기를 오늘 안으로는 책임지고 전부 지불한다고 하였다. 우리는 전부의 지불을 승인한 것이지 일부의 지불을 언약한 것은 아니다. 안 된다! 대중을 속이려고만 하는 너희들의 수단을 모르는 바는 아니지만, 이렇게까지 속인다는 것은 너무나 비열하지 않으냐? 전부 지불을 하지 않으면 우리는 여기서 야경할지언정 부청과 너희들을 떠나지 않겠다!"
우렁찬 소리로 힘차게 부르짖는 것이 동권의 소리인 것을 알자,
"옳다! 전부 지불이다! 사람을 밤중까지 기다리게 하고 이게 무슨 개소리냐? 차라리 내놓고 도적놈처럼 떼어 처먹어라!"
하고 일제히 소리소리 외쳤다. 의외의 강경한 노동자측의 태도를 보고 키 큰 먼저의 대리가 와서 허리를 굽실거렸다.
"여러분, 참 면목이 없소이다. 오늘 전부를 지불한다는 것이 불가피한 사정으로 이렇게 되었으니 먼저 전표를 많이 가진 사람부터 받으면 삼일 이내로 꼭 전부를 지불하겠습니다."
그는 연방 머리를 굽히며 달래듯이 말했다.
"안 된다! 너희가 어떠한 말로 달랠지라도 곧이 들을 우리는 아니다. 우리는 넉달 동안 굶어가며 외상 일을 해 왔고 서약 이후 닷새 동안, 또한 오늘 종일을 이렇게 추운 밖에서 떨며 이 시간까지 몇 번이나 양보해가며 기다린 것이 아니냐? 아무리 철면피인 너희이기로 너무도 지독한 사기 수단이다. 어떠한 방법으로라도 전부를 지불하여라."
동권의 소리는 다시 외쳤다. 군중도 따라 소리쳤다. 한동안 강경히

반항하다가 너무도 돈에 주리고 시달린 그들은 전표 적은 사람부터 받겠다는 조건하에서 두 사람이 중정 대리를 데리고 그들의 삼조 노동조합 사무실로 향했다. 동권은 양보하게 된 것을 눈물이 나도록 분해하였다. 이를 갈고 주먹을 쥐어 맹세한들 어쩌는 수가 없었다.

그날 밤 육백 원의 지불을 받기 위한 삼백 명의 노동자들은 혈안이 되어 날뛰었다. 대리며 감독과 십장들이 아무리 권력을 쓰려 하였으되, 그들은 선후를 다투느라고 몇 사람의 머리가 깨어지고 옷이 찢어지며 서기가 얻어맞고 바뀌는 등 돈 때문에 일어나는 비절처참한 광경이 현출될 때, 동권은 몇번이나 주먹을 부르쥐고 치를 떨었던 것이다.

삼일 이내에 전부 지불하겠다는 것은 그들의 무기인 대중 기만의 한때 수단이었고, 근 보름 동안이나 걸리어서 나머지 팔백 원의 임금을 받게 되었는데, 중정이와의 청부계약은 표면 해약이 되고 이견(二見)이란 자가 그 뒤를 이었다.

이 자는 더욱 수단이 교묘하여 밀가루 몇 부대만 대주면 말없이 일을 잘하는 청국 노동자를 칠십 명이나 사용하였다.

공사는 다시 시작되었다. 남포와 곡괭이질로 파내는 돌과 흙으로 정거장 앞 바다를 메우노라고 삼부의 철로는 바다로 향하여 놓이었다.

동권은 보통학교 후면 공사지에서부터 학교 앞을 지나 고무공장과 시장 등지를 뚫고 지나는 구루마에 철로 타는 일을 하는 동안 꽃이 지는 봄과 잎이 피는 첫 여름도 지나 칠월이 되었다.

그동안에 남포에 몸을 다친 사람들과 해를 입은 집들이 많고 구루마에 친 사람의 수효도 헤아릴 수 없었다. 중에는 과부 떡장수가 막 떡판을 이고 팔러 나가려는데 지붕 위로 넘어오는 돌에 치어 떡판은 개천에 빠치고 그는 종신 발병신이 되었고, 여덟 살 된 삼대독자가 구루마에 치어 두개골이 깨어진 일까지 있었다.

그들 피해자의 치료비에 대하여 동권이 감독에게 격렬하게 언쟁한 일이 있은 후로부터 감독은 동권을 미워하였다. 폭양이 미련스럽게 내리쬐는 한낮에 하루에 몇 번씩 왕래하는 구루마 일을 하는 것은 괴로운 일에 틀림없었다. 그러나 돌과 흙을 가득히 싣고 손잡이를 턱 잡은 후 주욱 내려가다가 커어브를 슬쩍 돌아갈 때에는 여름인 만큼 시원하고 유쾌한 맛이 그럴 듯하나 빈 구루마를 둘이서 밀고 팔정이나 되는 쇠길을 걸어 돌아올 때는 내려갈 때의 시원한 맛 몇배의 심한 고역이 되는 것이었다.

동권은 구루마 위에서 아는 사람을 만나면 언제나 쾌활하게 웃고 목례하여 지나갔다. 정씨의 아내를 세 번 보았고, 용희도 두 번이나 만났다. 흙땀에 착 달라붙은 잠방이를 입고 밀대 모자를 쓴 흙빛같이 검은 동권이 청국 노동자와 함께 구루마를 밀고 오는 것을 보고 용희는 그날 밤에 잠을 못 자고 울었다는 말을 희순에게서 들었다. 희순도 계모의 눈을 속여 흙 싣고 내려가는 오빠를 보러 갔다 와서는 동권이 갈 때까지 울고 있는 것을 보고 동권은 두 처녀에게 준열한 계몽을 시키기도 했던 것이다.

며칠 동안 장마가 계속되어 동권은 일터에 나갈 수 없었다. 이런 날은 집에서 읽고 싶은 책을 읽었으면 좋으련만 아버지조차 놀게 되니 계모의 잔소리가 더 심할 뿐 아니라 무덥기는 한데 좁은 방안에 네 식구나 들어앉아 있을 수도 없어 그는 책을 들고 병수의 한바[飯場 : 노동자 합숙소]로 갔다.

한바에는 고역에 지친 그들이 낮잠을 자느라고 좁은 방속에서 발을 맞혀 누워서 코를 골고 있고, 다른 방에서는 잡담이나 육자배기가락이 튀어나오기도 하였다.
　그들은 동권을 반갑게 웃으며 맞았다.
　"우리 선생님 오시는가. 어서 들어오게."
　그들은 다투어 자리를 내주었다. 동맹파업 이래로 그들은 동권을 유일의 지도자로 알고 작은 일에라도 동권의 의견을 물으며 그를 무조건 신임하고 존경하는 것이다.
　"자네는 비오는 날이면 꼭 책을 가지고 다니니 제갈량의 호풍환우 하는 비결책이나 되는가?"
　서당 훈장을 하였다는 나이 지긋한 나주 사람이 농담 비슷이 말했다.
　"참 난 자네가 책 가지고 다니는 게 제일 부럽데. 저렇게 책이라도 맘대로 보면 얼마나 행복할까?"
　보통학교 삼학년에서 퇴학당하였다는 병수는 부러운 듯이 말했다.
　"책보다도 여러분과 같은 실제의 체험이 우리에겐 더 귀중한 것입니다."
　동권은 이번의 동맹파업의 내막 이야기를 알아 듣기 쉽게 하여서 그들에게 어느 정도의 지식을 넣어 주었다.
　점심밥이 되었다고 하니까 세상 모르고 자던 사람들도 어느 틈에 일어났는지 검고 누르스름한 밥 한 사발과 소금에만 절인 무 몇 쪽을 담은 접시 하나씩을 들고 온다.
　"동권이 좀 떠먹어 보려는가?"
　병수가 자기의 밥을 동권의 앞에 놓으며 하는 말이다.
　"별소릴 다, 난 먹고 왔어요. 어서들 잡수시오."
　동권은 좌우를 돌아보며 권했다. 나주 양반이 얼굴을 찡그린다.
　"그것도 일할 때는 모르겠더니 자고난 입이라 그런지 밥이나 반찬이나 너무 하찮네."
"이것도 십 전씩이니 놀면서도 삼십 전씩 까먹는 생각해서 참아 두시오. 김치나 좀 줘 봤으면……. 밤낮 이놈의 것만……."
한 사람이 무쪽을 집어가며 불평이었다.
"참 말이 났으니 말이지 너무 비싸다니게. 종일 벌었자 잘난 이 밥값밖에 못하고 게다가 이렇게 비오는 날은 외상까지 지게 되니 참 소위 생불여사로군."
또다시 나주 사람의 탄식이다. 그는 옥편이라는 별명을 들을 만큼 문자를 애용하는 것이다.
"그러기에 한탄들만 하고 있을 게 아니란 말입니다."
동권은 뜻모를 소리를 한 마디 남기고 한바를 떠났다. 아까보다 비가 더 쏟아지며 공사하다가 둔 하수도에 누른 물이 폭포같이 기운 좋게 몰려간다.
동권은 정씨의 집에 또 물이 났겠구나 생각하며 발길을 그의 집으로 돌렸다. 파란 칠을 한 유리창을 열려니까 문이 안으로 걸려 있었다. 그는 문을 똑똑 두드렸다. 그제야 안에서 미닫이 소리가 났다.
"누구?"
하면서도 한동안 지체하다가 문이 열렸다.
"아아 동권인가? 이 빗속에 웬일인가?"
"너무 비가 퍼붓길래……. 오늘은 안 가셨읍니까?"
"응 몸이 좀 불편해서, 들어오게."
그는 깔아 놓은 요 위에 앉으라고 동권에게 권했다. 미닫이를 모조리 닫고 한편 구석에 책상을 놓았다.
(아마 무엇을 쓰셨나 보다.)
"정혜는 할머니댁에 갔읍니까?"

말이 끝나자마자 온돌과의 사잇문이 가만히 열리며 정혜의 작은 고개가 내다본다.
"아빠가 이놈 해. 가면 못써."
샛별 같은 눈을 동그랗게 뜨고 납작스런 작은 머리통을 좌우로 흔들면서 누구에게인지 모르게 종알댔다. 정혜의 머리 위로 정씨의 아내의 화안한 얼굴이 나타났다.
"서군 오셨소? 이리로 들어오지요"
그는 남편의 눈치를 살폈다. 남편은 동권을 데리고 안방에 들어왔다. 아이가 색색 잠들어 있었다.
"비가 하도 오길래 혹 또 물이나 들지 않았나 하고 와 보았읍니다."
"글쎄 퍽 걱정돼요. 저봐! 곧 넘치겠는데"
그의 아내는 뒷미닫이를 열고 개골창을 가리킨다. 동권과 정도 일어서서 보았다. 과연 굼틀대는 황토물이 넘칠 듯 넘칠 듯 사납게 흘러간다.
"물이 들면 무슨 걱정이오? 내가 다 퍼내 주는데. 자긴 까딱 않고 화풀이나 하고 있으면서……"
정은 아내를 보고 빙긋이 웃으며 말했다.
"말은 좋지. 누가 할 말이오. 내가 죽어가며 혼자 하면 마지못해 하는 척하면서……"
아내는 남편에게 애교 섞인 웃음을 보이며 눈을 흘긴다.
"엄마, 아빠 밉다 응."
엄마의 눈치를 챈 정혜는 엄마를 쳐다보며 엄마의 편을 든다. 아기가 깨었다. 가난한 살림에서도 항상 화기가 넘치는 이 가정에 동권은 오기만 하면 떠날 맘이 없으나, 오늘은 어째 자기의 존재가 방해나 되는 듯하여 만류도 듣지 않고 그의 집을 나왔다.

　　각색 과실과 참외 수박이 밤과 낮으로 길거리에서 썩어나는 듯싶게 한창이었으나, 제법 수박 한 통을 온전히 먹은 일이 없는 노동자들의 여름은 지나가고 추석도 멀지 않은 구월 십팔일이 되었다.
　　동권이 아침 여섯 시에 시작하는 일터에서 흙과 돌을 가득 싣고 첫 구루마를 타고 내려갈 때 보통학교 앞길에서 구루마 통행을 기다리고 섰는 정씨를 보았다.
　　온 여름을 줄곧 겨울 양복과 겨울 모자로 지내온 그가 오늘도 그 양복 그 모자에 넥타이까지 매고 나선 것을 보면 어디 급한 출입이나 하지 않는가 하고 다시 돌아보다가 깜짝 놀란 동권은 하마터면 구루마에서 떨어질 뻔했다. 고등계 형사 한 사람이 그의 뒤에 서 있는 것이다.
　　(무슨 일로 이렇게 일찍 경찰서에서 데려가는 것일까?)
　　구루마가 고무공장의 모퉁이를 돌 때 저편 길로 형사 네 사람이 정씨의 집으로 몰려가는 것을 보았다. 동권의 다리에서 갑자기 힘이 빠지며 가슴이 두근거리면서 몸이 떨리기까지 하였다. 심술궂은 일본 형사 둘과 조선 형사 둘이 무슨 수나 난 듯이 달려가는 것을 본 동권은 정씨의 아내가 어린것들과 얼마나 놀랄까를 생각하고 구루마에서 곧 뛰어내리고만 싶었다.
　　두번째의 구루마가 내려갈 때 정씨의 아내가 옥색 양산을 높이 들고 책을 잔뜩 묶어 들고 섰는 형사들과 차가 지나가기를 기다리고 섰다가 동권을 보자 반가운 듯이 눈짓하는 것을 보고 동권은 더욱 놀라 가슴을 태우다가 점심시간을 타서 정의 집으로 달려갔다.
　　정혜의 외조모가 아기를 업고 있다가 동권을 보고 눈물을 흘리며 보고했다.
 아침에 형사가 와서 딸을 데려갈 테니 아기를 보라고 해서 덜덜 떨리는 다리로 겨우 왔다는 것이다.
 "그래 애어멈이 그제야 세수를 하고 아이 젖만 좀 주고 그놈들과 갔는데 이때까지 안 오니 애기는 보채고 어멈도 굶고 가고…… 아이구 저놈들이 어쩔려고 저러는지 어서 내가 죽어야 이런 꼴을 안 볼 텐데……."
 노인이 흐느껴 우니까 정혜도 따라서 소리치며 울었다.
 동권은 난리난 뒤같이 함부로 뒤적이고 흐트러 놓은 고리짝들이며, 문짝까지 떼어 놓은 일본식 벽장을 둘러보면서 그를 위로할 말을 찾지 못하다가,
 "너무 근심 마십시오. 정선생님은 모르겠읍니다마는 김선생님은 꼭 나오실 것입니다. 이따가 밤에 또 오지요."
하는 말을 남기고 일터로 돌아왔다.
 지루하게 기다리던 오후 일곱 시가 되자, 동권은 빨리 집으로 돌아가 옷을 바꾸어 입은 후 저녁을 먹는 둥 마는 둥 하고 정씨의 집으로 달려가서 유리문을 드르륵 밀자,
 "누구?"
하고 바삐 나오는 사람은 행여나 자기 남편이 아닌가 하고 바라는 정의 아내였다.
 "아이구 김선생님 나오셨읍니다그려"
 "인제 곧 나왔지. 어서 올라오시오."
 그는 아기를 안은 채 앞서 들어가며 일변 말을 했다.
 "싱거운 자식들 공연히 종일 앉혀 놓고 말 몇 마디를 물으면서 내 아들 배만 골렸지."

"정선생님은 못 보셨지요?"

"글쎄 분해 죽겠소. 점심 때가 지나기에 애기젖은 어떻게 하느냐고 막 대들었더니, 고등계 주임이 그제야 전화를 걸어서 어머니가 정혜 데리고 아일 업고 오셨구려. 그래 어머니랑 정혜 먼저 오고 난 애기를 데리고 있는데 일곱 시가 되니까 또 오라고 슬그머니 내보내지 않겠소?"

"그래서요?"

"그래 고등계실에서 애길 업고 뚜걱뚜걱 내려오는데 그이가 보안계실 한가운데 의자에 와이샤쓰만 입고 얼굴이 벌개서 앉았는데 머리까지 헝클헝클합디다. 그런데 밥집 아이가 담배 재떨이 같은 데다가 밥하고 무쪽하고 담고 툭사발에 멀건 물 좀 떠서 그 앞에다 놓아 주겠지. 그이는 나를 보자 깜짝 놀라서 서로 쳐다보고 망설이다가 그냥 나오는데 내가 돌아보니까 자기도 가만히 돌아봅디다. 말이나 몇 마디하고 나올 텐데 그냥 나와서 생각할수록 분해 죽겠소."

그는 남편의 그때의 모습을 그리는 듯이 멍하니 천장을 쳐다보았다.

그동안 목포에는 세 번이나 격문사건이 있었다. 시내 각 학교 공장과 각 요처에 선동 격문이 산포되었다. 그 내용의 심각한 것이나 산포 방법의 교묘한 것이 재래 운동자의 소위가 아니고 타처에서 들어왔다는 소문이 돌았다.

고등계에서는 혈안이 되어 표면 운동자를 모조리 잡아다가 오랫동안 검속 취조했으나 결국 헛일밖에 되지 않았던 것인데, 세 번째는 더 광범한 범위내에서 구속하여 정의 친구인 김이 체포되더니 끝내 정마저 잡힌 것이다.

정이 검거된 몇 날 후에 검속된 자들이 하나씩 나오기 시작하고 김과 정만이 남게 되었다.
 그들은 끝내 시월 구일에 정을 주범으로 한 격문사건의 혐의자 육명을 송국하고 말았었는데, 발각된 동기는 김이라는 사람의 애인에게 있었다는 신문의 보도가 있었다.
 동권은 정을 잃어버린 후로는 자기의 온몸을 의지하고 있던 골격이 부서진 듯이 마음을 지탱할 수가 없었다. 자기의 매일의 노동은 무의미한 호구의 수단으로밖에 생각되지 않았다.
 밤이면 가끔 정의 가정을 방문하기도 하나 돌연한 정의 입옥으로 그의 아내가 어린것들과 생활난에서 허덕이는 것을 볼 때에는 항상 자기의 무능력한 것을 한탄하지 않을 수 없을 만큼 언제나 무거운 가슴을 안고 돌아오는 것이다.

 십일월 하순! 만 일년 만에 하수도 공사는 완전히 끝을 마쳤다. 뒷개에서부터 보통학교 뒤로 김장자의 대궐 같은 뒷담을 감돌아 유달산록의 허리띠와 같이 흐르고 있는 목포의 하수도는 굉장한 장관이었다.
 최후까지 일을 계속한 이백 명의 노동자들이 흩어질 때는 그립던 처자를 만난다는 기쁨보다도 눈 날리고 꽃 피며, 푸른 그늘, 가을 달이 번갈아 가고 오는 일년 동안 공동의 이해(利害)에서 같이 일하고 함께 싸우며 동고동락하던 동무들의 우정과 떠나기를 더 어려워하였다.
 혹독한 추위와 폭염에 배를 주리고 뼈가 닳아지고 살이 깎이도록 일한 것은 누구를 위함이었던가? 그들이 돌아오기를 기다리는 처자들에게 가지고 갈 것은 빈주먹밖에 없었다. 그러나 그들에게는 동권에게서 받은 선물이 있었다. 떠나는 그들 중에는 동권이와 장래의 상봉을 언약하는 뜻있는 굳은 악수를 교환한 사람도 있었다.

희순의 결혼 날이 십이월 오일이라고 희순이 모녀는 빨래와 다듬이질로 한동안 일삼다가 이제는 밤낮으로 바느질하기에 눈뜰 사이도 없이 바빴다. 희순의 남편될 사람의 선물인 장롱과 경대가 웃목으로 자리를 차지한 것이 눈에 띄면 어쩐지 동권은 섭섭한 맘이 들었다.

공사가 끝난 후부터는 편들편들 놀며 공밥을 먹는다고 계모의 잔소리는 몇 배가 늘었다. 동권은 한시도 집에 있을 수가 없어 하루 바삐 떠나고 싶었으나 그 역시 맘대로 되지 않았다. 밤에는 남의 집에 가서 자고 조석이면 밥을 얻어먹으러 다닌다는 것이 얼마나 무의미하고 추근추근한 짓이냐?

현재 그에게는 정의 아내 이외의 절친한 사이도 없고 밤이면 몸을 붙여 자는 그 동무도 맘에 싫은 자였다. 더구나 며칠만이면 희순이가 집에서 없어진다는 것, 이것은 그의 유일의 위안을 뺏아 버리는 것이다.

거기다가 용희 역시 어려운 문제에서 고통을 받고 있는 것이다. 동권은 계모에게서,

"용희를 욕심내는 당시 권력가의 대학생 아들이 용희부모에게 청혼했더니 부모는 허락하고저 하나 용희가 저사하고 듣지 않는다."

는 말을 들었다. 그리고 그 말 끝에,

"언젠가 용기가 보니께 저 자식이 용희네 집에서 용희랑 둘이만 놀더라고 용기 어머니가 저놈을 의심한단 말여. 창자 빠진 놈, 그래도 사내자식이라고 계집애는 욕심나던가부구만. 정신 차려! 남 못할 짓 하지 말고……. 네까짓게 가당이나 하냐?"

하고 소리지르니까 희순이가 방속에서 자기 어머니에게 핀잔주다가

계모에게 머리채를 잡히고 얻어맞은 일까지 있었다.
　그래서 동권은 사실을 알기 위하여 희순의 혼인 날 그 집에 사람 없는 틈을 타서 겨우 용희에게 만나자는 뜻만을 통하니까 용희는 닷새 후면 자기집에 아무도 없을 터이니 그날 만나자는 대답하였다.
　닷새 후에 그는 용희의 방에서 용희와 마주앉게 되었다. 삼월에 이 방에서 만날 때는 까닭 모르게 기쁘기만 하더니 웬일인지 오늘밤은 그날과는 별다른 감정과 기분이 두 사람을 지배했다.
　동권은 계모에게서 들은 말을 하고 그것이 사실이냐 물었다. 용희는 고개만 까딱하여 보였다.
　"그렇다면 용횐 왜 반대하나? 당자가 그만하니 용희도 행복할 텐데……."
　"사랑 없는 결혼이라도?"
　"교제하노라면 사랑은 생기겠지."
　"교제라구? 하고난 나머지인데. 저 책은 누가 보냈기에? 저 혼자 미쳐서 사 보낸 것들이지."
　"뭣? 교제랑 해봤다구. 이것 봐라. 책까지 사보냈다구? 용희도 무던하군. 어쩐지 내 짐작이 맞긴 했어. 편지 내왕도 물론 있었겠구만."
　용희는 숙였던 고개를 들어 동권을 원망스럽다는 듯이 빠안히 바라보다가,
　"그렇게 비웃을 것까지 없잖아요? 어려서부터 알고 있었단 말이지, 편진 다 뭐야? 저 혼자 용기 이름으로 책만 보냈지."
하고 변명 비슷이 말했다.
　"그만둬요. 그 입에서 그런 말이 나올 줄은 정말 몰랐어. 누구의 입으로 사랑이니 뭐니 해 놓고 이젠 나더러 어떻게 하라는 거지?"

흘겨보는 눈에는 눈물이 괴었다. 동권의 가슴이 울렁울렁 흔들렸다. 그는 용희의 손을 잡았다.
"용희! 그럼 어쩌겠다는 말야?"
"그런 걸 다 물어요?"
용희는 잡힌 손을 살그머니 빼내면서 새침해졌다.
"용희, 전에도 한 말이지만 우리의 사랑은 현재의 환경에 합당치 못하지 않아?"
"참 그것은 숙제로 두었지. 왜 불합당해요?"
"생각해보면 알지 않아? 결혼할 수가 없는 사랑이 아닌가베. 내 몸 하나도 변변히 처리 못하는 위인이 어떻게…… 난 아무리 생각했자 열의 하나도 좋은 조건이 없으니……."
"결혼만 해야 좋은가? 사랑만 하면 되지."
"그런 막연한 말이 어디 있어? 결혼은 아니해도 사랑만 하면 그만 이라는 사고방식은 아예 하지 말아야 해. 늘 하는 말이지만……."
"그럼 어떻게 하면 좋아? 어머닌 이번 동기 방학에 그자가 나오면 혼인해 버리겠다고 지금 야단들인데."
"하하, 그렇게 급하게 되었던가? 단단히 욕심이 나시는 모양이군."
"참 기막혀 죽겠네. 난 죽으면 죽었지 그 자와 결혼할 수는 없어."
"그렇지만 용희! 난 여기 있을 사람이 못되."
"뭐요? 그럼 어디로 가요?"
용희는 깜짝 놀라 동권을 쏘는 듯 쳐다보았다.
"글쎄 나야 어딜 가든지."
"그럼 나도 가지."
용희의 샛별같이 맑은 눈이 반짝 빛난다.

"될 말인가. 난 내 일이 따로 있어서 가는 거야."
"나도 같이 일하러 가지. 희순이도 시집으로 가면서 우린 언제든지 오빠가 하는 일에는 무조건 협력하자고 내 손을 잡고 그러든데."
"그렇게 일이란 쉽게 되는 게 아니야. 지금 내게는 한가한 결혼 문제보다도 더 절박한 문제가 있거든."
동권은 다시 용희의 손을 잡았다. 그리고 그에게 좀더 다가앉았다.
"난 용흴 애인보다도 한 동지로 생각하기 때문에 조금도 서로 떨어져 있고 싶지 않아. 그렇지만 정세가 허락하지 않은 데야 어쩌겠어. 만일 용희가 날 끝까지 사랑한다면 용희 스스로 자신을 개척할 수 있으리라고 생각하는데. 그렇지 않아? 용희!"
동권은 용희를 안아 보았다. 용희는 사르르 끌려왔다.
(내 일평생 사랑하는 용희! 이럴수록 난 어서 빨리 떠나야한다.)

내일 떠나기로 결심한 동권은 금년의 처음 추위인 쇠끝 바람에도 겁내지 않고 삼백 명 동무들의 노력으로 이루어진 하수도를 굽어보며 그 언덕을 걸었다.
초생달이 유달산 봉우리에 걸려 고향의 마지막 밤을 지내는 그의 가슴을 홀로 알아 주는 듯이 내려다본다. 그는 팔짱을 끼고 천천히 뒷개로 향하여 걸어온다. 이 굉장한 하수도를 보는 자 돈과 문명의 힘을 탄복하는 외에 누가 삼백 명 노동자의 숨은 피땀의 값을 생각할 것이며, 죽교동의 높은 이 다리를 건너는 자 부청의 선정을 감사하는 외에 누구라 이면의 숨은 흑막의 내용을 짐작이나 하랴.
동권은 이런 생각으로 흥분하여서 못 한 끝에서 불어오는 바람이 찬 줄도 모르고 발을 돌려 정씨의 아내가 살고 있는 셋방 동창 앞에까지 왔다. 방안에는 정혜의 창가 소리가 들려왔다.

그의 아빠가 가르치던 메이데이의 노래였다.

동권은 이윽히 그 자리에 섰다가 발을 떼었다. 어린 정혜의 목소리를 모진 바람이 휩싸 지나간다. 그는 집 뒤 잔등에 올라 멀리 바라보았다. 검은 벌판은 가없이 열렸는데 정미장에 조는 듯이 서 있는 전등불조차 바람에 깜빡이는 듯하다.

그는 더 멀리 감옥 편을 바라보았다. 크고 두려운 함굴이 있는 곳이나 같이 컴컴하고 음침한 기분이 떠돌았다.

"저 속에는 나의 오직 믿을 수 있는 지도자가 그의 모든 자유를 잃고 갇히어 있구나. 당신은 아내와의 면회 때도 내 안부를 물었다구요. 전 이제 떠나갑니다. 그러나 당신이 출옥할 때쯤은 꼭 즐겁게 맞으러 돌아오겠읍니다. 그동안 부디 안녕하십시오."

그는 암흑에서 주먹을 들고 약속했다. 눈발이 펄펄 날리기 시작했다.

그 이튿날 첫눈은 거리와 산과 들에 고르게 내리며 쌓이는데 용희는 한 장의 편지를 받았다.

　　모든 객관적인 정세가 나를 이곳에 머무르게 하지 않으므로 나는 이곳을 떠나고야 만다. 사랑하는 사람을 두고 떠나는 나도 종시 사람인지라 어찌 한 줄기의 눈물이 없을까마는 나는 보다 뜻있는 상봉을 위하여 떠나는 것이다. 용희가 참으로 나의 뜻을 알고 나를 사랑한다면 자기 스스로 모든 장애를 돌파하고 자체를 개척하여 나아갈 수 있는 용기를 가진 여성이라고 나는 믿고 있는 것이다.

　　부디부디 굳세게 살아다오.

　　　　　　　　　　　　　　　　　　一九三一, 一二, 一三,
　　　　　　　　　　　　　　　　　　　　　　떠나는 동권

용희는 영창의 미닫이를 열었다. 나비 같은 눈송이가 펄펄 춤추는 듯이 날린다. 그는 반짝이는 눈으로 눈발을 쳐다보며 애인의 주고 간 교훈을 생각한다. 눈은 말없이 쌓이고 쌓인다.

박화성

호 박

 장독 곁에 앉아서 좁쌀을 씻고 있던 어머니가 음전이를 불렀다.
 "음전아!"
 마당에서 모밀을 떠느라고 도리깨질을 휙휙 하며 돌아 다니던 종국이가 누이에게 어머니의 뜻을 전했다.
 방문턱에 한쪽 무릎을 얹고 앉아서 바느질하기에 정신을 골똘이 들이고 있던 음전이가 그제야
 "네?"
하는 부드러운 대답 소리를 내면서 마루로 나왔다.
 "이리 좀 오너라."
 어머니의 목소리가 모퉁이를 돌아 왔다.
 음전이는 오른손에 실이 길게 달려 있는 바늘을 들고 왼편 손으로는 실끝을 맺으면서 고무신을 끌고 어머니에게로 갔다. 긴 머리채에 잔털이 부수수하게 일어난 것이 불그레한 그의 두툼한 얼굴을 한층

더 돋보이게 하였다.

"호박 하나 있지?"

어머니는 딸을 쳐다보았다.

"저 저, 인제는 하나도 없어라우."

"없다니? 아침에 광 속에 하나 있는 것을 봤는디 없어?"

어머니의 눈이 동그래졌다.

"고것은 뒀다가 설에 떡해 먹……."

"홍, 아주 예산은 단단히 잡아 놨구나. 다 큰 것이 설 말을 어느 새부터 해서 될까?"

어머니는 한창 피어 있는 딸의 얼굴과 몸매를 훑어 보고 나서

"호박 그것 내다가 갉아서 삐어라. 그리고 이것 이따가 건져서 쿵 쿵 모사 갖고 호박죽 쒀라. 내가 일어서 담가 놓고 나가게……."

하고 계란 풀어놓은 듯이 노르스름한 좁쌀 씻은 물을 바가지에다가 따 랐다.

"그것 하나만은 애껴 놨다가 설에 떡해 먹자니께는……."

음전이는 어머니의 명을 거역할 듯한 눈치를 보였다.

"저것은 호박 해먹을 때마다 저렇게 앙글앙글 앙탈을 한다니께. 아 이것아, 설에 떡해 먹을 쌀이 있더냐? 쌀꼴을 보랴면 지금이 볼 때여. 요새 같은 추수 때도 쌀꼴을 못 보는데 설이 언제라고 떡이 다 뭐여? 키만 엄부렁했지 저것도 철이 들랴면 안즉도 멀었다니께."

귀여워하는 뜻도 섞여 있기는 하나 무딘 칼끝만큼 날카롭게 나오 는 어머니의 책망에도 음전이는 움쩍도 않고 그자리에 꾹 서서 실끝 만 다시 맺고 있다.

"아, 어서 가서 하란께. 네 성은 종일 굶고 빨래 하고, 네 오래비도 점심 없이 일만 하는네 죽이남둥 저녁이나 일찌거니 해 줘야지. 잘

난 호박을 뭣 허러 저렇게 애껴싸까?"
 어머니는 할말과 할일을 다했다는 듯이 두 손을 치마귀에 쓱쓱 문지르며 사립문밖으로 나갔다.
 "기껏 잘 감춰 논단 것이 뭣 허러 쏙 나와 버렸든고 몰라."
 음전이는 시꺼먼 이불솜 밑에서 누런 몸뚱이를 반만큼이나 내어놓고 있는 호박덩이를 말썽 부리는 강아지로나 여기는 듯 발끝으로 한번 톡 찼다.
 "그래도 요것은 어머니가 못 보셨거든."
 그는 쪼그리고 앉으며 솜 속에 들어 있는 크고 길쭉한 호박을 꺼내어 자기에게 눈총을 맞아 본 둥글납작한 호박덩이와 나란히 놓았다.
 "요것은 윤수 것이고."
 음전은 키 큰 호박을 눌러 보고
 "또 요것은 내 것인데."
하고는 둥근 것을 손가락으로 짚어 보고 나서 바시시 일어나 물끄러미 호박을 내려다보았다.
 나란히 놓여 있는 두 호박은 윤수와 자기가 그러한 사이인 것처럼 정답게도 보이고, 윤수와 둘이서 걸어 갈 적에 윤수의 키가 제 어깨 위를 쑥 올라가듯이 그들의 서 있는 모양(앉아 있는지도 모르지만)도 그렇게 보였다.
 "그런데 내 것은 오늘 없어지고 마네."
 음전이는 다시 주저앉아서 둥근 호박을 어루만졌다.
 (떨어져서는 한시도 못 살 것 같던 윤수도 이천 리 타관에 보내 놓고 살을란지라 이까짓 호박쯤 떨어진다고야…….)
 음전이는 가만히 속삭이며 가느다란 한숨을 가슴이 뽈록하도록

들이켰다가 내뿜았다. 가슴이 싸해지면서 눈이 촉촉해졌다.
 "요것이나 어따가 잘 간수해야지."
 그는 윤수의 것이라는 호박을 두 팔로 껴안고 일어났다.
 "내일이라도 이불을 할 테니 인제는 솜 속에다가다 못 넣어 둘 것이고……."
하고는 사방을 휘휘 둘러 보다가
 "옳지! 내 부담 상자 속에 넣어 둬야지."
하고 묘한 꾀나 생각해 낸 듯이 방긋이 웃었다.
 그는 부담 상자의 뚜껑을 열고 호박을 맨 밑바닥에 넣고 나서 의복가지로 그 위에 엄부럭하게 덮었다. 그리고 뚜껑을 막 덮으려는데
 "누님은 뭣을 감추느라고 저러는고."
하는 종섭의 기탄 없는 큰 말소리에 두 손은 그자리에 꼭 붙어 버렸다.
 "저런 망한 것, 별 미친 소리를 다 하네. 감추기는 누가 뭐를 감춰?"
 음전이는 종섭이를 돌아 보면서 악을 바락 쓰며 말했고, 악을 쓰고 나니 손이 풀려서 재빠르게 상자 뚜껑이 덮여졌다. 항상 귀여워만 해 주던 누님이 오늘 따라 별나게도 쌀쌀하게 쏴 붙이는 것에 노염이 나서 종섭이는 입을 비죽거렸다. 밖에 나갔던 어머니가 아직도 적적한 툇마루를 보고
 "아니, 이 큰애기는 어디 가서 뭣을 하길래 안즉도 시작을 않고 있다냐?"
하고 소리 치다가 호박을 안고 마룻광에서 나오는 딸을 보고 그래도 자기의 영을 거역하지 않는 것만 다행하게 여겨 잠자코 모밀대를 털기 시작하였다. 음전이는 석작에다가 호박을 담아 가지고 와서 닳아진 숟

가락으로 호박 껍질을 긁어 내기 시작하였다.
"까드락 까드락."
호박 껍질의 긁아지는 소리가 그의 가슴 깊이 울렸다.

생각하면 넉 달 전의 일이었다. 어머니와 올케는 면화밭을 매러 가고 종국이는 논에 가고 종섭이는 어머니를 따라 가고 음전이 혼자 방에 앉아서 바느질을 하고 있을 때 약혼자인 윤수가 왔다.
"다들 어디 가셨어?"
윤수는 조용한 집안을 둘러 보았다.
"그랬다우. 어째 오늘은 일 안해요?"
"할 일이 있어야지."
윤수는 툇마루에 걸터앉았다.
"아무러면 할 일이 없을라고?"
음전이는 고개를 숙이며 소리 없이 웃었다.
"체―일이야 수두룩하지만 논매는 일이 없으니 일 없는 것이지. 이 집은 그래도 몇 마지기 심었지만 우리는 통 ― 한 마지기도 못 심고 말았으니 뭐. 이대로 비가 안 오다가는 심거 놓은 것도 다 타버리고 말 것이어. 참 이런 재변이 없다니까……."
제법 어른답게 한탄을 하면서 하늘을 쳐다보던 윤수는
"그것은 뉘옷인고?"
하고 음전에게로 머리를 돌렸다.
"뉘 것이든지."
"아니 어째 꼭 내 것 같으니말이어."
윤수는 음전의 손에서 샛노란 삼베 옷을 빼앗으려 했다.
"어째서 그렇게 잘 알아요?"

음전이는 바느질감을 뒤로 뺐다. 사실 그것은 윤수의 잠방이였다. 항상 몸이 성치 못한 그의 형수가 바느질감을 잔뜩 가지고 앉아서 애를 태우는 것을 보고 음전이가 윤수의 것을 해주마고 가지고 와서 아무도 없을 때만 꺼내어 하는 것이었다.

"내 것이나 되길래 이렇게 혼자만 있을 때 정신을 들여서 바쁘게 하는 것이지 뭐."

"아갸 참……."

음전이는 얼굴을 붉혔다.

"그런데 저—기 저 울타리에 열려 있는 호박은 꼭 쌍둥이같이 나란히 열려 있네. 저것 좀 봐."

윤수가 손가락으로 가리키는 편으로 음전이는 눈을 보냈다. 과연 거기에는 기름이 흐르는 듯이 자르르 윤이 나는 호박 두 개가 사발만큼씩 하게 달려 있었다.

"하나는 길고 하나는 둥글고……."

하는 윤수의 말을

"나무는 딴 나문데 그렇게 붙어 열렸네."

하고 음전이가 받았다.

"저쪽 긴 것은 나고 이쪽 동근 것은 음전이고. 둘이 그렇게 정답게 달려 있다고 응?"

윤수는 음전이를 들여다 보았다. 음전이는

"뉘 것이 더 잘 크는가 볼까?"

하고 윤수를 바라보며 생긋이 웃었다.

"그래, 어디 두고 보자고, 뉘 것이 더 잘 크나. 아니, 그러다가 또 내 것은 못 크게 할라고?"

윤수는 눈을 크게 떠서 음전이를 노려 보는 척했다.

"아이참 우섭네."
 음전이는 가만히 소리를 내어 하하 웃었다. 윤수가 방으로 후다닥 뛰어 들어 가서 음전이를 꽉 한번 안아 보고는 다시 마루로 나왔다.
 그러다가 음력 칠월 그믐께 윤수의 형님네 가족이 이 동네에서 떠나는 스무 집 축에 들어서 함경 북도 고무산(古茂山)이라는 곳으로 이민 가게 되었을 때 윤수는 조용한 틈을 엿봐 가지고 음전이를 찾아 왔다.
 "두 집 어른들이 금년 농사만 잘되면 올 가을에 대사를 치르자고 하시더니만 금년은 대흉년이 들어서 고향에서도 못 살고 타관으로 쫓겨 가게 됐으니……."
 "아니, 형님네하고 함께 떠날라고?"
 음전이는 깜짝 놀라며 바늘 든 손을 멈추고 윤수를 쳐다보았다.
 "안 가고 별수 있든가?"
 윤수는 퉁명스러운 대답을 하면서 고개를 떨어뜨렸다. 음전이의 손 힘이 사르르 풀리면서 바늘이 손에서 소루루 빠져 내렸다.
 "내년 사 월 만 되면 다시 고향에 돌아 올 수 있으니까 한 몇 달 고생해서 돈 벌어 오면 좋지 않아? 그래서 내년 농사 지어 가지고 가을에 혼인하게……."
 "그래도……."
 "그래도? 그래도 안되겠단 말이지? 그렇지만 어쩔 수 있어? 내년에 혼인하면 똑 좋지. 나는 스물 한 살 되고 음전이는 열 아홉 살 되고……."
 "누가 그런 말 가지고 그러는가 부네."
 음전이는 윤수를 흘겨 보는 척하며 떨어진 바늘을 찾아서 집어 들었다.

"일곱 달만 서로 고생하면."

윤수는 말끝을 끊으며 오른손 주먹으로 왼편 손바닥을 탁 때리면서

"내년 사월에는 더 반갑게 만난단말이여."
하고 명랑하게 말했다.

"일곱 달!"

음전이는 입속으로 말을 뇌어 보며 바늘에 실을 꿰었다. 일곱 달 커녕은 하루만 얼굴을 못 봐도 조바심이 나서 못 견디겠고 한나절만 울 밖으로 지나가며 말하는 그의 음성을 못 들어도 일이 손에 잡히지 않는데 일곱 달이나 떨어져 있다니…….

"왜 하필 금년에사 말고 이렇게 땅땅 가물어서 야단인고 몰라."

음전이는 화를 풀썩 내면서 바늘을 쑥 잡아 뺐다. 실이 엉켜 가지고 잘 풀리지 않으니까 그는 혀를 쩍 하고 차면서 실을 뚝 끊어 버렸다.

윤수는 음전의 짜증으로 붉어진 얼굴을 거쳐서 호박잎에 덮인 울타리를 바라보며

"흥, 저 호박들은 여전히 의 좋게 잘 커가는데……."
하고 나중 말을 삼키면서 한숨을 가만히 쉬었다.

"벌써 익어 가는구만. 아따, 내 것은 퍽 크다. 익거든 따서 잘 간수해 둬, 응."

"익으면 뭘 하고 따서 두면 뭘 해?"

음전이는 여전히 토라져 있다.

"허허, 춘향이격 났네."

윤수는 헛웃음을 쳤다.

"따 뒀다가 인편이 있으면…….」

"인편이라니? 누가 그런 먼데를 자주 왔다 갔다하고 댕길리라고……."

"참 멀기야 정말 먼 데지. 이천 리도 더 된다니까. 그러면 두말 말고 내년 삼 월까지만 잘 둬 두란말이어."

그는 음전이의 머리채를 내려다보았다.

"내년 사 월에는 정말로 꼭 나와요?"

비로소 머리를 든 음전이의 서늘한 눈이 윤수의 타는 듯한 시선을 받았다.

"오고 말고."

윤수는 처녀의 손을 꼭 쥐었다.

"참말이지요?"

그의 잡힌 손가락이 윤수의 억센 손길을 꼭 되잡으며 따져 물었다.

(그러한 호박인 것을……. 열 두 덩이나 되는 호박을 그새 다 먹고 이리저리 돌려 빼어 감춰 뒀든 요것까지…….)

그런 생각을 하니 또 화가 끓어 올랐다. 그러나 참을 수밖에 없었다. 윤수의 것만이라도 잘 지키면서 내년 사월을 기다려 보는 수밖에 없었다.

(어서 끓여 가지고 오늘 밤에는 윤수 외갓집에를 한 그릇 가져다 드려야지.) 하는 심산이 들자 손이 잽싸게 놀려져서 잠깐 동안에 호박죽이 다 되었다.

"아이고 배고파. 어서 밥, 아니 참 어서 죽 줘."

종섭이가 부엌문에서 끼웃거렸다.

"너는 점심을 먹고도 그러냐?"

의외로 누님의 말이 부드럽게 나오는 것을 보고 종섭이는
"누님, 내가 불때 줄까?"
하고 부엌 안에 들어섰다.
"인제 다 했다. 종섭아, 너 오늘 밤에 나랑 어디 좀 가자 응?"
음전이는 죽을 그릇에 퍼냈다.
"응, 나 누님 말 잘 들으께 죽 많이 줘 응?"
"그래 이거 봐라여. 이것이 네 죽이다."
"나 죽깐밥이랑 긁어 줘 응?"
종섭이는 마음 놓고 여러 가지 요구를 하는 것이다.
아버지를 갖지 못한 다섯 식구가 황금색처럼 누런 죽 한 사발씩을 들고 먹을 때
"어머니! 어째 우리는 항상 죽만 먹는다우? 그라고 밥도 꼭 보리밥만 먹고……?"
이 집의 유복자인 종섭이가 단순하면서도 꽤 복잡한 질문을 하였다.
"허, 그 자식 참, 가난한께 그러지 어째?"
종국이는 해죽이 웃고 앉았는 아내를 마주 바라보며 빙긋이 웃었다.
"가난해도 다른 때 같으면 지금쯤은 쌀밥 맛을 볼 때지만 금년은 흉년이 들어서 농사가 안됐은께 그런단다. 우리 동네에는 아무도 쌀밥 먹는 사람이 없단다."
어머니가 자상스럽게 일러 주었다.
"석준네 집도 쌀밥 안 먹는다우?"
"그 집도 올해는 쌀밥만 못 해먹고 구지렁밥을 해먹는단다."
"우리도 저번날 쌀 많이 있두만."

종섭이는 마당에 눌러 놓은 짚 노적을 돌아 보았다.

"참 철없는 애기다. 그것은 논 임자가 가지고 갔어. 서울서 쌀 받으러 오지 않았드냐? 그 논 임자가 가지고 갔은께 우리는 쌀 없단다."

어머니는 어이 없다는 듯이 픽 웃었다.

"참 어쩔라고 그래도 그 양정 학교 논 열 마지기는 농사가 다 조곰씩이라도 됐는지……."

종국이는 혼잣말을 하면서 숟갈을 놨다.

"우리 논에서 났는디 어째 남이 와서 가지고 갔다우?"

종섭이는 숟갈을 입에 문 채로 물었다.

"죽이 먹기 싫은 것이로구나."

어머니는 종섭이를 동정하였지만

"아따 그 머슴애 참 미주알 고주알 퍽 캐서 묻네. 저이 논인께 갖고 갔다 해도 그래? 어서 먹고 상 내놔. 얼른 치워 버릴란께."

음전이는 종섭에게 눈짓을 해 보이며 어서 먹으라는 암호를 하였다.

차고도 맑고 밝은 시월 열 나흗날 달을 등불 삼아서 음전이는 종섭이를 데리고 윤수의 외가집에 갔다. 음전이는 그 집의 귀하고 반갑고 중한 손님이었다. 더구나 노란 호박죽을 한 양푼 가득히 가지고 갔음에랴.

"그것도 좁쌀로 해 놓으니께 참 만나다. 메물 가리로만 해먹으니께 미끈덩 미끈덩해서 맛도 없더니만……."

윤수의 외조모는 죽을 떠 먹으며 연상 맛 있다는 말을 하였다.

"우리 윤수는 호박 범벅을 참 잘 먹느니라마는. 제 에미가 일찍 죽어서 내 등으로 업어서 키웠더니만. 없이는 살았어도 귀하고 귀한 내 자식이건만 지금은 천리 타향에 가서 집도 절도 없이 이리저리 굴러 댕기다니……."

목이 메는지 숟갈을 놓으며 한숨을 쉬었다.

"젠장, 첨에 데려 갈 때는 공장 속에 집도 있고 어쩌고 그리들 하더니 있을 데가 없어 길바닥에서 자고 길가에서 밥 끓여 먹고 그러기를 한달 남짓 했다고 하더라."

외숙모도 한가닥을 들고 나섰다.

"아이고, 세상에 내 자식들이 길바닥에서 자고 살다니……."

외조모는 담뱃대를 들며 한탄을 하였다.

"저 세멘또 공장이라고 했지요?"

음전이가 비로소 한 마디를 물었다.

"아니 저 돌가리, 오 인자 본께 세멘또 공장이어. 그런디 이민들은 사방에서 모여 들고 집은 없고 그래서 아조 집 곤란을 단단히 본 모양이드라. 아나 종섭아, 감 하나 먹어라."

외숙모는 종섭에게 홍시감을 주었다.

"저번날 편지가 왔는디."

"아니 편지가 왔어요?"

음전이는 외조모의 말 중간에 끼어 들었다.

사실은 그것을 알아 보러 어머니의 눈치를 봐가며 앵도라지려는 종섭이를 달래서 등성이 하나를 넘어서까지 이 집에 온 것이 아니던가?

"편지가 왔는데 어째요?"

음전이는 조모의 담뱃불 붙이는 새를 못 참아서 재차 물었다.

"거기는 솜옷을 입은지가 한 달 전이나 되고 벌써 김장들을 다 하고 아조 겨울 날이래여. 그런디 우리 윤수는 솜옷도 없이 그 복장 하나만 입고 있은께 칩다고…….”
"속에다가 속사쓰를 입으면 덜 치울 텐데, 샤쓰가 없다요?"
"속샤쓰가 다 뭐냐? 고향에서 못 살고 쫓겨 나간 새끼들이…….”
조모는 두어 모금 빨아 들인 담배 연기를 한숨과 함께 내뿜고 저고리 고름으로 눈을 닦았다.

음전이는 빈 그릇을 들고 등성이를 넘어오다가 학다리 정거장을 바라보았다. 윤수가 떠난 후부터는 밭에 나올 때나 샘길에 나올 때마다 첫눈에 띄는 것이 저 학다리 정거장이었다. 그리고 정거장을 보기만 하면 하루에도 몇 번씩이나 들어 보는 기차 소리를 들을 때와 마찬가지로 가슴이 저리고 아팠다.
마침 목포에서 떠난 막차가 정거장에 들어 닿더니만 잠간 쉬어 다시 북쪽을 향해 떠났다.
"저 차만 타고 가면 나도 윤수 있는 고무산에 갈 것인데……."
기차조차 떠나 버리고 없는 찻길인 듯한 자리를 멀거니 바라보며 음전이는 솟아나는 눈물을 치맛귀로 씻었다.
"누님이 울어야."
종섭이가 해해 웃는 바람에 음전이는 발을 옮겨서 등성이를 내려왔다. 윤수와 둘이 가끔 만나서 속삭이던 참대밭을 지나올 때
"아이고 치워라. 누님 얼른 집에 가."
종섭이가 음전의 손을 잡아 당겼다.
(여기가 이렇게 치울 때 거기는 얼마나 몹시 치울까? 샤쓰도 못 입은 사람이니 얼마나 떨어쌀꼬?)
바람에 불리는 대 잎사귀의 버석거리는 소리가 처녀의 가슴을 점

점이 에어 내고 깎아 냈다.

눈을 금시에 퍼부울 듯이 잔뜩 찌푸리고 있는 하늘은 눈은 쏟지 않고 쇠끝같이 날카로운 바람만 이리저리 휘갈기며 내때렸다. 바람 끝이 음전의 품속에 기어 들 때마다 (어떻게 해서든지 샤쓰를 하나 사서 보내야지.)하는 생각이 일어났다.

(고추나 잘됐더라면 돈을 좀 만들 것인데.) 음전이는 새빨간 고추가 널려 있는 이집 저집의 지붕을 쳐다보았다.

이날 종국이는 윤수에게서 왔다는 편지 한 장을 가지고 왔다.

어머니와 종국의 아내와 음전이는 누렇고 검은 얼굴에 절망의 빛을 띠고 있는 종국이를 둘러 싸고 윤수의 소식에 귀를 기울였다.

"윤수의 형수가 늑막염이라는 병에 걸려서 죽게 된 것을 여기서 함께 간 이십 호의 동무들이 주머니를 털어서 병원에 입원시켰으나 퇴원한 열흘 후에 무참히도 객사했다."

는 종국의 보고에 세 여자는 기절할 듯이 놀랐다.

"여기서부터 그렇게 병이 들어 있는 사람을 끌고 그 먼데로 갔거든, 병이 더치지 않았겠냐?"

어머니는 까닭 모를 화를 냈고

"그렇지만 간지 석 달 만에 그렇게도 허망하게 죽어 버릴까?"

종국의 아내는 고개를 기울이며 탄식했다. 그러나 음전이는 (한달이나 길거리에서 잤다니 죽지 않고 어쩔 것인가?) 하는 속말을 하며 입술을 지긋이 깨물었다.

"아니, 그 두 새끼들은 어찌될 것이냐? 세상에 몹쓸 일도 많다. 무슨 죄로 천리 타관에서 객사를 한단말이냐?"

어머니는 입술을 불면서 울었다.

"그렇게 착하고 어진 댁네가 참……."

종국의 아내도 눈물을 씻었다. 음전이는 부엌으로 나와서 실컷 울었다.

(형수도 없이 밥은 누가 해먹으며 아이들하고 의복 같은 것은 어쩌는고?)

이런 생각을 하니 저녁 차로라도 음전이는 제가 올라가서 윤수의 받는 고초를 함께 겪어야만 할 것 같았다. 그러나 그것은 꿈이었다. 도저히 실현할 수 없는 꿈이었다.

(어쩌면 내게도 편지 한장을 않고 마는고? 자기 손으로 잘 쓸 줄 알면서도……)

이렇게 트집을 잡자면 야속한 마음도 들지마는 그것은 잠간이요 (어떻게 해서든지 샤쓰나 꼭 하나 사 보내야 하겠다.) 하는 생각만이 굳게 다져졌다.

머리에서 뱅뱅 돌고 있는 결심은 날마다 커 갔다. 그러나 샤쓰를 살 만한 돈은 늘어가지 않았다.

(샤쓰 하나에 칠십 전씩 한다는데 지금 내게는 사십 전밖에 없으니…….)

음전이는 초조해 하였다. 그러나 그 사십 전이란 돈은 음전이가 삼 년 동안 모아 온 큰돈이었다. 색실을 사서 시집갈 때 가지고 갈 베갯모를 수놓아 보려고 온갖 수단과 재주를 다 부려서 모은 돈이지만 당장에 떨고 있을 장래의 남편을 위하여 샤쓰를 사서 보내는 것이 더 떳떳하고 장한 일이라 생각한 그는 하루 바삐 그의 결심을 실행하려고 바득바득 애를 태웠다.

하루는 함평 읍내서 살고 있는 외삼촌이 음전의 집에 다니러 왔다. 이발소를 경영하고 있다는 젊은 외삼촌은 유행 창가를 썩 잘 불렀다.

하루를 놓고 저녁때 돌아 가는 외삼촌은 어머니에게 오십 전짜리 은전을 주고 음전이와 종섭에게는 십 전짜리 하나씩을 주었다.

음전이는 어머니의 손바닥에 놓인 은전을 욕심이 가득한 눈으로 바라보았다.

(이러다가는 도둑놈이 돼 버리겠네.)

스스로 자기를 꾸짖었건만 어머니의 주머니에 그 은전이 들어 있으려니 하는 마음이 들 때는 못견디게 그것이 탐이 났다.

(보내는 데도 삼십 전이 든다니 꼭 일원이 있어야 할 것인데 요 십전까지 합해도 오십 전밖에 안되니 어쩌까? 어머니가 그 돈 오십 전만 나 주면 일은 기막히게 잘되겠구만서도……)

음전이의 눈은 그 어머니의 주머니에서 차마 떠나지 못하였다.

(그렇지만 샤쓰를 살 사람은 누구요, 또 윤수에게 부쳐 줄 사람은 누구냐?)

문득 그는 이런 생각을 해보았다. 그러자면 결국 종국에게 알리지 않을 수 없을 것이오, 오라비가 알면 어머니까지 알게 될 것이 아닌가? (에라, 이왕 일이니 어머니에게 그 돈을 간청해 보는 수밖에 없다) 하는 배짱을 음전이는 딱 정했다.

며칠 후에 종국이는 읍내 외삼촌 집에 다니러 간다고 아침 일찍부터 서둘렀다. (이 기회를 놓쳐서는 안되겠다.) 생각하고 음전이는 전장에 나가려는 군인처럼 마음을 단단히 먹은 후에

"어머니."하고 다구지게 불렀다.

"왜 그래?"

어머니의 대답 소리도 희미하지는 않았다. 그러나 하려던 말은 입에서 나오기커녕 목구멍으로 다시 기어 들어 가려고 하였다.

"불러 놓고는 왜 말을 못하냐?"

"어머니, 저번날 외삼촌이 드린 돈 오십 전을 나를 주시오. 그러면 이 다음에 내가 외삼촌한테서 얻어서 갚아 드리께……."
"돈을 너 달라고? 아니 뭣 하게?"
어머니는 눈을 둥그렇게 뜨고 입을 벌려서 놀란 표정을 하였다.
"오빠 읍내 가는데 샤쓰 하나 사 달라고 하려고 그래요."
말을 하기 시작한 음전이의 말소리는 분명하였다.
"뭐? 샤쓰?"
어머니의 놀란 표정은 더 심각해졌다.
"저 윤수가 샤쓰도 없어서 치워 한다니께 하나 사서 부쳐 줄라구……."
음전이의 얼굴은 붉어졌다.
"오십 전 가지면 산다냐?"
어머니는 딸을 빤히 쳐다보며 물었다.
"내게도 오십 전 있으니께……."
"그러면 그래라, 요새는 가시네들이 더 음흉스럽고 응큼스럽드라니께……."
어머니는 의외로 선선하게 허락하고 싱긋이 웃으며 주머니에서 은전을 꺼냈다.
"아나, 돈 여기 있다."
어머니는 돈을 방바닥에 던졌다. 그것을 주워 가는 음전이의 귀밑은 단풍잎처럼 빨개졌다. 조금 후에
"음전아!"
어머니는 아무 일이 없었던 것처럼 새삼스럽게 정색하고 딸을 불렀다. 음전이는 대답 대신으로 어머니를 보았다.
"나는 너 돈을 주었으니께 너도 나 뭣을 줘야지 않냐?"

"뭐 드릴 것이 있어야지······."
음전이는 당황하여 했다.
"네 부담 상자 속에 감춰 둔······."
음전이의 가슴은 뜨끔하였다.
"그 호박을 나 달란말이다."
어머니는 미소하였으나 음전이는 고개를 푹 숙이고 손가락을 앞니로 깨물면서 잠잠할 수밖에 없었다. 비록 가슴은 바람에 불리는 가랑잎처럼 설렐지라도······.
"저번날 외삼촌이 호박 한 개를 하드라마는 어디 있어야지? 삼촌 댁이 애기 선다고 자꼬만 호박 범벅을 찾느다는디 워낙 호박들만 드세게 먹어 내니께 이 동네서도 구할 수가 없단말이다. 그래 걱정을 하는 판인데 오늘 새벽에 전대를 찾느라고 네 부담 상자를 열어 보니께 제일 큰 놈이 들어 있드란말이다."
어머니는 말을 잠간 끊고 딸의 눈치를 보고 나서
"내가 네 속을 알기는 한다. 윤수가 호박을 좋아하니께 뒀다가 윤수 오면 해 줄려고 그러지만 내년 사월까지 뒀다가 썩혀 버리느니 오늘 외삼촌 집에 보내라. 윤수한테는 샤쓰를 사 보낸께응."
하고 음전이의 대답을 기다리지도 않고 호박을 가지러 마룻광으로 들어 갔다.
(누가 먹일라고만 그러는가? 둘이 언제부터 약속했으니께 그렇지.)
중얼거리는 음전의 가슴속을 그 어머니가 알 이치가 없었다. 음전이는 안타깝고 답답한 가슴을 안고 종국에게 일 원을 주면서 샤쓰를 사서 아주 윤수에게 보내고 오라고 부탁을 하였다.
종국이의 지게 위에 팥과 콩이 층층이 들어 있는 전대와 나란히 얹혀서 떠나 가는 길고 큰 호박을 바라보면서 음전이는 석 달 전의 윤수가 탄 기차를 바라보며 울던 그때와 비슷한 쓰리고 애달픈 눈물을 머금고 그가 보이지 않을 때까지 서 있었다.
 그러나 자기가 사 보내는 샤쓰를 입고 기운 좋게 일하는 윤수의 모양이 눈앞에 떠오를 때 음전이는 손등으로 눈물을 닦고 돌아 서서 북쪽 하늘을 바라보았다.

(≪여성≫, 1937.9)

해설 박화성 ● 하수도공사 / 호박

여성문제의 사회주의적 모색

이태숙

박화성(朴花城 : 1904~1988)

　본명은 경순(景順)이고, 호는 소영(素影)이며, 화성(花城)은 필명이다. 1925년 데뷔 때 화성이란 필명을 사용하면서 굳어졌다. 1904년 4월 16일(음력) 전남 목포생이다. 숙명여고 졸업 후 1926년 일본 니혼 여자대학을 중퇴하였다. 1925년 ≪조선문단≫을 통해 「추석전후」로 등단하면서 문단의 주목을 받게 되었다. 이후 결혼과 함께 일본으로 건너가면서 작품활동이 중단되었다가 1932년 「하수도공사」(동광, 1932.5)부터 본격적인 작품활동이 시작된다. 해방 후에는 한국문인협회이사, 국제펜클럽 한국본부 중앙위원, 한국여류문인회 초대회장, 한국 소설가 협회 상임위원 등을 역임하는 등 활발한 활동을 하였으며, 1968년 예술원 회원이 되었다. 1988년 1월 30일 사망하였다. 소설가 천승세, 승준, 승걸이 모두 그의 문재(文才)를 이어받은 아들들이다.

박화성의 작품세계는 해방이전까지 주로 계급사상을 기반으로 한 빈궁문제를 중심으로 형상화되었다. 첫 번째 남편이었던 김국진은 오빠 박제민의 친구로 사회주의자였다. 그가 1928년 근우회 동경지부 결성 창립대회에서 위원장으로 선출되었던 것은 그의 문학에 내재하고 있는 사상적 경향의 근원이 어디에서 출발하는가를 드러낸다. 이런 이유로 그의 문학은 당시 계급문학을 지향했던 카프와 관련을 가지지는 않았지만 출발부터 철저한 계급적 기반 아래에서 당시 조선사회의 문제의 본질을 파헤치는데 주력하고 있었다. 부와 빈, 지주와 소작인, 강자와 약자 등의 계급적 대립관계의 모순을 중심으로 사회문제의 본질을 파헤치려 한 여성작가라는 점에서 당대의 어떤 여성작가와도 변별되는 작품성향을 보이고 있었음은 물론이고, 카프 소속의 문인들과도 비견되는 계급적 문제의식을 형상화하고 있었다. 따라서 등단과 함께 박화성은 문단의 주목을 받았으며, 대부분 도외시되고, 비하되었던 다른 여성작가들과는 달리 본격 리얼리즘 작가로서 꾸준히 남성평론가들의 호평을 받았던 드문 여성작가이기도 하였다. 하지만 그의 이러한 작품 경향은 페미니즘 비평이 본격화되면서 오히려 문제시되기도 하였는데, 남성작가들에게 호평 받았던 웅대한 스케일의 서사는 오히려 여성문제를 간과한 문제점으로 지적되기도 하였던 것이다. 실제로 그는 여성문제에 직접 관심을 기울이고, 지속적으로 문학적 형상화를 시도하였던 여타의 여성작가들과는 다른 길을 걷는다. 즉 여성해방은 계급해방을 전제함으로서만이 가능하다는 뚜렷한 사상적 소신을 가지고 있었던 것이다. 그의 이러한 사상경향은 사회주의적 페미니스트들에게서 뚜렷한 원칙으로 자리잡고 있는 것으로 근대초기 페미니스트 가운데 강경애와 함께 두드러지는 특징이다.

그가 동경의 근우회 지부의 위원장을 맡았다는 것은 그의 사상적 토대가 어디에 있는가를 반증하는 것이기도 하다. 하지만 박화성은 1936년 첫남편 김국진과 이혼하게 되는데, 그것은 사상운동을 위해 간도 용정으로 떠나는 남편과 아이들의 교육문제로 따라갈 수 없다는 박화성의 대립 때문이었다고 전해진다. 다음해 그는 목포의 재력가 천독근과 재혼하는데 이 이혼과 재혼의 사건은 박화성의 계급사상의 문제점을 지목 받는 계기가 된다. 즉 그의 작품에서 드러나는 철저한 계급주의적 시각은 결국 관념성에 다름 아니며 현실인식을 수반하지 못한다는 지적이 그것이다. 그러나 이 문제는 그렇게 쉽게 단죄할 사항은 아니며 좀더 복잡한 개인적인 정황을 수반하고 있음을 간과해서는 안될 것이다. 그 증거로 재혼 이후 그의 작품에서 계급사상이 사라지는 것은 아니며, 오히려 1935년 이후 객관적 정세가 악화되면서 다른 작가들이 미래에 대한 희망을 잃고 세태의 묘사에 치중하거나 내성에 집착할 때도 현실비판의 예봉을 간직하고 있음을 지적할 수 있다.

데뷔작인 「추석전야」는 목포의 방직공장의 여성노동자 영신을 주인공으로 자본주의의 모순과 여성노동자의 현실, 그리고 빈궁의 문제를 파헤친 수작이다. 박화성의 특징으로 들 수 있는 섬세한 묘사의 필력이 드러나는 데뷔작이기도 하다. 흔히 그의 계급주의적 세계관을 첫남편 김국진의 영향으로 평가하고 있지만, 결혼이전에 오히려 뚜렷한 계급의식을 보여주는 작품을 선보이고 있다는 점에서 그의 문학 경향은 보다 본질적인 것이었음을 지적할 수 있다. 「하수도공사」는 결혼과 사상공부 등으로 중단되었던 창작활동이 본격화되는 첫 작품이다. 그러나 데뷔작 「추석전야」와 이 작품을 추천했던 이광수는 작품성에 불만을 표시하였고, 김동인도 혹평하였지만 박화성은 당대문단의 두 거두에 대해 오히려 두 작가를 비판하며 자신의 사상적 진보를 자신하였다. 이러한 자신감은 이광수의 계몽주의가 가지는 시대적 한계성을 계급사상으로 극복하고자하는 자신감으로 나타나는 것으로 「하수도공사」의 주인공 동건을 통해 형상화된다. 당시 일본에서는 복본주의(複本主義)가 사회주의 이론의 중심에 있었는데, 복본주의는 혁명을 위해 인텔리겐챠의 지도적 역할을 중시한 이론으로 전위의 역할이 중심이 되는 것이다. 이의 영향을 받아 한국에서도 예술운동의 볼셰비키화가 카프를 중심으로 전개되고 있는 상황이었다. 카프창작의 중심에 있던 이기영의 「서화」, 「고향」과 함께 복본주의적 경향을 짙게 드러내는 작품이다. 1930년대에는 일제의 착취로 인한 빈궁과 실업의 문제가 심각한 상황이었고, 이러한 실업자의 구제를 목적으로 대규모 하수도공사가 각처에서 일어난다. 대부분의 노동자들이 몇 년을 기약하며 가족의 곁을 떠나 이러한 관급사업에 동원되었다. 그러나 이러한 공사는 실업구제라는 표면적인 목적과는 달리 식민지 지배기구의 기초를 마련하기 위한 것이었다.

이 작품은 이러한 식민지 현실의 모순을 형상화한 것이다. 공사를 청부받은 일본인 '중정'은 교묘한 방법으로 노동자들의 임금을 착취하고, 계약된 임금보다 낮은 임금에 착취당하던 노동자들은 그나마 석달이나 밀리게 되자 흥분하여 경찰서로 몰려간다. 그러나 경찰은 원래 식민지배의 말단으로 노동자들의 편은 아니다. 이들을 지도하는 서동권은 상업학교를 다니다 의외의 검거사건으로 동경으로 건너가게 되고 여기에서 '정선생'의 지도를 받아 사회주의자가 되는 인물이다. 그는 자신의 사상을 실천하기 위해 하수도 공사의 노동자가 되고 그들과 투쟁한다. 이 작품은 이처럼 전형적인 주인공이 미래에 대한 비전을 가지고 투쟁하는 노동자소설의 전형과 같은 작품이다.

투쟁과정의 박진감 넘치는 묘사라든지 계급현실과 식민지문제의 접점을 짚어내는 분석력 등은 남성작가에 비견할 바가 아니다. 그러나 계급투쟁이 이 작품의 한쪽 맥이라면 다른 하나의 맥은 동권과 용희의 사랑이야기이다. 이 부분에 대해 카프의 이론가 한설야는 '노임부불투쟁의 문제에 가정문제와 연애문제를 집어넣어 용두사미가 되었다.'고 비판한다. 그러나 이러한 사적인 문제의 개입은 사실 여타 프로작가와 달리 주인공 동권을 훨씬 생동감 있는 인물로 만들어주며 소설의 내용을 더욱 풍부하게 해주고 있다. 동권이 '정'의 검거와 「하수도공사」의 완료 후 고향을 떠나며 용희에게 남기는 편지는 남녀의 애정문제에 대한 박화성의 신념을 드러낸다. 전대 페미니스트들이 주력해왔던 자유연애사상의 허위성을 비판하고 진정한 남녀관계는 이념적 동지애에 의해서만 가능한 것이라는 비전의 제시가 그것이다. 이러한 그의 소신은 여타의 작품들, 「비탈」(≪신가정≫, 1933.8~12)이라든지 「두 승객과 가방」(≪조선문학≫, 1933.11)에서도 마찬가지로 피력된다.

「호박」(≪여성≫, 1937.9)은 농촌을 배경으로 하여 일제의 침탈로 피폐화된 고향을 등지고 떠날 수 밖에 없는 유이민들의 삶과 농촌의 이농현상을 서정적 문체로 형상화한 작품이다. 이전의 작품들에서 보이는 치열한 계급의식은 전면으로 드러나기보다는 작품의 이면에 놓이면서 대신 빈민들에 대한 작가의 따스한 시선과 작중인물들에 대한 해학적인 심리묘사가 오히려 가난과 고통을 따뜻하게 감싸 안아주고 있는 작품이다. 가뭄으로 살기가 힘들어 석달 전 함경도 고무산으로 가버린 윤수와 그를 기다리는 음전이의 사랑을 호박을 매개로 전개하고 있는 작품이다. 가난 때문에 밥 대신 호박죽이나마 먹어야하는 가정형편과 윤수가 돌아올 때까지 사랑의 징표인 호박을 간직하고 싶어하는 음전, 음전의 마음을 알면서도 끊임없이 호박을 내놓을 것을 다그치는 음전 어머니와의 갈등이 아기자기하고 서정적으로 전개되어 여타의 박화성의 소설들이 보이는 웅혼한 서사의 스케일을 대신한다.

계급해방과 여성해방을 어떻게 관계지을 것인가의 문제는 사회주의 페미니스트 문제의 핵심이다. 박화성의 경우 여성문제에 대한 관심에도 불구하고 대부분의 여성주인공들이 스스로의 의식 혹은 자각을 실천에 옮기고 있기보다는 남성의 배경으로 머물러 있다는 점, 그리고 그들과의 동지애만이 강조되고 있다는 점은 한계로 지적되지 않을 수 없다. 그러나 이러한 한계는 개인적이기보다는 이론적이며 시대적인 부분이라 할 수 있다. 동시대의 작가인 강경애의 경우도 이러한 한계를 벗어날 수 없었는데, 그것은 계급해방을 여성해방보다 우위에 놓을 수밖에 없는 사회주의 이론의 입장에 기인하는 것이며, 앞으로 사회주의적 페미니즘이 해결해 나가야할 문제일 것이다.

김말봉은 자신을 대중소설작가로 공언하며, 한국 대중소설의 한 계보를 형성하였다. 여성명사로서 사회적 활동도 활발하였는데 해방 후에는 공창(公娼) 폐지 운동에 앞장서기도 하였다.

김말봉

망명녀(亡命女)

 이야기는 내가 본국에서 어느 요리집 기생으로 있을 때부터 시작이 됩니다. 어느 날 밤 열두 시가 훨씬 넘었을 때입니다. 명월관 이층에서는 전처럼 손님이 오륙 인이나 남아 있어서 2차 격식으로 새로이 흥풀이를 하고 있었습니다. 나는 그날 저녁에는 어쩐지 몸이 찌더분해서 일찌감치 자리로 가서 누워버렸으면 하는 생각뿐이었습니다. 그래 주인 마누라에게 말을 하고 아래층 내 방으로 와서 누워버렸지요. 조금 있으니까 아니다 다를까 보이가 와서 손님이 나를 찾는다고 기어코 나오라는 구먼요. 그래 아파서 못 가겠으니 오늘 저녁은 용서하여 달라고 사정을 아니하였겠어요? 보이는 그냥 돌아갔습니다. 나는 이불을 푹 쓰고 죽은 듯이 눈을 감고 있으려니까 골치가 푹푹 쑤시며 그저 사지가 녹아나는 듯 아파옵니다. 나는 앓는 소리가 입 밖으로 나오려는 것을 억지로 참고 잠만 청하고 누웠으니 문이 벙싯 열리며 이번에는 주인 마누라의 목소리입니다.

"이애 산주야 어디가 아프니? 모처럼 손님이 오셔서 너를 부르시는데 웬만하거던 일어나려무나."

언제나 돈 잘쓸만한 손님의 비위를 맞추려면 으레히 내게다 기름을 바르는 것이 밉살스러워서 못 들은 척하고 누워 있으니까 이번에는 내 귀에다 대고

"애야 오늘 저녁만 꾹 참고 나가다오. 그러면 내일이라도 박 의사 말대로 약을 가지고 온양 온천으로 가서 한 보름 쉬도록 할테니……."

이 말에는 아닌게 아니라 나는 눈이 번쩍 뜨입니다.

"아주머니 그것 정말이지요?"

"암 여부가 있나 내가 자네한테 거짓말 하겠나?"

하며 팔을 잡아 일으킵니다. 나는 속으로 '네 버릇 개주려고?' 하면서도 못 이기는 척하고 슬며시 일어나서 경대를 잠깐 들여다보고 위층 7호실로 들어갔습니다.

한참 술잔이 오고가고 웃고 지껄이고 흥이 돈 모양입니다. 나는 들어가면서 인사를 하고 한 옆에 앉았노라니 전에 못 보던 양복쟁이 하나가 자꾸만 계심이를 안으려 하는데 계심이는 골을 잔뜩 찌프려 가지고 "노셔요, 놔요." 하면서 술주전자를 들고 일어서려니까 그 손님은 또다시 계심이 입술에다 입을 맞추면서 "고것 예쁘다. 고것 참 참하다." 하는 말이 남도 사투리로 꼭 일본말처럼 하는 것이 하도 우스워서 나는 그만 "호호"하고 웃어버렸지요.

양복쟁이가 힐긋 나를 보더니 이번에는 계심이를 놓고서 옆에 있는 세루 두루마기 자락을 부추기며

"여보게 저 색시 이름이 뭔가?" "아―, 저 기생 말이오? 그게 산호주라고 하는 이집 스타랍니다. 이봐, 산호주. 이 손님에게 인사 드

려. 이 분은 서양서 여러 해 공부하시고 바로 한 달 전에 나오신 어른이여. 대구 양민상 씨 조카님이여."

나는 속으로 '작자의 몰골이 꼭 서부 활극에 나오는 부랑자 같으이.' 하면서

"안녕하셔요. 저는 산호주랍니다." 하니 양복쟁이는 싱글벙글 웃으면서 "그참 시원시원하이. 얼굴이 아주 모던인데! 산호주, 자네 내게 술을 따르게."

나는 몸이 우수수하고 하품이 나오는 것을 겨우 참고서 술을 따릅니다. 저편에 앉았던 오 주사라는 이가 혀꼬부라진 소리로,

"여봐 산호주 노래 하나 하게나. 난 무엇이든지 좋으니 자 나온다. 좋다!"

나는 갑자기 머리가 횅하고 속이 니글니글 하면서 대답도 미처 못하고 한 손으로 머리를 짚고 가만히 앉아서 진정을 하노라니까 오 주사가 온 방안이 떠나갈 듯 큰 소리로

"사람이 말을 하는데 가만히 앉아 있어. 말이 말같지 않아서 그래? 건방지게?"

오 주사는 흥분하여 숨소리가 씨근씨근합니다. 나는 겨우 머리를 들고

"용서하세요, 제가 오늘 저녁에는 몸이 좀 고단해서?"

"내게는 아무렇게나 얼버무려 버리면 그만인 줄 아나, 여기에 올 때는 유쾌하게 놀다 가려고 온 것이여. 너를 부른 것은 공연히 부른 것이 아니여. 이 좌석 여러 사람을 다 기쁘게 하기 위하여 일부러 돈을 주고 불렀어."

나는 금시로 속에서 무엇이 뭉클하고 올라오는 것 같습니다. 그 자리에 더 앉아 있으면 금시에 기겁을 하여 죽을 것만 같아서 벌떡

일어섰습니다. 막 문을 열고 나오려니까 무엇이 목덜미를 왈칵 잡아다가 자리에다 앉힙니다. 나는 기운에 못 이겨 뺑뺑이를 한 번 돌고 고꾸라졌습니다. 나는 분하고 부끄러워 얼른 일어나 앉으려니까 그 오 주사가 손가락으로 내 아래턱을 쳐들면서

"방정맞은 계집 같으니라고. 배워먹지도 못한 것이 이게 다 기생이냐, 이 따위가 명월관 스타야? 누구 앞이라고 포달을 부리고 나가, 응?"
하고 또다시 턱밑을 쳐듭니다.

나는 이 때 내 귀에서 급시로 폭포가 내려 쏟아지는 듯 귀가 울고 내 눈앞에서는 바닷물이 산을 삼키고 큰 나무가 바람에 불려 가지가 꺾어지고 뿌리가 뽑히며 산 꼭대기에서 바윗돌이 굴러 떨어지는 것 같습니다.

나는 호흡이 막히고 사지가 굿굿하여지는 것을 느꼈습니다. 아마 그것이 지독한 히스테리인 모양이에요. 나는 이를 부드득 갈면서

"무엇이 어째? 이 건방진 자식아, 누구에게다 주정을 하는 거야?"
하고 오른손을 들어 오 주사의 뺨을 힘껏 갈겼습니다. 그러나 그 손은 오 주사의 억센 주먹 안에 들고 말았습니다. 그 대신 내 얼굴에는 오 주사의 거센 손바닥이 두 세 번 지나갔습니다. 나는 힘을 다하여 내 한 손을 빼어가지고 곁에 있는 술주전자를 들고서 힘껏 오 주사의 머리를 내려쳤습니다. 이때 여러 사람들이 나를 말리는 모양입니다.

나는 귓전에 "산호주가 미쳤구나." 하는 친구의 목소리를 들었습니다. 나는 그 순간 말할 수 없는 쾌감을 느꼈습니다. 과연 나는 미치고 말았으면 하는 생각을 하루에도 몇십 번이나 하였는지요. 스스로 내 목숨을 잘라버릴 용기가 없는 나는 차라리 내 감정과 관계없

는 생활을 하고 싶었습니다. 미쳐가지고 모든 고통을 잊었으면, 또 미쳐가지고 하고 싶은 말과 가슴에 서린 분풀이를 실컷 하고 말았으면 하는 공상에 몇 번이나 취하였던지요. 나는 오늘 그러한 내 욕망을 이루는구나 하는 생각이 몹시도 나를 유쾌하게 만들었습니다.

나는 그때 흐르는 코피를 수건으로 막고 있는 오 주사를 쳐다보고 빙긋 웃었습니다. 오 주사는 다시 "저 년이 미쳤어." 하고 다리를 번쩍 들어 나의 가슴을 차려 합니다. 나는 맹호처럼 그 다리에 매달렸습니다. 물고 꼬집고 쥐어뜯었습니다. 마치 이십삼 년 동안 나를 못 견디게 굴고 나의 자유를 빼앗고 나의 건강을 짓밟고 나의 고운 몸에다 더러운 병균을 집어다 넣은 그 흉악한 대상이 지금의 오 주사인 것 같았습니다. 오 주사는 나의 멱살을 잡고 아래층으로 내려왔습니다. 여러 사람이 말리면 말릴수록 나의 전신은 시뻘건 불덩어리가 이글이글 하는 듯 평일에 없던 용기가 백 배나 더 났습니다. 나는 찻종이고 그릇이고 과일이고 간에 내 손에 잡히는 대로 오 주사에게 던졌습니다. 누가 불러왔는지 순사가 와서 나를 데리고 구경꾼들을 밀치며 밖으로 나갔습니다.

내가 주인 마누라에게 안동이 되어 명월관으로 돌아온 것은 새벽 세 시가 훨씬 넘어 있었으며 밤이 벌써 새려할 때 나는 나무둥지처럼 아무 감각이 없는 몸을 끌고 어제 저녁에 내 손으로 펴 놓았던 그 자리에 가서 누워 버렸습니다. 시간이 얼마나 되었는지 몇 사람이 무엇이라고 지껄이는 바람에 눈을 떠보니 저녁 노을이 서창에 붉게 타고 있었습니다. 나는 머리맡에 있는 명함을 집어들었습니다.

'오늘 저녁에 갈 테니 만나주기 바랍니다.'

— 옛날의 형 허윤숙이 최순애 아우에게.

나는 참으로 놀랐습니다. 잊어버린 지 오래된 옛날의 벗 허윤숙으로부터, 또한 거의 잊혀져가는 나의 옛 이름 순애를 불러주는 것이 돌아가신 어머니를 만난 것처럼 몹시도 반갑고 서러웠습니다. 나는 혼자서 "최순애, 최순애." 하고 허겁히 불러보았습니다. 눈물이 줄줄 흘러서 베개를 적시는데 추억은 8년 전 옛날로 달리고 있습니다.

  8년 전 내가 C여학교 3학년 때입니다. H예배당 장로인 내 아버지가 K라는 서양 부인의 어학 교사로서 얼마 안 되는 수입을 가지고 우리 남매와 계모까지 네 식구가 먹고 살았었다. 그 K부인의 주선으로 나는 C여학교의 수강생이 된 것이다. 그해 허윤숙이라는 상급생과 사랑하는 형제를 맺어가지고 나도 남들이 하는 것처럼 선물을 몹시 보내고 싶어서 K모 부인의 돈 십 원을 훔친 것이 그만 발각이 되었다.

  아아, 그때 끝까지 모른다고만 하였더라면 …… 그러나 나는 너무나 어리석었지. 김 선생이 울면서 드리는 기도, 그리고 내게는

  "네 영혼을 구원하기 위하여 자백을 하여라. 회개하는 마음으로 자백만 한다면 예수께서 너를 사하실 것이 아니냐? 그러면 학교에서도 너를 용서할 생각이다."

라는 꿈같은 거짓말에 나는 그만 자백을 하여버렸지. 그날로 학교에서 쫓겨나온 나는 나 때문에 명예와 직업을 한꺼번에 잃어버린 아버지를 대신하여 네 식구의 주림을 등에 지고 직업을 얻으러 가두(街頭)로 헤매이는 몸이 되었었다.

  그러나 도둑질하여 퇴학 맞았다는 낙인이 찍혀 있는 나에게는 아무런 취직의 문이 열리지 아니하였다. 그리하여 나는 최후로 여자라는 특권(?) 덕분에 이 구석으로 들어오고 만 것이다.

  8년 전 이 몸은 얼마나 깨끗하고 빛나는 희망과 자랑을 가득히 싣고 있었던가? 그러나 지금의 나는? 나는 생각의 나래가 현실로 돌

아올 때 악몽에 놀란 사람처럼 진저리를 치면서 일어났습니다.

미국서 일전에 돌아왔다고 신문에서 사진까지 내었더라는 그 허윤숙이가 나를 찾아 무엇하려노? 정말일까? 무엇하러 ? 그러나 나는 경대 앞에서 바쁘게 얼굴과 머리에 손질을 하였습니다. 전등이 켜졌습니다.

"바로 이 방입니다. 다른 사람은 없습니다."

밖에서 목소리가 들리면서 문이 스르르 열립니다. 거기에는 8년 전 그때보다도 훨씬 도도하여진 허윤숙 그가 아무 말도 없이 나를 들여다보고 섰습니다. 나는 일어서서 일부러 "하실 말씀이 있거든 들어오세요."
하면서 웃어 보였습니다.

윤숙이는 참을 수 없었던지 달려들어 내 목을 안고 울면서
"순애 이게 웬일이요. 그래 엊저녁에 과히 다친 데는 없우? 나하고 병원으로 가요."

"나는 자유로 외출을 못 합니다. 주인의 승낙 없이는……."

이렇게 대답을 한 나는 설움이 북받쳐서 그 가슴에 기댄 채 소리를 내어 울어버렸습니다.

윤숙이는 자기 입을 얼굴에 대이며

"순애, 울지 말어. 너는 이제부터 자유의 몸이다. 주인이 청하는 대로 삼백 원을 지금 막 치웠다. 보아라. 이게 영수증이다."

나는 그의 손에서 착착 접은 종이 조각을 내 눈으로 읽기 전에는 도무지 윤숙이의 말을 믿을 수가 없었습니다. 그러나 한 시간 안에 우리를 실은 자동차는 가회동에 있는 윤숙이의 집 앞에 도착하였습니다. 꿈에서 꿈을 보는 듯한 그 밤은 윤숙이와 이야기로 새웠습니다.

"언니가 어떻게 그리로 절 데리러 오셨어요?"

"애, 내가 귀국하자 바로 네 소식을 알아보았지. 네가 그러한 곳에 있다는 말을 들은 그날부터 너를 구해 내려고 결심하였단다. 혹시 그 집 앞을 지날 적에는 행여나 하고 유심히 그 집을 쳐다보고 다녔지. 어제 저녁에는 먼저 학교 선생들하고 한강 뱃놀이를 하고 늦게야 돌아오는 길에 네가 어떤 사람과 그렇게 싸우고 있더구나. 나는 어젯밤 뜬눈으로 너를 데려올 생각만 하다가 결국 학교로 가서 여러 가지로 간청해서 돈을 구변하여 가지고 그리로 간 것이다."

"언니, 그건 그렇고 내가 C학교에서 쫓겨 나오던 날 내가 언니 있는 방을 들여다보고 또 들여다보고 걸어나온 것을 아셨어요?"

"애, 말 말아. 그날 나는 하루 종일 울었단다. 눈이 통통 부어서 식당에도 못 가고 네게 이제 하는 말이다마는 네가 그 실수를 한 뒤에 학교에서는 퇴학을 결정했다는 말을 듣고 돈 십 원을 가지고 민 교감에게로 안 갔더냐. 막무가내더구나. 마지막에 나는 '그렇다면 예수가 죄인을 위하여 죽었단 말을 어떻게 믿을 수가 있습니까? 만약 예수가 참말 회개하는 자를 구원하신다면 학교에서 그 애를 용서하는 것이 마땅한 줄로 압니다.' 이렇게 대드니까 민 교감은 뿌린 씨는 자기가 거둬야 된다느니, 하나님은 영혼을 구원하여 주시되 육신으로는 죄값을 갚아야 한다는 둥 하나님은 자비하시지만 또한 공평한 하나님이시라는 둥, 자기 웅변에 취하여……(이하 두 줄 생략). '너는 학교 당국에서 하는 일에 입을 벌리지 마라.' 하며 최후의 명령을 하지 않겠느냐. 나는 어처구니가 없어서 그냥 내 방으로 돌아오고 말았단다."

밖에서는 닭들이 홰치는데 동창이 훤한 것을 보고 우리는 새로이 잠이 들었습니다.

윤숙이는 시내 R학교 가정과 담임 선생이라 으레히 R학교 기숙사로 들어갈 것이로되, 그러지 않고……(한 줄 생략). 그는 조그마한 집을 하나 사 가지고 시골 계신 혼자된 고모님을 뫼셔다가 아주 간단한 살림을 하고 있었습니다.

아침 밥상이 나간 후 윤숙이는 나를 보고

"순애, 나는 지금 학교로 가니까 종일 누워서 좀 쉬어요. 이제부터는 몸조리도 하고 정신도 수양하도록 하자. 심심하거든 책이나 보고."

하고 그는 총총히 나갔습니다.

나는 그만 하루 종일 마치 첫 방학에 집에 돌아온 학생처럼 몹시도 상기되었습니다. 윤숙이 고모님이 들고 앉아 있는 저고리도 같이 거들고 마루도 닦아보고 책상 앞에 앉아 글도 써 보았습니다. 내가 이렇게 자유의 몸이 되어 돌아온 것을 아버지가 보았으면 오죽이나 기뻐하실까 생각하니 이태 전에 돌아가신 부친이 새로이 그리워 눈물이 흘렀습니다.

하학이 되어 종종걸음으로 돌아오는 윤숙이를 내 역시 버선발로 뛰어나가 맞았습니다. 이렇게 삼사 일을 보냈습니다. 윤숙이가 학교에 간 후면 나는 윤숙이 고모를 따라 부엌에 내려가 보기도 하며 바늘도 쥐어보기도 하나 긴긴 하루를 보내기에는 너무도 지루하였습니다. 책상에 있는 책을 이것저것 빼어보았으나 모두가 나에게는 소경 단청인 서양말이오. 성경 같은 조선말로 된 것도 있으나 아무런 흥미를 느끼지 못했습니다. 나는 갑자기 담배 생각이 납니다. 윤숙이 고모는 담배를 피우진 않는 모양인지 집안에 담배는 보이지 않습니다. 나는 윤숙이에게 미안한 줄도 알면서 주머니 속에 있는 푼돈을 가지고 '가이사' 한 갑을 사 가지고 와서 거듭 두 개를 피웠습니다.

어느 날 저녁 윤숙이는 나를 보고
"순애 너 담배 피지?"
나는 대답 대신 빙긋 웃었습니다.
"얘야, 아서라. 너는 모든 과거를 짓밟아버려야 한다. 말살해버려라. 흑암의 생활에서 지내온 것은 흉내라도 내지 말아라. 응? 정 무엇하면 인단이라도 씹어보렴."

윤숙의 말은 간절하였습니다. 나는 다시는 안 피우리라고 약속을 하였습니다. 그러나 그 다음날 또 그 다음날 닥쳐오는 담배의 유혹은 드디어 나로 하여금 윤숙이의 눈을 피하여 흡연하도록 만들었습니다.

그뿐만 아닙니다. 내가 명월관에서 나온 후 얼마 동안은 기분 전환으로 잠깐 잊어버렸던 모르핀의 악습이 다시 나를 찾아오는 것입니다. 나는 이것만은 어떻게 해서라도 이겨보려고 하였습니다. 윤숙 언니께 미안하다는 것보다도 내 자신이 이것 때문에 파멸될 줄을 잘 안 까닭입니다. 그러나 내 힘으로 이것을 단념하기에는 너무도 깊이 중독이 되어 있었습니다.

하루는 윤숙이가 학교에 가고 없는 틈을 타서 나는 상자를 열고 약병과 침을 꺼냈습니다. 나는 전처럼 내 손으로 찌른 후에 약병과 침을 상자에 도로 갖다 넣고 안방에 누워서 유쾌한 낮잠을 잤습니다. 이것이 도화선으로 나는 거의 날마다 빼지 않고 이 짓을 하였습니다. 사실 나는 나대로 윤숙이를 향하여 마음속으로
"형님 당신은 어쩌면 그렇게 깨끗하고 고상한 인격자입니까? 그러나 당신이 모처럼 구해다 놓은 나는 이 꼴입니다. 나는 어쩌면 구원을 얻을까요."

이렇게 부르짖은 것이 한두 번이 아니었습니다.

그러나 윤숙이의 말대로 새로운 생활을 하지만 과연 그 새로운 생활의 목표가 무엇인지 나는 몰랐습니다. 기린 같은 숙녀의 생활은 나에게는 너무나 거리가 멀고 참회하는 여승의 감정을 갖기에는 내 정서가 너무도 말라 버렸습니다. 하루는 전처럼 문을 닫고서 침을 꺼냈습니다. 왼편 팔에서 막 침을 빼려니까 문이 벌컥 열리며 날카로운 윤숙이의 목소리가 들립니다.

"얘 순애야, 이게 무슨 짓이냐? 네가 이렇게까지 타락하였단 말이냐?"

그는 며칠 전부터 나의 이상한 행동에 눈치를 챈 것입니다. 그래서 이 날은 일부러 학교에 가는 척하고 나갔다가 들어온 것입니다. 나는 천연스럽게

"형님 글쎄 나는 이렇답니다. 형님이 암만 나를 옛날 순애로 만들려고 하여도 헛고생입니다. 내버려두세요. 나 같은 년이야 죽든 살든……."

나는 이렇게 부르짖고서 약병과 침을 한편에다 밀어버리고 그대로 누워 잠이 들었습니다. 그후로 나는 윤숙이의 우울한 얼굴을 볼 때마다

"아무렇게나 되어가는 대로 되어라."

내 마음에는 이러한 자포(自暴)가 생기게 되었습니다. 나는 그때부터 윤숙이 보는 앞에서도 궐련을 빽빽 빨았습니다. 그럴 때에는 윤숙이는 그저 먼 산만 바라볼 뿐이었습니다.

하루 저녁은 윤숙이가 나를 조용히 불러다놓고,

"얘, 순애야, 네가 원 그렇게 내 속을 몰라주니? 내가 그 저녁에 너의 당하는 그 광경을 보고서는 내가 너를 그 몹쓸 곳에 쓸어 넣어 가지고 네게다 가진 모욕과 학대를 당하게 한 것만 같았구나. 그래

밤새도록 잠 한 숨 못 자고 생각하면 생각할수록 너를 구원하기 전에는 이 큰 죄를 벗어날 길이 없는 것 같더라. 내게 있는 모든 것을 바쳐 너를 구원할 생각이 없으면 내 신앙은 헛것이다. 하나님의 뜻은 아흔아홉 마리 양보다 잃어버린 한 마리 양을 찾는데 있다. 지금이라도 너를 기다리고 있는 하나님 앞에 나가자……."

그는 이렇게 목메인 소리로 기도하기를 원하였습니다. 나는 이렇게까지 고마운 그이의 말을 저버릴 수가 없어서 그날 저녁부터 기도를 시작하였습니다. 그러나 기도를 드리기에는 내 정신은 너무도 산만하고 피곤하였습니다. 십여 년 전에 하던 입버릇으로 기도라고 중얼거리면 그것은 마치 내 자신의 귀에 막대기로 시멘트 바닥을 때리는 것 같이 아무런 반응이나 감흥이 일어나지 않았습니다. 나는 할 수 없이 아이들의 숨바꼭질 장난 기도를 그만 두고 말았습니다.

그후 어느 날 윤숙이는 강제로 약병과 침을 감추어 버렸습니다. 나는 주사 맞을 시간이 되었습니다. 전신에 경련이 일고 등이 터지는 것 같고 사지가 오그라드는 것 같습니다. 나는 체면도 염치도 다 달아났습니다.

"여보 당신 더러 누가 날 이리로 데려 오랍디까? 이 꼴을 보니까 재미있지요? 지렁이는 수챗구멍이 좋지요. 나는 갑니다."
하고 밖으로 뛰어 나갔습니다.

윤숙이는 버선발로 따라나와 빌 듯이 나를 달래가지고 방으로 데리고 가서 침과 약병을 내어 줍니다. 나는 그것으로 아무데고 간에 막 찔렀습니다. 그리고는 또 잠이 들었지요.

윤숙이 얼굴에는 차츰 실망의 빛이 떠돌았습니다. 일요일이면 반드시 윤숙이와 같이 가던 교회 참석도

"예배당에 가면 모두 나보다 잘나고 행복스러워 보이는 것이 불쾌

하여 어데 앉을 수가 있어야지."

이러한 관계로 교회 출석도 겨우 석 달 후에 중지하여 버렸습니다. 나는 차차로 지나간 생애를 돌아보게 되었습니다. 암흑의 천지, 아무 거리낌없는 방종한 쾌락, 짓밟히고 농락을 받는 그 쓸쓸하고 달콤한 환락의 밤이 그리워집니다. 내 눈 앞에는 술에 붉어진 사나이들의 눈과 눈, 힘센 팔, 허덕이는 숨소리, 푸르고 붉은 술잔, 새 장구 소리에 맞추어 나오는 탄성하는 소리가 귀에 들리고 눈에 어른거립니다. 나는 몸서리를 치면서 할 수 없는 내 운명을 저주하였습니다.

이러는 동안에 어느덧 가을도 깊어졌습니다. 내 생애에 일대 전환은 이로부터 시작됩니다. 일본서 돌아온 윤숙이의 애인 윤창섭이라는 청년이 이 집에 출입한 뒤로 내 앞에 새로운 세계가 전개되었습니다. 윤숙이와 윤씨는 만나기만 하면 무엇인지 토론을 합니다. 어떤 때에는 두 사람이 얼굴이 벌겋게 되어가지고 제법 참말로 성들이 나서 씨근거리는 때도 있었습니다. 나는 자세히는 모르나 윤의 말이 옳은 것 같습니다. 그 중에도 내 귀에 처음 들린 것은 반동 분자, 소비에트, 5개년 계획이니, 남녀 기회 균등이니 하는 문자입니다.

이러한 말을 섞어가며 텁텁하게 설명하는 윤의 말은 나의 호기심을 극도로 사로잡았습니다. 나는 옆에서 때때로 질문을 하면 윤은 나에게 되도록 알아듣기 쉽게 설명을 합니다. 나는 웬일인지 들어도 들어도 언제나 더 듣고 싶었습니다. 그의 빛나는 두 눈 시원한 이마…….

그의 육성을 통하여 나오는 새로운 진리는 나의 가슴에다 연모의 불길을 일으켰습니다.

오래 말라버린 흙에 봄비가 내리고 그 속에 숨어 있던 움이 돋아나오는 것처럼 마르고 바스러진 내 마음속에 새로운 생기가 약동하였습니다.

윤은 이따금 잡지도 갖다주고 내가 볼 만한 서적도 가져왔습니다. 물론 어려운 대목은 언제나 그가 친절히 가르쳐 주었습니다. 나는 읽고 배우고 생각하는 동안에 차차로 나의 인생관에 희망이 일어나기 시작하였습니다. 이리하여 제법 나는 사회운동에 대한 동경을 갖게까지 되었습니다.

하루는 윤이 커다란 꾸러미를 가지고 들어와서 "수고시킬 것"이라 하면서 꺼내는 것은 등사판과 종이 뭉텅이였습니다. 그것은 어떤 토론회 기록이었습니다. 윤은 나에게 등사하는 법을 가르쳐 준 후에 내일 이맘때쯤 올테니 맘대로 해보라 하고 돌아갔습니다.

나는 전력을 다하여 등사한 것이 그 이튿날 윤이 찾으러 올 때에는 일흔 장이 넘었습니다. 그렇게 심심하고 그렇게 지루하던 한 달이 이제부터는 잠자는 것까지도 아까울 만큼 바쁜 한 날 한 날로 변하였습니다 나는 날마다 읽고 생각하고 묻고 쓰고 그리고 윤이 시키는 일을 하였습니다. 이상한 것은 나는 그 사이 담배 먹을 생각을 잊어버린 것입니다. 그러나, 모르핀만은 아직도 어느 정도까지 미련을 가지고 있었습니다.

밖에는 눈이 펄펄 날리는데 윤이 왔습니다. 윤숙이는 동기 방학이 되어 시골로 내려가고 없는 날입니다. 나는 전처럼 등사에 열중하여 윤이 들어오는 것도 몰랐습니다. 그는 방으로 들어와서 화로에다 손을 쬐었습니다. 언제 보아도 씩씩하고 반가운 그이였습니다.

우리는 화로를 가운데 두고 마주 앉았건만 오늘은 피차에 할말이 없는 듯 제각기 책장만 넘기고 있었습니다. 장 속에서 밤을 꺼내어

화로에 넣었습니다.

그때입니다. 윤은 보던 책을 놓고서 나의 오른손을 그의 큼직한 두 손으로 잡으면서

"순애 씨! 나는 당신처럼 인정있는 이는 처음 보았어요."
하지 않겠습니까.

나는 전신에 전기가 통하는 것처럼 경련이 일어나기 시작하였습니다. 그의 손을 통하여 그의 가슴속에 가득한 거룩한 불길이 나의 심장으로 들어와서 온 몸의 혈관을 태우고 근육을 불사르는 듯한 고통에 근사한 쾌감을 느꼈습니다.

나는 무슨 말을 하여야 좋을지 몰라서 그를 쳐다보기만 하였습니다…….

"순애 씨! 당신은 나의 동지가 되어 주시렵니까? 인류를 위하여 참된 일꾼으로."

"선생님은 윤숙 씨가 있지 않습니까?"

겨우 나는 이렇게 말을 하니까 윤은

"윤숙 씨, 윤숙 씨 말입니까? 그는 나의 애인인지는 모릅니다마는 동지는 아닙니다. 주의(主義)가 다른 그와 나는 피차가 슬픈 애인 이외다. 언제나 서로 만족지 못하는 사랑에서 허덕이고 있습니다. 순애 씨! 당신은 윤숙 씨가 가지지 못한 모든 것을 가졌습니다. 당신은 나의 동지가 되어주시오. 윤숙이가 이해하지 못하는 동지의 사랑을 받아주시오. 같이 일하다가 같이 죽을 수 있는 동지는 애인보다도 오히려 더 가깝다고 할 수 있지 않은가요?"

나는 떨리는 목소리를 겨우 다듬어가지고

"그렇지만 저는 무식하고 또…….."

"상관없습니다. ……순애 씨가 지금 대로만 나간다면 일 년 안에

조선에 어떠한 여류 운동가에게도 지지 않을 사회 운동에 대한 지식을 얻을 것입니다. 그보다도 정신이에요. 마음이에요. 내 말을 알아듣겠지요. 새로운 사회, 즉 가장 바른 사회를 건설하기 위하여 순애 씨도 힘을 다할 마음은 있겠지요?"
"네, 그야 물론입니다."
이때 윤의 뜨거운 입술이 나의 이마에 닿았습니다. 나는 윤을 안 보려고 고개를 숙였습니다.……(두 줄 생략).
눈물이 떨어져 윤의 손등과 나의 손을 적시었습니다.
"순애 씨! 그러기에 말입니다. 피가 나도록 경험의 실감을 가진 당신 같은 이라야 제 일선에 나설 자격이 있습니다.……(두 줄 생략). 순애 씨, 당신이 가진 그 체험이야말로 값주고 살 수 없는 보배입니다. 자, 내게 약속해 주세요. 나의 사랑하는 동지가 되겠다는……."
"선생님의 지도만 믿겠습니다."
그와 나는 손과 손을 힘껏 잡았습니다. 사실 나는 그 순간부터 모든 것이 변하고 말았습니다. 목사의 설교보다도 윤숙 언니의 기도보다도 윤창섭 씨의 키스와 동지애가 나의 생명에다 새로운 힘을 넣었습니다.……(한 줄 생략).

일 주일 후에 개학이 되어 윤숙이는 상경하였습니다. 근본으로 변한 나의 태도에 그는 여간 놀라지 않는 모양입니다. 자기가 나를 구원하겠다는 처음 목적이 이루어진 것이 무척 기쁜 모양입니다. 그러나 그는 총명한 여자입니다. 윤과 내 사이에 일어난 변화를 그가 어찌 모르겠습니까. 그의 입에는 씁쓸한 미소가 떠올랐습니다. 그리고 이따금씩 들리는 가느다란 한숨 소리가 나의 가슴을 아프게 하였습니다. 나는 차라리 모든 것을 윤숙에게 고백을 하고말까 하다가 차마 입을 떼지 못하고 망설이고만 있는 판에 어느 날 윤과 윤숙이가 같이 들어옵니다. 태연하게 웃으며 이야기하는 윤숙이는 어딘지 조금 허둥거리는 빛이 보였습니다. 그날 저녁 우리는 셋이서 같이 저녁을 먹었습니다.

"이 다음 두 분이 살림을 하시는데 내가 놀러가도 이렇게 같이 먹겠지?"

윤숙이는 웃으며 이러한 말을 불쑥합니다.

"아이구 언니도 별말을 다 하시네. 언니 애인이 누구와 살림을 하여요? 원참……"

나는 이렇게 밖에 말을 할 수가 없었습니다.

"무얼, 요 가시내 같으니라고. 윤과 이야기가 다 되었어. 어떻든지 축하한다."

"언니, 그래도 나는 윤 선생님의 동지예요. 언니는 애인이고. 그렇지요? 윤 선생님."

윤은 고개를 끄덕이며

"암! 그렇지요."

그후부터 나는 부지중 윤숙의 눈치를 살피게 되었습니다. 윤숙이는 가끔 무엇을 생각하는 듯 우울한 표정이 나타났습니다. 한 번은 윤숙이가 몸이 아프다고 학교를 이틀이나 결석을 하고 누웠다가 일어나는 날 그는 창백한 얼굴에 미소를 띠어가지고

"순애! 너 윤하고 정식으로 결혼을 하게 되더라도 너든지 윤이든지 별로 이의(異意)는 없으리라."

이러한 명령 비슷한 말을 듣고 나는

"그렇다면 언니는 그이를 사랑하지 않는단 말입니까."

이렇게 물었습니다.

"나 말이냐? 응! 나도 그이를 사랑한다. 하지만 너도 알다시피 우리는 피차가 불안한 애인이다. 차라리 근본적으로 매듭을 짓는 것이 우리 세 사람을 위하여 좋은 일인 줄 안다. 하기야 윤과 주의주장이 꼭 같았더라면 윤의 마음이 네게로 갔겠느냐. 그러나 그렇다고 그에 대한 미련이 없는 것은 아니다. 네가 그와 교제한 뒤로 너의 성격이 일변하게 된 것을 볼 때 나는 오히려 즐겁게 그만한 고통은 이길 수 있다."

나는 뭐라고 대답을 하여야 좋을지 몰라서 다소곳하게 앉았노라니

"순애야, 너만 이전 순애가 되어준다면 내게는 그 이상 더 기쁜 것이 없겠다. 네가 윤과 결혼하는 것이 하나님의 뜻인 상도 싶다."

나는 "글쎄요."하고 감히 대답을 못 하였습니다. 이때 밖에서 지급으로 편지 한 장이 배달되었습니다.

발송인의 이름은 없으나 뜯어보니 속에는 윤에게 온 동지의 편지였습니다. 나는 벌써 동지의 한 사람으로 대우를 받고 있는 것이 몹시도 기뻤습니다. 그날 저녁에 윤은 마침내 동지들이 사용하는 암호를 나에게 가르쳐 주었습니다. 나는 귀중한 보배를 대한 사람처럼 흥분하여 깊은 잠을 못 이루었습니다.

얼마 후에 윤숙이의 주장으로 윤과 나의 혼인 날짜는 마침내 정하여졌습니다. 잊을 수 없는 2월 19일 7시 반! 오! 나는 나이 어린 처녀처럼 즐거움에 가슴이 울렁거렸습니다. 그러나 나는 때때로 불안한 생각이 지나갑니다. 나는 그 흑암의 구렁에서 건져낸 은인에게 머리를 베어 신이라도 삼아 바쳐야 할 윤숙이에게 이렇게 쓴잔으로 갚아야 되는가, 어디 남자가 없어서 하필 윤숙이의 애인을 빼앗게 되는고…….

윤숙이가 이따금씩 히스테리컬하게 웃고는 한숨을 쉬는 것을 볼 때에 나의 가슴은 소금에 절이는 듯 몹시도 괴로웠습니다. 이윽고 혼인날이 당도하였습니다. 동천이 훤하도록 나는 여러 가지 생각에 거의 뜬눈으로 새웠습니다. 나같이 더럽혀지고 가엾은 시체 같은 몸이 윤 선생님같이 높고 깨끗한 어른의 배우자가 된다는 것은 너무도 부자연하지 않은가. 과연 이것이 참이냐 꿈이냐. 아냐, 지나간 나는 영원히 매장하여 버리고 이로써 새로운 생활의 용사가 되자. 나는 이렇게 스스로 맹세를 하고 자리에서 일어났습니다. 그날 아침에 또다시, 소포와 편지가 배달되었습니다.……(두 줄 생략).

"내게 소포 온 것 있지요?"

"네 있어요. 아침나절에 왔던데요."

하며 편지와 함께 내어주었습니다. 윤숙이도 밖에서 들어오며……(한 줄 생략).

"세수도 하고 옷도 갈아입어야지. 조금 있으면 자동차도 올 것이다. 식도원에서는 준비가 다 된 모양이더라."

"신랑 신부야 무엇합니까? 그저 시키는 대로 합지요."

윤은 이렇게 대답을 한 후에 나를 보고

"그런 일은 없겠지만 혼인하는 즉시로 신랑이 죽는다든지 감옥에 간다면 순애 씨는 혼자서라도 넉넉히 싸워 갈 수가 있을까요?"

나는 웃으며

"글쎄요." 하니까

"글쎄가 아니라 전선에 나선 사람이 그만한 각오는 있어야지."

그의 얼굴은 엄숙하였습니다.

"그것은 벌써 동지로 약속하던 날부터 내 마음속에 가진 맹세입니다. 선생님."

하고 이번에는 웃지 않고 이렇게 대답하였습니다. 윤은 감격한 듯이 손을 내밀었습니다. 나도 손을 내어 그의 손을 쥐었습니다. 동지와 맹세를 하고 모험을 하고 그리고 고문대에서 지독한 고문에도 꼼짝하지 않고 끝까지 입을 다물고 순사(殉死)하는 나의 환상에 나는 스스로 잠깐 동안 도취하였습니다.

내가 밖으로 나가려고 일어설 때 윤이 편지를 열었습니다. 나는 어깨 너머로 슬그머니 넘어다 보았습니다. 그 편지는 간단한 무슨 부탁인데 사연은 다음과 같습니다.

"부탁하신 모포(毛布) 두 개를 보냅니다. 한 개는 2월 21일에 동소문 밖으로 가서 저의 조카에게 전하여 주시옵."

그러나 나는 글자와 글자 사이에 있는 적은 점을 보았습니다. 내가 윤에게 배운 대로 한다면 그것은 암호였습니다.

"동경서 온 ○○○○이 모포 속에 있으니 2월 21일에 ○○○○에 가서 미리 기다리고 있는 동지에게 전하란 것입니다."

나는 밖으로 나와서 세수를 하면서 생각을 하니 2월 21일이라면 내일 모레가 아니냐. 옳다, 윤 선생님이 하던 말에 뜻이 있었구나 하였습니다. 마음에 각오를 하였건만 당장 눈앞에 이러한 일이 나타나고 보니 얼마쯤 가슴이 엉켰습니다. 그러나 번개같이 무슨 생각이 내 마음에 지나갔습니다.

"이 때이다. 이 기회이다. 나도 사람이다."

심장이 터질 듯한 흥분에 몸과 다리는 약간 떨렸습니다. 나는 옷을 갈아입고서 안방을 건너다보며

"언니, 나 이렇게 입은 것 좀 보아주세요. 윤 선생님 친구들이 많이 오실텐데 부르주아 흉내 내었다고 흉이나 안볼까?"

그 사이 윤도 와이셔츠와 칼라를 매고서 대청으로 나오면서

"오! 백 퍼센트, 백 퍼센트! 오늘 저녁은 신부님이니까 그만한 것은 용서할테지. 하하하."

나는 윤에게 눈짓을 하였습니다. 안방 책상에다 머리를 대고 있는 윤숙이는 분명히 울고 있는 것입니다. 윤도 미닫이 너머로 윤숙이의 떨리는 어깨를 바라보면서 슬픈 빛이 떠올랐습니다. 나는 윤의 등을 밀어서 윤숙이 방으로 들여보내며 "위로 좀 하여 드려요." 하고 나는 건너방으로 갔습니다. 떨리는 손으로 담요를 헤쳐가지고 그 속에 지령(指令)을 찾아내었습니다. 나는 그것을 내가 입고 있는 바지허리를 뜯고 넣은 후에 바늘로 꿰매었습니다. 밖에서는 자동차의 경적이 울립니다. 나는 담요를 전처럼 개어서 이불 속에다 밀어넣고 마루로 나왔습니다. 내가 안방에 들어설 때 윤숙이의 이러한 말이 귀에 들렸습니다.

"분명코 어떤 커다란 손 밑에서 인생이 나고 죽고 연애하고 결혼한다는 것이 오늘 새롭게 느껴집니다 그려."

손수건으로 윤숙이의 눈물을 씻어주는 윤의 손을 잡고 윤숙이는 "자 미스터 윤." 하며 윤과 악수를 합니다.

"언니 나두. 내게도 축복하여 주어요. 난 오늘, 언니와 윤 선생님 두 분이 날 새로 낳았어요. 자, 언니."
하면서 나는 그의 가슴에 기대었습니다. 윤숙이는 침을 한번 삼키고

"내 사랑하는 순애! 길이 행복……."

그의 눈에서는 굵은 눈물 방울이 줄지어 흘렀습니다. 윤도 나도 울었습니다. 나는 한 손으로 윤의 손을 잡고 한 손으로 윤숙의 손을 잡은 채

"울지 맙시다. 형님. 윤숙 형님. 오늘은 당신의 수고가 이루어지는 날입니다. 윤 선생님도 울지 마셔요."

밖에서는 자동차의 경적이 또다시 요란히 들립니다. 나는 마음이 초조하였습니다. 일곱 시 십 분, 봉천행 특급 열차는 지금 이십 분밖에 남지 않았습니다.

"자, 어서 자동차에 오르십시다. 시간이 벌써……."

내가 이렇게 독촉을 하니까 옷을 갈아입으려 일어서는 윤숙이가 웃으며

"애야, 염려마라."

이 말을 듣고 윤도

"혼인날에는 의례히 신부가 바빠하는 법이니까."

이렇게 놀려댑니다.

"언니, 식도원에 치를 돈은 언니 가졌수?"

"응, 여기 있어."

하면서 손가방을 들어 보입니다. 우리는 자동차에 올라 전등이 찬란한 밤거리를 지나 식도원 앞에 내렸습니다. 문에는 동지인 듯한 청년들이 들락날락하고 있습니다. 나는 바로 화장실로 들어갔습니다. 미리 준비하여 온 종이에

"윤숙 형님, 저는 형님의 참 동생이 되었습니다. 이것도 오로지 당신의 노력의 선물입니다. 이로써 내 앞에는 인류의 행복을 위하여 싸우는 문이 열리었습니다. 다시 만날 동안 길이 행복하소서. 언제나 윤을 도와주시고 그를 참으로 이해하는 동지가 되어 주실 줄로 믿습니다. 돈 백 원을 가져갑니다. 당신의 아우 순애 올림."

"윤 선생님! 저는 끝까지 당신의 동지로 살겠나이다. 오늘 저녁을 지나고도 갈 시간이 없는 것은 아닙니다. 그러나 이왕 떠날 길이면 나의 반생의 은인 윤숙 씨를 끝까지 울리고 싶지는 않습니다. 윤숙 씨도 앞으로는 반드시 당신의 동지로서 당신을 도울 날이 멀지

않을 것을 믿습니다. 동소문 밖 담요는 제가 가서 전하겠습니다. 용서하여 주십시오. 당신의 어린 동지 S.A."

라고 쓴 이 편지를 봉하여 가지고 보이를 불렀습니다. 일 원짜리 지전 두 장을 받은 그는 이 편지를 반드시 일곱 시 삼십 분에 윤창섭 씨나 허윤숙 씨에게 전할 것을 약속하였습니다. 나는 휴게실로 들어왔습니다. 윤과 윤숙이는 손님들과 이야기하느라고 내가 무엇을 하고 있는지 모르고 있는 모양이었습니다. 나는 윤숙의 가방에서 십 원짜리 열 장을 꺼내어 품에다넣고 현관으로 나왔습니다. 열차 시간은 불과 십 분 밖에 남지 않았습니다.

"특급에 당도하도록 아무쪼록 급히 몰아주십시오."

자동차는 경적을 연발하며 전 스피드를 내었습니다.

경성역에 내린 나는 미친 사람 모양으로 봉천행 차표를 끊어가지고 층층대를 내려갈 때 기차의 기적은 요란히 울렸습니다. 기차 승강대에 한 발을 올려놓자 기차는 제법 속력을 내어 달렸습니다.

(《중앙일보》, 1932.1.)

김말봉

고 행(苦行)

　오후 세 시가 되자 미자에게서 전과 같이 전화가 옵니다. 언제 들어도 명랑한 그 목소리.
　"온천에? 무어? 생일? 누구 생일, 오 그래, 그럼 가 가 글쎄 간다니까."
　수화기를 턱 걸고서 나의 입가에는 아직 미소가 사라지기 전입니다. 따르르 또다시 전화가 옵니다.
　"네 네?"
　이때 옆에서 누가 나를 보았다면 분명코 나의 눈은 똥그래졌고 미간은 찌푸려졌을 것입니다. 전화 속에서 들리는 말은,
　"여보세요, 오늘 저녁 구경은 틀림없겠지요? 저녁 진지도 집에서 잡수시도록 준비가 다 됐어요."
　나는 정말입니다. 미자와 일분 전에 온천행 약속을 하였기로소니 내 아내 정희에게 두고두고 두 달이나 끌어온 활동사진 구경갈 약속

을 지금 새삼스럽게 취소할 용기가 없습니다. 오늘 아침에도 새벽 세 시에 집에 들어간 죄로 몇 번이나 오늘밤에 구경가자고 내 입으로 말을 하였던가요. 더우기 아침에 그 얼굴에 어린 눈물자국을 보거나 어젯밤에,

"어디 잠이 와야지요."

하던 말이나……나는 드디어 결심을 하였읍니다.

"암 가구말구, 지금 곧 갈테요. 우리 오늘 저녁은 천천히 같이 먹기로 합시다."

사실 나는 집에서 저녁을 먹은 지가 벌써 나흘이 넘었으니까요……나는 미자에게 전화를 걸었읍니다.

"여보, 미안하지만 온천행은 취소요, 안돼 안돼, 급한 손님이 있으니까, 이봐 성은 내지 말어, 응, 정말 손님야."

나는 전화를 끊고 모자를 집어 들었읍니다. 오래간만에 참으로 오래간만에 집에 돌아오는 듯한 기쁨을 느끼면서 어린놈에게 줄 과자를 사고 식후에 먹을 과일까지 사 가지고 집으로 돌아왔읍니다. 개선장군의 입성(入城)처럼 용감하게 대문을 들어서자 아내는 한달음에 나와서 꾸러미를 받고 모자를 받습니다. 어린놈도 좋아라고 손뼉을 치며 달려듭니다. 나는 맘속으로 어린것에게 사과를 하면서 아이의 얼굴에 뺨을 문질러 주었읍니다. 아내는 부채를 내놓고 세숫대야에 물을 떠다 놓읍니다. 나는 양복저고리를 벗고 세수를 하고 나니 아내가 우물에서 수박을 꺼내옵니다. 수박 속에다 꿀과 포도주를 부어두었던 모양으로 향기와 단맛이 여간 신선하지가 않습니다. 수박을 그릇에 옮기어 막 우리 세 식구가 먹는 판입니다. 대문이 찌걱 소리를 내면서,

"형님!"

하고 들어오는 것은 미자입니다.
"어서 오우."
 아내는 수박물 묻은 손을 행주치마에 씻으며 방석을 갖다 마루에 놓습니다. 나는 아내의 표정이 미자에게 어떻게 돌아가는가 살피면서 찌무룩해서 우두커니 서있는 미자를 보고,
"웬일이시우? 오래간만에."
하고 웃어 보였습니다 마는 물론 미자는 나를 본 체도 아니 하고 옆에 끼고 있던 보자기를 풀면서,
"형님, 이 솔기가 암만해도 맞질 않으니 어떡허우?"
 무슨 양재봉하던 것을 추켜들고 얼굴을 찌푸리기만 하고 있습니다.
"글쎄, 그것은 내 해줄 터이니 걱정 말고, 자, 수박이나 먹어요."
 아내가 그릇에다 수박을 꺼내려고 머리를 숙이는 동안 나를 건너다보는 미자의 눈에서는 파란 불똥이 튀는 듯합니다. 나는 부채를 훨렁훨렁 부치면서,
"손님이 온다더니 왜 여태 안 올까?"
 공연히 대문을 기웃기웃 내다보았읍니다.
"내 진지상 가져올 테니 아우님도 같이 먹어요."
하고 아내가 부엌으로 나갔읍니다.
 (아내가 아직도 미자의 일을 모르는구나.)
하고 가슴을 내리쓸었읍니다. 그러나 미자의 작으나마 날카로운 목소리로 나의 가슴은 다시 섬뜩하여집니다.
"손님은 무슨 손님? 내가 다 알고 있는데……두고 보아요. 내가 당신 마누라에게 내가 당신의 무엇인지 알켜 주고야 말 테니."
"호호호, 형님, 아주 깨가 쏟아집니다그려. 그럼 내 이따 오지요."

"같이 먹자는데 왜……"
"아니 내가 왜 두 분이 맛있게 잡수실 것을 방해를 놓아요, 그럼 저녁 먹고 오리다."
아내는 마당까지 따라나오며,
"저 그런데 식후에 우리는 어디 좀 갈 데가 있어서."
"네, 그래요?"
이때 미자가 힐끗 나를 돌아다보는 모양이었으나 나는 얼른 고개를 다른 곳으로 돌린 까닭에 그의 무서운 시선을 피할 수가 있었읍니다.
"호호호, 아주 두 분이 잘잘 끓으시네, 호호호. 나좀 보아, 깜박 잊었군. <사이상>이 기다리고 있는데……"
혼잣말처럼 하면서 고개를 살랑살랑 흔들며 대문 밖으로 나갑니다. 나는 속으로 "큰일났구나" 하였읍니다. 조 영악한 미자가 아내의 입에서 식후에 우리 둘이서 어디로 간단 말까지 기어이 듣고 돌아갔으니…… 그 눈살 그 독살을 보아 정말로 아내에게 무슨 누설이라도 한다면? 나는 아내가 정성을 다하여 만든 반찬이언마는 어찌 밥이 목구멍으로 잘 넘어가지를 않습니다.
"그보다도 그 최가 녀석이 와서 있다? 흐흥!"
먼저 수저를 놓고 방에서 바쁘게 화장하고 있는 아내더러
"그 큰일났네."
"왜요, 무슨 일이에요?"
아내는 입술에다 연지칠을 하던 손가락을 꼬부장히 한 채로 놀란 듯이 나를 내다봅니다.
"갑자기 생각이 나는구려. 내가 바로 그저께 ××회사 중역과 온천에서 만나자고 한 약속을 깜박 잊어버리고 있었으니."

나는 아내의 얼굴을 치어다볼 용기가 없어서 양복 주머니를 뒤져 가지고 지갑에서 십원짜리 한 장을 꺼내서 방문턱에 놓았습니다.
"혼자라도 가보시구려. 시간 있으면 나도 나중에 갈터이니……"
아내는 경대 앞에서 발딱 일어나더니 십원짜리 지전을 발로 밟아서 마루끝에다 떨어뜨리고는 부엌으로 들어가 버립니다. 아내가 이렇게 발끈 성을 내는 것을 나는 결혼한 후 처음 당하는이만큼 무척 아니꼽기도 하고 화도 불끈 솟아올랐습니다. 나는 그걸로 엉터리나 있은 듯이,
"흥, 견뎌 보아라."
입 속으로 중얼거리면서 대문을 소리가 나도록 열고 밖으로 나와 버렸습니다. 사실 그때 아내가 발끈하고 성을 낸 것이 얼마나 다행한지 모릅니다. 만약에
"정 그렇다면 할 수 있나요. 구경은 담에 하더래도 남의 회사 중역에게 실신을 하면 어떡해요."
하고 아내가 그 잘 골라선 이빨에 양뺨에 움푹 들어가는 우물을 지으면서 방싯 웃어 주었더라면 내 어깨는 얼마나 더 무거워지고, 미자에게로 가는 내 다리가 떨리지 않고 배겼겠읍니까 . 사실 나는 내 아내가 싫거나 밉거나 해서 미자에게 홀린 것은 아닙니다. 내 아내는 키가 호리호리하고 얼굴이 갸름하고 살빛이 흽니다. 그리고 어린아이를 둘이나 났어도 한 번도 아내가 밉게 보인 때는 없었습니다. 그러면 왜 미자와 그렇게 되었느냐고요? 말하자면 미자의 유혹에 든 셈이지요. 미자는 속눈썹이 길고 얼굴이 약간 파름하고 머리칼이 굵고, 내가 작년 가을에 회사 일로 ××에 가서 한달 남짓이 있는 동안 알게 된 여자인데 물론 전신(前身)이 기생입니다.
어찌되었든 미자는 나를 쫓아와서 여기에다 집을 얻고 살림을 시

작하였읍니다.

　미자는 가끔 농담 모양으로

"여보, 우리 정식으로 민적하고 삽시다."

"우리 마누라는 어떡하고?"

"……이혼하고."

"허허허허."

"여보세요, 당신 마누라 좀 보여 주세요."

"건 왜?"

"얼마나 잘났는지 보고 싶어요."

"그래? 그럼 뵈주지."

　나 역 농담으로 대답을 합니다. 그러나 속으로는,

　(아마 얼굴만은 너보다 훨씬 낫겠지.)

하는 자신이 있읍니다. 하루는 미자가 가진 풍금이 탈이 났다고 걱정을 합니다. 나는 그때 내 아내가 얼마나 풍금을 잘 타며 또 그런 것을 손쉽게 고칠 수 있다는 것을 알려주고 싶은 값 헐한 허영심이 머리를 스쳐갑니다. 며칠 후 아내더러,

"여보, 내게 누이동생 하나이 생겼구려."

"아아니 웬 동생이?"

"저 내 친구의 누이동생인데 이번에 내 친구가 웅기로 전근을 가거든. 그래 전근을 가면서 자기 누이동생을 내게다 맡기는구려."

"아무에게나 맡기는 누이던가요? 물건처럼…… 오죽이나 겨운 누이라 남에게 맡기겠소!"

"아니 들어 봐요, 들어 봐요. 첨에 시집을 갔더라나. 속아서 갔어, 본처가 있더래. 그래 친정으로 와 있지. 이런 델 와서 참한 점방을 하나 가지든지 할 작정이래. 누이를 혼자 두기가 무엇하던지 그 오

빠가 떠나던 날 밤 여러 친구들 있는 자리에서 나와 형제를 맺어 주고 갔단 말야."

"몇 살이에요?"

"당신보다 한 살 아래, 스물 셋. 당신을 보러 온다는데 부끄러운 모양이야. 여보, 친아우처럼 좀 잘 지도를 해 주구려. 좋은 곳이 있으면 재혼을 시키든지……재봉학교 같은 데를 들어가고 싶다는데."

"네에 그래요?"

아내의 눈에서는 적이 호기심이 떠도는 것을 나는 놓치질 않고 둘이서 미자의 집으로 갔습니다. 미자가 내놓은 커피를 마시고 아내가 미자의 풍금을 고쳐주고 그리고 우리는 집으로 돌아왔지요. 그 이튿날부터 미자는 형님 형님 하면서 우리집에 드나들게 된 것입니다 그러나 미자가 아내에게 에이프런, 베갯잇, 책상보, 전등갓 같은 것을 배우러 매일같이 오는 동안 미자의 입에서는 아내의 흉이 하나씩 나옵니다. 너무 사치하다, 낮잠을 잘 잔다, 지저분하다. 경제적 머리가 없다는 것들입니다. 그러나 나는 미자가 어떠한 입장에서 어떠한 의미로 이런 말을 하는지를 잘 아는 까닭에 한 귀로 듣고서는 한 귀로 흘려버렸습니다. 반대로 아내는 웬일인지 미자가 가엾다는 둥 얼굴이 예쁘다는 둥 재주가 있다는 둥 칭찬이 그치지를 않습니다. 나는 천사같이 순진한 내 아내를 존경하였습니다.

그러나 언제든지 미자는 나의 육체의 소유자밖에 되지 않습니다. 심산 속에서 솟아나는 샘물과 같이 맑고 깨끗한 애정 그것만은 영원히 내 아내의 소유입니다 내가 미자라는 물결에 이리 둥실 저리 둥실 떠도는 것 같지마는 실상인즉 내 마음의 닻은 내 아내의 사랑에서 길이 움직이지를 않습니다. 미자와 방종의 한밤을 보내고 난 뒤면 내 아내 앞에 가서 무릎을 꿇고 참회를 하고 싶도록 나의 사랑은 아내를 향하여 새로워지는 것입니다. 그 때문에 나는 미자와 같이 있는 시간을 단지 <장난>으로 생각을 하였읍니다. 언제라도 그만둘 수 있다는 자신이 뚜렷하면서도 나는 그날그날 미자의 끄는 대로 끌려가고 있었읍니다. 그러나 나는 물쓰듯하는 미자의 일용돈을 반년이나 대어 왔다는 것보다도, 초인적인 미자의 정력에 차츰 압박을 느끼게 된 나는 인제 이 <장난>이 차츰 싫증이 나기 시작하였읍니다. 그래서 기회를 엿보아 미자와 손을 나누려고 합니다. 그러나 이 때 불행이라면 불행입니다. 뜻하지 아니한 경쟁자가 나타나서 맹렬한 기세로 미자를 손에 넣으려하는 것을 알게 되자 슬며시 놓기 싫은 생각이 듭니다

 경쟁자라는 인물이 딴 사람이면 모르지만 학교에선 일이등을 다투고, 지금 회사에서는 지위를 다투고 있는 사이라, 기회만 있으면 나를 깎아 내리고 나의 인신공격을 감행하는 비열한 최가 녀석에게는 단연코 지고 싶지가 않습니다.

 "참 <사이상>이 기다리고 있을 텐데 나 좀 보아."
하고 미자가 한 일은 분명코 내게 도전(挑戰)을 의미하는 것입니다.

 내가 미자의 집으로 가서 어떻게 고 얄미운 최가 녀석을 퇴치한 것은 여기서는 약하기로 하고 그날 밤 미자의 집에서 일어났던 일을 말씀드리겠습니다.

 미자의 권하는 대로 나는 양복을 벗고 하오리(일본의 겉옷)로 바꾸어 입었습니다. 미자가 따라주는 대로 술을 마시기는 하지마는 아내의 힘없이 돌아서는 뒷모양이 눈에서 사라지지가 않습니다.

 너무 잔인한 놈이다. 오늘 저녁만은 같이 구경을 가 주는 것인데……"

나는 이렇게 속으로 후회를 하고 있었습니다. 미자는 나의 우울한 얼굴빛을 짐작하였던지 갖은 전법(戰法)으로 나의 기분을 고치려고 애를 씁니다. 시계가 열한 시가 될 때 미자는 자리를 펴고 전등에 남빛 갓을 씌웁니다. 바로 이때입니다.
　"아우님 자우?"
　미자와 나는 전기에 부딪친 사람모양으로 잠깐 동안 서로 쳐다보기만 하였습니다. 길로 난 창 밖에서 들려오는 음성은 분명코 내 아내 정희의 목소리인 까닭입니다. 창은 길에서 훨씬 높이 난 까닭에 방안의 형편을 길에서 알 리는 없지만 어쩐지 아내가 창 아래에서 엿듣고 있지나 않았던가 하는 의심이 휙 지나가자 눈앞에 전등이 핑그르르 돌아가는 듯합니다.
　"아우님, 문 좀 열어 주."
　한달 전에 나와 같이 이 집에 와보고 그사이 한번도 온 일이 없는 아내가 하필 오늘 저녁에 놀러 올까?
　필연코 오는 저녁에 같이 구경을 가주지 아니한 분풀이로 미자와 내가 노는 현장(現場)을 붙잡으려고 온 것이라 생각을 하니 당장에 아내의 모가지를 비틀어버리고 싶도록 아내가 미운 생각이 듭니다. 그러나
　"네까짓 것에게 붙들려? 어디……"
　이 생각은 나뿐이 아닌 듯 미자의 얼굴에서도 심상치 않은 긴장이 보입니다.
　"어디, 흥!"
　미자는 코웃음을 치더니 창을 바라보고
　"아이구 형님이시우? 지금 나갑니다."
하고는,

"자, 빨리!"

하고 나의 어깨를 찌릅니다. 미자가 손가락으로 가리키는 곳은 방바닥에 붙어 있는 자그마한 벽장입니다. 길이가 두 자쯤 되고 높이가 한 자 남짓한 열고 닫는 손잡이 문이 달려있는 곳인데 미자는 평소에 거기다가 요강도 넣어 두고 걸레 같은 것도 던져두는 곳입니다. 나는 하오리를 입은 채 그리로 들어갔습니다. 억지로 쭈그리고 앉기는 하였지마는 두 다리 사이에 고개를 넣지 아니하면 안될 형편입니다. 그러고 보니 호흡을 임의로 할 수가 없습니다. 그는 고사하고 밖에서 미자가 벽장문을 닫으려니 여기저기 하오리자락이 삐죽삐죽 나오고 옷을 다 집어넣으면 문이 잘 아니 닫혀집니다.

"나와요."

미자가 가늘고 급하게 부르짖습니다. 나는 벽장에서 엉금엉금 기어 나왔습니다. 미자는 후닥닥 하오리를 벗겨 버리고 나를 알몸으로 벽장 속에다 쓸어 넣습니다. 나는 조금 전에 경험이 있는 까닭에 앉지는 않고 엎드렸습니다. 고개를 두 손으로 받치고 무릎을 꿇고……

혼자 예배당에서 경건한 신도가 꿇어 기도하는 자세를 생각하면 됩니다.

미자는 술병도 치우고 이부자리도 한편에 걷어 놓고 벽에 걸린 내 양복도 옷장 속으로 집어넣고 또 뜰 아래 있는 내 구두도 감추고 혼자서 바빠서 야단입니다. 이윽고 대문이 열리면서 아내와 미자가 나란히 들어옵니다 나는 벽장 속에서 숨이 갑갑해지는 고로 되도록 실낱만큼 틈이 난 문 곁으로 코를 대었습니다. 또 한 가지는 방안의 형편을 살피려는 목적도 있고.

"아우님은 언제나 혼자 자는구려."

아내는 미자가 권하는 대로 내가 앉았던 방석에 가 앉으며 미자를 가엾다는 듯이 치어다봅니다.

"그럼은요, 혼자구말구요. 인제 한평생을 혼자 살 것을 호호호."

"그래도 아우님도 적당한 곳을 찾아 혼인을 해야지."

정말 아우를 생각하는 언니처럼 전정으로 동정하는 빛이 흐릅니다. 저녁 먹고 빗은 머리라 전등 아래 반사된 조선 쪽이 유난히 반짝거립니다. 그의 얼굴에 조그마한 홍분이나 증오의 빛이 없는 것을 보고 나는 우선 안심을 하였습니다.

"하지만 혼자 사는 것도 편하다면 편하지."

아내는 한숨을 가늘게 쉽니다. 요사이 부쩍 늘어진 내 밤출입이 어언간 아내에게 "혼자 사는 것이 편타."하는 인식을 넣어 주었구나 생각을 하니 두 손바닥으로 괴고 있는 머리가 갑자기 무거워집니다.

"참, 오빠허구 어디 가신다더니 잘 다녀오셨어요?"

미자는 과일 그릇에서 바나나를 집어 껍질을 벗기면서

"어디였어요? 활동사진이지요? 요사이 클레오파트라가 아주 재미있다지요?"

"응, 사진 구경이었어."

아내는 바나나를 포오크로 찔러 먹으면서도 눈은 방바닥만 보고 있습니다.

"그래 오빠는 지금 집에서 주무시나요?"

"아아니, 어느 회사 중역과 온천으로 가셨어."

나는 어둠 속에서 두 손으로 얼굴을 가리었습니다.

"진작 한번 온다온다 하면서도 어디 틈이 나야지."

"아이 그러면요. 오빠 시중들어, 용주 치다꺼리, 언제 짬이 있겠어요?"

"방이 아주 참한데?"

"무어, 형님네 방에 비하면 이게 방이에요? 어디 값나가는 방치장이 하나 있나요? 어이구 형님도."

"아 왜 그래 이 방이 어때서."

"아뭏든 형님이 오신 덕택에 이 방은 아주 화려한 광채가 난 셈입니다. 형님처럼 훌륭하신 어른이 오셨으니, 호호호."

"왜 이리 수선야."

아내는 어딘지 우울한 표정입니다.

"건넌방에는 누가 들었군."

"네, 외삼촌댁이 이사를 왔어요. 집을 짓는 동안 아마 한달 쯤 있을 게야요."

방 속의 말은 잠깐 동안 끊였습니다. 벽장 속에는 무슨 벌레가 있는지 스멀스멀 배 가장자리로 설레기 시작합니다. 곰팡내인지 불쾌한 냄새가 코밑을 스쳐갑니다.

(어서 돌아가지 않나?)

하고 아내를 건너다보았으나 좀처럼 움직일 것 같지가 않습니다.

"나 오늘밤 여기서 자도 좋지?"

"괜히 또 사람을 놀리시네. 왜 형님이 선화당 같은 방을 두고, 알뜰한 애인을 두시고."

"애인이라니?"

아내의 얼굴에는 약간 불쾌한 빛이 떠돕니다.

"아 참, 신랑이 아니, 영감이 계신데 왜 이런 쓸쓸한 홀어미 방에서 주무셔요?"

"그러니 내가 동무하여 아우님과 이야기나 하면서 짧은 밤을 새워주지."

나는 이 말에 고개를 번쩍 들었습니다.

(인제는 죽었구나!)

하고 속으로 부르짖었습니다. 대체 나는 이 좁은 벽장 속에서 어떻게 하면 좋습니까. 나는 이럴 줄 알았다면 벽장 속으로 들어오지 말고 그냥 앉아서 술이나 마시고 버티어 볼걸! 그러지 않아도 팔꿈치가 저리고 무릎이 저리는 중인데 저 말을 듣고 보니 금시로 다리 팔이 부러질 듯이 아파 오고 퀴퀴한 냄새가 코를 찌릅니다.

　"형님 괜히 그러시지! 오래 있다가 가면 오빠가 돌아오셔서 성이 나 내시면 어쩌려고."

　"아아냐, 괜찮아요. 오늘 저녁에는 안 돌아오신다고 가셨어. 아우님이 정 불편하다면 난 가도 괜찮아."

　"아아니 전 염려 마셔요. 늘 이렇게 혼자만 자니까요."

　나는 벽장 속에서 미자를 향하여 눈을 흘기었습니다. 얼마나 괘씸하고 밉습니까?

　"형님, 어렵지만 돌아가셔요 나는 누구가 곁에 있으면 잠을 못자는 까닭에요."

　이런 말을 하기를 나는 얼마나 빌고 바랐던가요. 밖에는 분명코 날이 흐리었을 것이라고 생각하였습니다. 벽장 속이 무덥고 갑갑한 것은 고사하고라도 벼룩인지 빈대인지가 사정없이 몸뚱이를 쑤시기 시작하는 것입니다. 차차 몸에 땀이 흐르고, 그리고 등 다리 배 할 것 없이 따끔따끔 쏘고 무는데 큰일났습니다. 손을 돌릴 수가 있어야지 긁어 볼 수가 있지요. 고문을 받는 사람처럼 나는 입술을 깨물었습니다. 경건한 신도의 기도하는 자세로 언제까지든 엎드려 있을 수밖에 없으니까요.

　"그래 풍금은 그 뒤 탈이 없던가?"

　"형님 어디 한번 타보셔요. 나는 어쩐지 소리가 시원치가 않아요."

"어디."

아내는 풍금으로 올라가 스톱을 쑥 누르고는 무엇인지 한 곡조를 탑니다.

"왜 그래, 괜찮은데."

그럼 내 타 볼께요, 형님 들어보셔요."

미자는 도레미파를 서투르게 짚는다. 차차 풍금소리가 작아집니다.

"이봐, 발을 그렇게 자주 눌러서 되나! 천천히 이렇게 눌러요."

"오 참 그렇군!"

나는 풍금소리 나는 것을 다행으로 겨우 손을 돌려서 우선 가려운 넓적다리와 정강이를 긁었지요. 그리고 등에는 손이 잘 돌아가지가 않아서 간신히 조금 긁고서 막 손을 돌리려다가 그만 벽장 한 편 벽을 툭 쳐서 소리를 내었습니다. 나는 깜짝 놀라서 몸을 움짓하였습니다.

"이봐, 벽장에서 툭하고 소리가 났어, 쥐가 들었나?"

아내는 벽장을 뚫어지도록 바라봅니다. 금세라도 아내가 벽장문을 열 것만 같아서 온 신경이 자릿자릿합니다.

"아녜요. 우리 집에 쥐는 없어요. 형님이 잘못 들으신 게지요."

"아니, 분명코 소리가 났어. 내가 들었는데."

"가만 두시구려. 아무 것도 없는데 쥐놈도 헛물만 치게."

나는 팔자에 없는 쥐놈이 되고 말았습니다. 그러나 이 경우에 그러한 것은 아무 것도 아닙니다. 찌푸리고 있는 아내의 미간은 좀처럼 펴지지 않는 것을 보니 아무래도 아내는 문을 열 것만 같아서 나는 두 손을 모은 채로 빌었습니다.

―제발 벽장문만 열지 말아 주소서.

나는 본래부터 미신(迷信)을 배척하고 신(神)을 부인(否認)하던 터이라 어디다 빌 곳이 없습니다. 그러나 설마 나를 사랑하시던 내 아버지의 혼백에게야…… 나는 눈을 감고 아버지를 불렀습니다. 그러나 나는 관을 쓰고 지팡이를 끌고 나오는 아버지의 환영(幻影)을 보자 입을 다물어 버렸습니다.

"이 자식, 이게 무슨 꼴이야 꼴이……"

아버지의 호령이 귓가에 들립니다. 나는 아버지에게 빌기를 단념하고 살아 있는 내 아내를 향하여 맘속으로 빌고 빌었습니다.

제발 이 벽장문만 열지 말아 주옵소서.

기도의 영검이 있었던지 아내는 풍금에 돌아앉아 노래를 부릅니다. 보카치오의 한 구절.

<내 맘속 그리운 오직 한 분이여>

음악에 소양이 있는 아내의 목소리라 약간 애조를 띠고 흐르는 곡조는 몹시도 아름답습니다.

(그대의 맘속에 있는 오직 한 분은 이렇게도 액운에 빠져 이 좁은 벽장 속에 갇혀 있다오.)

나는 맘으로 회답을 하고 이마에서 흘러내리는 땀을 손바닥으로 문질렀습니다.

"형님 목소리는 어쩌면 그렇게 고와요?"

"무어, 인제는 집에만 들어박혀 있으니까 목소리까지도 다 녹이 슬었다누."

아내는 풍금을 덮어두고 다시 방석으로 가서 앉습니다. 또다시 빈대인지 모기인지 등을 빨고 쏘고 배꼽 있는 데를 깨물고…… 인제는 풍금소리도 그쳤으니 손을 돌려 긁어 볼 용기도 없습니다. 단지 등을 기우뚱 기우뚱 해 보기도 하고 배를 실룩실룩 심호흡을 해 보기도 하였으나 조금도 시원치가 않고 물 것은 점점 더 깨무는 모양이라 난 미칠 듯한 고통을 참느라고 입술을 꽉 물었습니다.
"아아, 오빠는 참말 행복이겠어요. 저렇게 아름다운 목소리를 노상 들으실 테니."
"어이구, 그 어른 목소리가 나보다 얼마나 더 좋은데!"
"정말요? 형님!"
"그럼! 집에서 가끔 병창을 하지만 난 여자라도 그이 목소리엔 아주 황홀해지는 걸."
"아니, 형님두 남편 자랑은 무척 하시네."
"아니야, 정말야. 그 어른 같이 모든 것이 구비한 이가 몇이나 있어?"
"……"
"내가 가끔 가다가 철없는 짓을 해서 그의 비위를 건드려 주어도 그이는……"
"아니 형님, 형님, 내 말 들어 보아요. 오빠가 저녁으로 늦게 들어오는 일은 없어요 그래?"
아내는 바야흐로 가슴 깊이 화살을 맞은 듯 말문이 꽉 막힌 모양입니다. 나는 모기에 빨리고 있는 등의 고통도 잊어버리고 아내의 대답에 정신을 모으고 있습니다.
"왜, 가끔 가다가 회사 일로 교제할 때가 없겠수? 그럴 때에는 미리 일러주시거든 그리고 돌아오실 땐 꼭 선물을 갖다 주시니까, 늦게 오실 땐 오히려 더 재미가 있어. 호호호?"
"어떤 선물요?"
"치맛감이나 어린애 나들이 옷 그리고 핸드백 같은 것……"
"아니, 형님도 그래 가끔 오빠가 오입이나 하시면 어쩔 테요?"

"오입? 그 양반이 그럴 리가 없지. 노상 그러시는데 어떤 여자가 술을 따르고 노래를 하여도 어여쁜 장난감으로밖에 안보인대. 취중에 혹시 여자들과 관계를 맺는다 해도 반시간 후에는 곧 잊어버리는 장난이라나. 호호호."

나는 문틈으로 미자의 얼굴을 바라다보았습니다. 이번에는 서릿발같이 무서운 눈으로 흘겨보고 있는 미자가 문을 열어 젖힐 듯하여 두 손으로 얼굴을 폭 가리어 버렸습니다.

(아이구 맙시사.)

나는 순간에 슬픈 마음이 떠올랐읍니다. 인간으로 가장 불쌍하고 액운에 빠진 사람이 나밖에 누가 있으랴 하고 생각할 때 로마 성중에 불을 놓고 비가(悲歌)를 읊조린 네로황제처럼 길게길게 한숨을 쉬었습니다.

그뿐만 아닙니다. 내가 회사에서 나올 때 변소에를 다녀온 후 여태껏 그냥입니다. 집에서 아내가 준 수박을 한 대접이나 먹고 미자의 손에서 비이르를 두 병이나 마셨으니 나는 지금 새로운 고통이 엄습하여 오는 것을 어찌할 수 없습니다. 나의 양쪽 무릎은 돌과 같이 감각을 잃었습니다.

나는 제발 지금쯤 돌아갑시사 하고 문틈으로 엿보고 있노라니,

"아우님 퇴침이 없수?"

아내는 방석을 쭈르르 밀어가지고 어깨 밑에 넣더니 옆으로 털썩 드러눕습니다. 미자가 이부자리 너머로 손을 뻗치어 베개를 집어 아내의 머리를 받쳐줍니다. 그 베개는 가를 레이스로 둘렀는데, 물론 그 베갯잇은 내 아내가 미자에게 가르쳐 준 것입니다. 그러나 내가 미자 집에서 밤을 새울 때마다 그 베개를 쓰는 줄을 아내가 알 리가 있습니까. 시계는 한 시를 칩니다.

"참, 저녁때 가져왔던 바느질감의 어느 솔귀가 안 맞는지."
"형님 곤하신데 일찌감치 돌아가 주무셔요. 바느질은 내일 하지요."
"아니, 난 안 졸려. 아우님 졸리거든 염려 말고 자구려. 바느질감이나 내놔요.. 난 심심해서 그래."
"아아니 그럼 형님은 주무시고 갈 작정입니까? 괜히 그러시지 뭐."
미자는 어리광부리듯 아내를 치어다보고 눈을 흘기며 웃습니다.
"그럼, 자고 간다니까."
"정말? 아이구 좋아."
미자는 맘에도 없이 기뻐합니다. 사실 아내는 오늘 저녁에 상당히 골이 난 모양입니다. 새로 두 시나 세 시에 내가 돌아가서 방이 텅 빈 것을 보고 어떠한 감상을 가질까 하는 가벼운 복수심이 생긴 것이라고 짐작을 하였습니다. 그러나 저러나 내가 왜 이렇게 못난이 짓을 하고 이렇게 곤경을 당하고 있어? 저까짓 계집들이 무엇이관대. 당장에라도 나가자. 그래 남자가 오입좀 하였기로니 어떻단 말이야. 세계를 정복한 나폴레옹의 궁중생활은 어떠하였으며, 더구나 진시황은 삼천 궁녀를 그리고, 솔로몬왕은 일천 왕비를 두지 않았는가. 남자가 이렇게도 담이 없고 기분이 없어 어디다 써?

나는 금방에라도 뛰어나가려고 문에다 손을 대었습니다. 잠깐만 있자, 문밖의 소리를 마저 듣고……
"그런데 형님, 결혼한 후 오빠가 오입하는 것 못 보았어요? 바른대로 말해요. 호호호."
"아니 절대로, 그이가 어떤 이라고. 글쎄 여간한 퓨리탄이 아니라니까!"

"퓨리탄이 뭐예요?"

"도학자라고만 해 둡시다 그려. 우리 동무 중에 남자 때문에 호가 나서 죽네 사네 하고 야단법석을 하는 이가 얼마나 많기에. 위선 아우님을 보구려. 그렇지만 난 정말야, 그 점에는 행복이거든."

"형님, 그건 정말이유?"

"아아니 내가 왜 거짓말을 하우?"

나는 문을 열어 젖히려던 손을 다시 턱밑으로 넣었습니다.

(저러니까 내가 미자를 누이라고 소개를 하였거든. 내가 지금 뛰어나가? 글쎄 누이님이란 말만 안했어도……휴휴우)

아내는 미자가 내어주는 바느질감을 받아 가위질을 하고 바늘로 홉니다. 사실 그는 나를 청교도(淸敎徒)로 믿습니다. 밖에서 밤을 새우고 들어가는 날에 아내가 미심해서 캐어물을 때에는 나는 금목수화토(金木水火土)로 맹세를 하고 또 하여 나의 결백을 증명하였거든요. 어린아이처럼 천진스럽게 나를 믿고 웃던 아내의 얼굴을 생각하여서도 나는 문을 열고 나갈 용기가 없습니다. 내가 미쳤어. 왜 아내를 이 집에 데려왔던고.

참자. 하루를 참으면 백 날이 편하다니. 소크라테스가 구정물을 뒤집어씌우는 아내를 용서하지 아니 하였다면 그가 성인이 되었을까, 예수도 십자가에서 가시관을 쓰고도 참았다. 석가가 설산(雪山)의 칠년 고행이 없었던들 중생(衆生)을 어찌 구원하였으리. 남들은 오입을 하면 아내를 치고 때리는데 나는 아내를 안심시키기 위하여 미자를 내 누이라고 하였겠다. 확실히 그것은 나의 선량한 마음의 발로(發露)다. 그러나 그 선량한 나의 마음이 오늘밤과 같은 고행을 가져올 줄이야…… 그러나 이 밤이 나를 위대하게 만들 것이다.

아 이 무슨 비장한 숙명적 밤인고.

나는 눈을 감고 자기 몸을 주린 곰에게 내어주고 찰나에 부처가 되었다는 성자(聖者)의 이름을 생각하여 보았으나 좀처럼 기억이 나지 않습니다.

나는 이러는 동안에 잠깐동안이나마 마음속으로 오는 위안을 발견하였습니다.

아아 위대한 저 종교와 철학의 힘이여!

방에는 말소리가 뚝 그치고 고요합니다. 나의 방광은 바야흐로 터질 듯합니다. 그러는데 벽장 속은 시루 속처럼 김이 서리고 후끈거립니다. 나는 차차 숨이 갑갑해 옵니다. 공기가 부족하여지는 까닭이겠지요. 나는 조심조심 팔꿈치로 벽장문을 약간 밀었습니다. 문이 삑 하고 삼분의 일이나 열립니다. 나는 나의 기대와 반대로 문이 너무 크게 열리는 것이 겁이 나서 도로 닫으려고 손을 내밀었습니다. 만약에 아내가 누운 곳이 벽장문 앞이었던들 벽장 속에 무엇이 들어 있는 것을 당장에 알았겠지요. 그러나 아내는 벽장문 뒤쪽에 누워 있습니다. 문이 열리는 것을 보자.

"무엇이 들었어, 쥐가 이러나?"

아내는 벌떡 일어납니다. 나는 만사휴의다 하고 눈을 감았습니다. 아내는 자막대기를 들더니 벽장문을 쿡 하고 밀어붙입니다. 문은 전보다 아주 단단히 닫혀졌습니다. 일부러 자는 체하고 누었던 미자가 졸리는 목소리로,

"형님 왜 그러시우, 가만 두라니까, 쥐라도 먹을 게 없으면 상관 있나요?"

아내는 베개를 베고 다시 눕습니다. 천사만려가 오고 가는 듯 이리 부스럭 저리 부스럭 하고만 있습니다. 나는 각일각으로 절박하여 오는 아랫배의 고통이나 침끝 같은 빈대 벼룩의 고문보다도 인제는

생사의 막다른 골목에 이르고 만 것을 알았습니다. 실낱만 하던 문틈도 없고 보니 인제는 무서운 질식(窒息)의 죽음이 나를 기다리고 있지 않습니까. 나는 드디어 벽장문을 열고 나갈 결심을 단단히 하였습니다. 철학도 종교도 내가 살아야만 있는 것이니까요. 그런데 웃고 나갈까? 성을 내고 나갈까? 나는 문득 한 생각이 번개같이 지나갑니다.

(그렇다 강도처럼!)

나는 먼저 두 손으로 얼굴을 가리리라. 그러면 일사(一絲)도 감지 아니한 나의 맨몸은? …… 나는 이렇게 위기 절박한 강도의 입장에 서라도 예의는 지켜야 할 것을 잊지 아니하였습니다. 그러면 한 손으로 얼굴을 가리고 한 손으로는 아랫도리를? 그렇다면 한 손으로 얼굴이 잘 가리어질까? 만약에 아내가 내 얼굴을 알아본다면 십년 공부 나무아미타불이 아닐까. 됐다 됐어. 두 손으로 얼굴을 가리우고 궁둥이부터 먼저 나간다.

이년들 눈을 뜨면 죽인다.

호통을 하리라, 그런데 목소리는? 나의 음성은 보통 알토입니다. 그러면 베이스? 테너? 베이스가 좋아. 웅장해서 위엄이 있거든. 인제는 준비가 다 되었습니다. 두 손으로 얼굴을 가리고 궁둥이를 들었습니다.

"이봐, 닭이 울지? 난 갈 테야. 아우님, 나 좀 보오. 난 가우! 문 걸어요."

"그럼 형님 안주무시고 가실 테요?"

"암만해도 용주가 울겠어."

아내와 미자는 문밖으로 나갔습니다. 나는 벽장문을 열어 젖히고 상반신을 방바닥에 내놓았습니다. 이 때에 바로 내 아내는 나를 강도에게서 구원한 구주였습니다. 아내가 떠난 지 십 분이 못되어 나는 집으로 왔습니다. 문을 여는 아내의 등에 업혀있는 용주가 가끔 느끼며 잠이 드는 모양입니다.

    나는 아내와 아들을 한꺼번에 안고 언제까지나 언제까지나 울었습니다.

(≪신가정≫, 1935)

해설 김말봉 ● 망명녀 / 고행

대중소설과 여성성의 새로운 제안

이태숙

김말봉(金末奉 : 1901~1961)

　김말봉은 부산출신으로 1901년 4월 3일 부산 영주동에서 김충윤과 배복수의 다섯 자매중 막내로 출생하였다. 서울 정신여학교를 졸업하고 일본 경도의 동지사 대학 영문과를 졸업한 재원이었다. 1929년 경에는 중외일보 기자로 근무하기도 하였고, 1932년경부터 본격적인 작품활동을 전개하였다. 그는 철저하게 자신을 대중소설작가로 공언하며, 한국 대중소설의 한 계보를 형성하였다. 단순히 작가로서만 그친 것이 아니라 여성명사로서 사회적 활동도 활발하였는데 해방 후에는 공창(公娼)폐지 운동에 앞장서기도 하였고, 1952년에는 베니스에서 개최된 세계 예술가 대회에 한국 대표로 참가하기도 하였다. 우리나라 최초의 여성 장로가 되기도 하였고, 1961년 폐암으로 60세의 생을 마감하는 순간까지 펜을 손에서 놓지 않았던 정력적인 작가였다.

김말봉은 근대문학 초기의 여성작가 중에서는 비교적 후기에 속하는 작가이다. 작품활동은 1925년 동아일보 신춘문예에 노초(露草)라는 필명으로 「시집사리」가 당선되면서 시작하였으나, 그가 다시 문단에 모습을 나타낸 것은 1932년 중앙일보에 「망명녀」를 발표하면서부터이다. 이후 「편지」(≪신가정≫, 1935), 「고행」(≪신가정≫, 1935) 등을 잇달아 발표하며, 신문연재 장편소설인 『밀림』(≪동아일보≫, 1935.9.26~1938.2.7)을 연재한다. 그리고 이 작품의 연재가 끝나지 않은 상태에서 장안의 화제가 되었던 「찔레꽃」(≪조선일보≫, 1937.3.31~10.31)의 연재를 시작한다. 이후 59세에 폐암선고를 받기 직전까지 발표했던 『이브의 후예』에 이르기까지 작품활동을 그치지 않았던 작가였다.

김말봉은 흔히 대중소설작가로 분류된다. 이것은 그 자신이 스스로의 작품에서 강하게 내세운 바이기도 하지만 이러한 평가는 그의 작품에 대한 정당한 평가를 어렵게 했던 요인이다. 우리는 김말봉 소설이 등장하는 1930년대의 한국문학의 상황을 고려하지 않을 수 없다. 주지하다시피 '한국문학 10년을 제패'하였다는 KAPF가 1933년 외압에 의해 와해되고 1935년 공식 해산계가 제출됨으로써 문단의 지도력을 상실하게 된 것이 30년대 후반기 한국문단의 실정이었다. 카프가 없는 상태에서 한국문학은 새로운 지도이념을 찾지 않을 수 없었고 그 대안으로서 등장한 것이 이른바 통속소설이었다. 근대문학에 있어서 통속소설이란 근대소설의 쌍생아처럼 어느 시대에나 있는 경우이지만, 이시기 통속소설은 기존의 리얼리즘작가로 대별되는 작가들에게도 나타나는 현상이었다. 카프의 서기장이었던 임화는 이시기의 이러한 경향을 상업성과의 결탁이라는 측면에서 분석하기도 한다. 그에게 통속소설은 예술소설과 대치되는 것이 아니라 예술소설의 원류에서 나온 것이며, 이른바 '성격'과 '환경'의 모순을 통속적 방법으로 해결한 것이다. 당대의 대표적인 대중소설작가로서 김말봉에 대한 평가는 이러한 임화의 논의를 바탕으로 해야할 것이다. 또한 여성작가로서의 김말봉에 대한 평가의 측면도 고려하지 않을 수 없는데, 페미니즘 비평가 중에도 김말봉의 소설을 '반페미니즘 문학'으로 평가하는 경우도 있다. 그것은 그의 소설의 여주인공들이 대부분 순종적이고, 보수적이며, 체제지향적이라는 측면에서 나온 평가인데, (특히『찔레꽃』의 경우) 이러한 평가는 그의 문학 전반에 대한 평가일 수도 없을뿐더러, 사실 대중소설은 곧 저급문학이라는 평가 자체가 본격소설은 곧 리얼리즘 소설이라는 등식의 연장선상에 있다는 점을 상기한다면 논쟁의 여지가 있는 기준임을 상기해야 할 것이다.

「망명녀」는 기존사회에서 부도덕한 여성형의 전형으로 멸시받는 매춘여성들에 대한 작가의 긍정적인 시선을 보여주는 작품이다. 주인공 산호주는 순간의 실수로 기생이 되고 헤어날 수 없는 질곡에서 우정에 의해 구원을 받는다. 그러나 그녀를 구하고자 하는 친구 허윤숙의 우정이나 기독교의 교리는 그에게는 기존의 권위를 상징하는 것에 불과하다. 오히려 보잘 것 없는 자신의 처지를 값싼 동정을 통해 더욱 비참하게 만들뿐이다. 그런 그에게 나타난 것은 주의자 윤창섭이고 창섭과의 관계에서 산호주는 희망의 실마리를 찾는다. 물론 윤창섭이라는 남성보다는 그의 사회주의사상이 드러내는 평등사상이 그러한 실마리의 근본일터이지만 그것이 그가 부정하고자했던 우정이나 기독교의 교리보다 설득력 있는 구원의 실체일수는 없다. 하지만 하나의 가능성을 그쪽에서 찾고 있음은 그것이 전자보다는 새롭기 때문일 것이다. 그러나 이러한 믿음은 이후의『밀림』에서는 다시 부정되고 있음도 반드시 언급해야할 것이다.
「고행(苦行)」은 소설의 형식적 아이러니를 통해 인간 삶의 아이러니를 드러내고 있는 기교가 돋보이는 작품이다. 전직 기생출신인 미자와 아내 정희 사이에서 부정한 애정관계를 즐기던 '나'가 자신이 파놓은 함정에 빠져 벽장 속에 갇히고, 좁은 벽장 안에서 벼룩, 빈대의 공격을 받아가며 육체적 고통을 받게되는 상황을 묘사하고 있다. 이 작품이나 비슷한 시기의 「편지」에서는 전혀 이사회의 모순된 양상에 대한 비판이 등장하지 않는다. 소설의 갈등은 사회비판과 역사의식을 위해 존재하는 것이라는 리얼리즘 소설의 입장에서 본다면, 이러한 소설들은 전혀 소설의 근대적 의미를 드러내지 않는다. 그러나 김말봉의 작품이 드러내는 1930년대의 사회의 대립과 모순의 상황은 개인들의 삶 안에서 구체성을 가지고 나타난다는 점을 지적해야 할 것이다. 따라서 고정된 이념성을 거부한다는 점에서 가장 현실적인 소설일 수 있는 것이다. 이 소설의 또 하나의 특징은 상징적 장치를 통해 소설 자체가 이미지화 된다는 것이다. 텍스트의 의미와 사건은 하나의 강한 상징에 의존하여 도덕적 우화로 이미지화 된다. 축첩이라는 부도덕성에 대한 비판이 벽장 안에서의 '고행'이라는 상징을 통해 희화화되는 것이다. 여기서의 고행은 이중적 의미를 가지는데, 이사회의 중심에 놓여있는 남성에 대한 여성들의 징벌로서의 '고행'이자, '고행'이라는 수련의 의미 자체에 대한 희화화이다. 아내 정희와 미자 사이의 화해로운 관계는 사실 남성인 '내'가 외도를 용이하게 하기 위한 의도한 관계이다. 그런데 피해자인 두 여성들 사이의 연대가 사실은 갈등관계에서 나온 것임에도 불구하고 나의 외도를 징벌하는 계기가 되는 것이다. 남성의 외도가 공공연한 사실로서 인정되고 있던 당시의 사회분위기에서 이러한 상황은 여성이 의도하지 않아도 사실은 남성자체가 갈등에 빠지게 됨을 보여줌으로써 여성독자에게 시원한 카타르시스를 제공하지 않을 수 없을 것이다.

　김말봉의 소설들은 흔히 그의 문학에 덧씌워지는 편견처럼 윤리성이나 여성의 순결과 희생을 강조하는 지배이데올로기를 재생산하지 않는다. 그렇다고 지배 이데올로기에 영웅적으로 저항하지도 않는다. 오히려 여기에서 서로 모순되는 다양한 이데올로기들은 서로 긴밀하게 얽혀있고, 각각의 의미들을 강조하고 있다. 대중소설에서 나타나는 이러한 갈등하는 이데올로기, 그리고 환상, 다양한 문학적 표현양식들은 다양한 대중들의 욕구를 수용하면서 새로운 문학의 지표를 만들어 내고 있다. 대중소설은 여성성의 문제가 성별의 불평등 구조뿐만 아니라 보다 광범위한 경제적, 계급적 불평등 구조에 매우 깊숙하게 연결되어 있다는 사실을 드러낸다. 대중소설은 이러한 방식을 통하여 대중소설이 지배 이데올로기를 확고히 한다는 부정성의 혐의도 부인할뿐더러, 대중소설을 사회에 대한 도전적 지표로 해석하려는 시도도 부인한다. 대중소설과 여성문학은 정전(正典)을 요구하는 문학의 경직성에 대한 도전이면서 동시에 그러한 정전으로 대표되는 이 사회의 모순적 상황의 산물이다. 그리고 김말봉 문학은 이러한 문학적 인식의 소산이다.

페미니즘 정전 읽기 I

초판발행 2002년 1월 15일
재판발행 2005년 3월 15일

편 저 • 송명희 · 안숙원 · 이태숙
펴낸이 • 한 봉 숙
편집인 • 김 현 정
펴낸곳 • 푸른사상사

등록 제2-2876호
서울시 중구 을지로2가 296-10 장양B/D 701호
대표전화 02) 2268-8706-8707 팩시밀리 02) 2268-8708
메일 prun21c@yahoo.co.kr / prun21c@hanmail.net
홈페이지 //www.prun21c.com

ⓒ 2005, 송명희 외

값 13,000원